Annika Dick

Lovely Skye
Die komplette Trilogie

R o m a n c e

Die Deutsche Nationalbibliothek verzeichnet diese Publikation in der Deutschen Nationalbibliographie. Detaillierte bibliographische Daten sind im Internet über http://www.dnb.de überabrufbar.

Nachdruck oder Vervielfältigung nur mit Genehmigung des Verlags gestattet. Verwendung oder Verbreitung durch unautorisierte Dritte in allen gedruckten, audiovisuellen und akustischen Medien ist untersagt. Die Textrechte verbleiben beim Autor, dessen Einverständnis zur Veröffentlichung hier vorliegt. Für Satz- und Druckfehler keine Haftung.

Annika Dick
Lovely Skye
Die komplette Trilogie

KopfKino-Sammelband 4

Ein Sommer in Balnodren
Ein Herbst in Balnodren
Ein Frühling in Balnodren

Deutsche Erstveröffentlichung
1. Auflage 2016
Alle Rechte vorbehalten
2015 - 2016 Annika Dick
Lektorat & Satz: KopfKino-Verlag
Covergestaltung: coverandbooks / Rica Aitzetmüller
Umschlagmotiv:
ktsdesign @123rf.com & AnnastasiaNess / Shutterstock
Druck: Booksfactory.de

KopfKino-Verlag
Thomas Dellenbusch
Gluckstr. 10
D-40724 Hilden

ISBN: 978-3-9817967-7-3

www.MeinKopfKino.de

Annika Dick

Lovely Skye
Die komplette Trilogie

ROMANCE

Über KopfKino:

KopfKino, das sind berührende, nachdenkliche oder auch spannende Geschichten in **Spielfilmlänge**. Ihre ungefähre Lesezeit liegt zwischen 60 und 180 Minuten.

Sie eignen sich daher wunderbar für all die vielen kleinen zeitlichen Zwischenräume, die das Leben hat: für die Reisezeit in Bahn, Bus, Auto oder Flugzeug, für die Stunden in Wartezimmern, beim Friseur, im Café, während der Dialyse, für den Nachmittag im Freibad oder am Strand, vor dem Schlafengehen oder einfach so für zwischendurch, um ein, zwei oder drei Stunden unterhaltsam zu füllen.

Da ihre Lesezeit ungefähr der Länge eines Spielfilms entspricht, eignen sie sich auch hervorragend, um sie sich gegenseitig vorzulesen und den Fernseher einmal ausgeschaltet zu lassen. Lassen Sie sich von Fernseher und Leinwand nicht das ganze Vergnügen abnehmen.

Genießen Sie Ihren eigenen Film auf der größten Kinoleinwand der Welt: Ihrer Fantasie!

Jede Erzählung ist als eBook und als Hörbuch erhältlich, die meisten auch als Taschenbuch.

Informieren Sie sich regelmäßig auf
MeinKopfKino.de
über Neuerscheinungen, die Autoren, Termine für Lesungen, Hintergründe, oder laden Sie sich einzelne Geschichten als eBook oder Hörbuch herunter.

Inhalt

Seite 9
Vorwort des Herausgebers

Seite 11
Lovely Skye
Ein Sommer in Balnodren

Seite 97
Lovely Skye
Ein Herbst in Balnodren

Seite 185
Lovely Skye
Ein Frühling in Balnodren

Vorwort des Herausgebers

Der KopfKino-Verlag ist noch recht jung. Da ist es eher ungewöhnlich, bekanntere und bereits erfolgreiche Autorinnen wie Annika Dick zu gewinnen. Doch manchmal hilft eine Kette glücklicher Zufälle, die dann den weiteren Weg weisen. Dass es solche Zufälle überhaupt gab, liegt an der Spezialisierung des Verlages auf *Kurzromane in Spielfilmlänge* in Verbindung mit Hörbuchproduktionen. Zugegeben, das relativiert ein wenig den Zufallscharakter der Ereignisse, aber dennoch ...

Es begann mit der Lektüre der im Oldigor-Verlag erschienenen Novelle *Distant Shore* der Autorin Tanja Bern. Ihre in Irland angesiedelte Liebesgeschichte hat mich begeistert. Ich nahm Kontakt auf, und Tanja Bern zeigte sich fasziniert von der soeben erwähnten Spezialisierung meines Verlages. Sie erzählte ihrer Agentin Alisha Bionda (Agentur Ashera) davon, welche eine leidenschaftliche Leserin guter Novellen beziehungsweise Kurzromanen ist. Nach einer äußerst kooperativen Konferenz gab der Oldigor-Verlag die Rechte an *Distant Shore* zurück. So öffnete sich der Weg zu MeinKopfKino. Das Verlagskonzept hatte die Agentur, die über 50 Autorinnen und Autoren betreut, überzeugt.

Kurze Zeit später offerierte mir Ashera eine Kurzroman-Trilogie einer bekannten Autorin, Trägerin eines bedeutenden Literaturpreises. Zur völligen Überraschung der Agentur lehnte ich ab, obwohl die Geschichte sehr gut war und die Autorin einen großen Imagegewinn für einen jungen Verlag versprach. Es handelte sich allerdings um eine Horror-Erzählung, aber Horror eignet sich meiner Meinung nach nicht zur *Vorlesegeschichte*.

Das führte in der Agentur zu einer intensiveren

Beschäftigung mit der Idee hinter *MeinKopfKino*.

Bald darauf erhielt ich das Angebot für eine Romance-Trilogie Annika Dicks, die auf der schottischen Isle of Skye angesiedelt sein sollte. Das Konzept aller drei Teile begeisterte mich sofort. Ich sah förmlich die beeindruckende Naturkulisse vor meinem Auge. Ich war hingerissen von der Idee, dass drei verschiedene Liebespaare nacheinander eine Hauptrolle spielen würden, aber zusätzlich die anderen Geschichten weiterhin in Nebenrollen bereichern.

Mir war auf der Stelle bewusst: *Das passt perfekt!*

Und um das Verleger-Glück vollkommen zu machen, auch Annika Dick ist eine sehr beliebte Autorin, die schon bei großen Verlagen unter Vertrag steht.

Ich teilte Alisha Bionda also meine Begeisterung für diese Trilogie mit und bekam postwendend zur Antwort, das sei ja auch kein Wunder, denn sie hätten diese Isle-of-Skye-Trilogie gezielt für meinen Verlag entworfen. Ich war sprachlos!

Umgehauen hat mich außerdem später, wie Annika Dick die Idee umsetzte. Die Besprechungen im Internet überschlagen sich vor Lob. Annika Dick entführt ihre Leser regelrecht auf die Nebelinsel, wie die Isle of Skye von den Wikingern genannt wurde.

Genießen Sie jetzt eine einzigartige und artenreiche Natur, in deren Kulisse sich drei romantische Geschichten ereignen, wie sie wohl nur das Leben schreibt. In diesem Fall aber Annika Dick.

Ich wünsche Ihnen viel Vergnügen.

Thomas Dellenbusch
Hilden, im November 2016

Lovely Skye
Ein Sommer in Balnodren

Ankunft auf Skye

Für einen ausgemachten Stadtmenschen wie Innes Graeme war der Blick aus den Busfenstern zu beiden Seiten gleichermaßen trostlos. Rechts das weite blaue Meer, links die weiten grünen Wiesen. Eines stand für Innes fest: Die Isle of Skye und sie würden in diesem Leben keine Freunde werden.

Sie fuhr sich mit der Hand durch das lange rote Haar und warf einen Blick auf ihre Uhr. Vor über zehn Stunden war sie in Edinburgh aufgebrochen. Als sie in Portree, der Hauptstadt der Insel, in den Bus Richtung Norden umgestiegen war, hatte sie einen gut gefüllten Fernreisebus gegen einen fast leeren Bus getauscht und es schien, dass die Zahl der Menschen auch außerhalb ihres Transportmittels stetig abnahm. Die Straße war nicht einmal mehr breit genug, um ein zweites Fahrzeug passieren zu lassen. Innes erinnerte sich selbst daran, dass zu Hause nichts auf sie wartete und sie nach Skye gekommen war, um dem trostlosen Anblick der sich stapelnden Absagen auf ihrem Schreibtisch zu entfliehen. Das war eine andere Art von Eintönigkeit.

Seit zwei Monaten saß sie arbeitslos zu Hause und suchte einen neuen Job. Zwar hatte die Übernahme des Sportartikelherstellers, für den sie in der Marketingabteilung tätig gewesen war, für eine stattliche Abfindung mit der Kündigung gesorgt, aber sie war einfach nicht der Typ, der einen unfreiwilligen

Urlaub genießen konnte. Sie brauchte die Sicherheit, beim Einschlafen zu wissen, dass am nächsten Morgen ein Job auf sie wartete.

Innes spürte, wie sich beim bloßen Gedanken an ihre unsichere Situation ihr Magen zusammenzog. Sie presste die Hände auf ihren Bauch und atmete erleichtert auf, als sie an einem kleinen Schild vorbeifuhren, das ihre Ankunft in Balnodren signalisierte. Hatte Innes Portree schon für eine kleine Stadt gehalten, wurden ihr nun endgültig die Augen geöffnet. Der Bus hielt keine drei Straßen vom Ortseingang entfernt, und das schien bereits die Stadtmitte zu sein. Dennoch war Innes mehr als froh darüber, endlich aus dem Bus aussteigen zu können und drei Monate Zeit zu haben, ehe sie wieder den halben Tag eingepfercht in einem solchen würde verbringen müssen.

»Innes, willkommen in Balnodren!«

Eine dunkelblonde Frau kam mit ausgestreckten Armen auf sie zu, sobald sie ausgestiegen war. Innes lächelte sie müde an und breitete ebenfalls die Arme aus.

»Fen, schön dich zu sehen«, grüßte sie ihre Freundin und ließ sich von ihr in die Arme schließen.

»War die Fahrt sehr schlimm?«, fragte Fenella und strich sich das dunkelblonde Haar hinter die Ohren. Innes schüttelte den Kopf und hob ihre Reisetasche auf, die sie neben sich abgestellt hatte.

»Es ging«, antwortete sie und ließ zu, dass Fenella

einen Griff der Reisetasche nahm. »Wir müssen noch ein wenig laufen. Aber du siehst die Pension schon.« Fenella deutete mit ihrer freien Hand auf ein großes Haus, welches auf einer Anhöhe stand.

Wilkinson Manor.

Innes erinnerte sich daran, dass Fens Eltern das alte Familienanwesen bereits vor Fens Geburt zu einer Pension umgebaut hatten.

Gemeinsam gingen die beiden Freundinnen die Straßen Balnodrens entlang. Fenella fragte Innes nach ihrer Anreise aus, und Innes bemühte sich, nicht allzu verdrossen über die lange Busfahrt zu klingen. Oder über die Einsamkeit, die die Insel bereits jetzt auf sie ausstrahlte.

»Es wird dir hier gefallen«, versprach Fen.

Als sie sich Wilkinson Manor näherten, erkannte Innes, dass das Haus von Weitem einen deutlich besseren Eindruck gemacht hatte. Aus der Nähe sah sie, dass der Putz an einigen Stellen abbröckelte und das Haus dringend einen neuen Anstrich benötigte.

»Da sind wir«, erklärte Fenella und öffnete die Haustür. Ehe sie eintrat, warf Innes noch einen Blick zurück. Wilkinson Manor war das höchstgelegene Haus in Balnodren. Von hier aus konnte sie bis hinunter in die Bucht schauen, in der einige Fischerboote lagen. Worauf hatte sie sich nur eingelassen, hier drei Monate zu verbringen, fragte sie sich, während sie Fenella ins Haus folgte.

Die Eingangshalle ließ noch erahnen, welcher

Wohlstand hier einmal geherrscht hatte. Die dunklen Holzdielen und die ebenso dunkle Vertäfelung an den Wänden setzten sich in der großen Treppe fort, die in die oberen Stockwerke führte. Selbst der Empfangstresen war aus dem gleichen Holz. Altmodische Wandleuchter und ein Kronleuchter erhellten den Raum. Deren Metallkomponenten hatten dringend eine Politur nötig, doch nach einer solchen könnte Innes sich gut vorstellen, wie die Lords und Ladys von Downtown Abbey oder ähnlichen TV-Serien sich hier aufhielten.

Am Empfang wartete ein Mädchen mit einem dunklen Pferdeschwanz, das sich die Zeit Kaugummi kauend mit einer Zeitschrift vertrieb.

»Innes, diese überaus zuvorkommende junge Dame ist meine Cousine Amy. Sie hilft mir in den Semesterferien hier aus.«

Amy ließ eine Kaugummiblase platzen und sah kurz von ihrem Magazin auf.

»Hi«, grüßte sie Innes und senkte sofort den Blick wieder, um weiterzulesen. Fenella seufzte und rollte mit den Augen. Sie umrundete den Empfang und nahm selbst einen Schlüssel von der Wand hinter Amy ab. Innes bemerkte, dass kein einziger fehlte. Sie konnte doch unmöglich der einzige Gast hier sein.

»Komm, ich zeig dir erst hier unten alles.«

Innes folgte Fenella in das Esszimmer, einen geräumigen Aufenthaltsraum, durch den man hinaus in den Garten gelangte. Alles, was sie bisher gesehen hatte, wirkte wie aus einer anderen Zeit. Wäre die kaugummikauende Amy nicht gewesen, Innes hätte fast geglaubt, sie habe eine Zeitreise hinter sich gebracht.

Selbst der Garten wirkte wie ein Überbleibsel aus einer lange zurückliegenden Epoche. Der akkurat geschnittene Rasen war von hochgewachsenen Rosensträuchern und Hecken umgeben, die die Gäste vor neugierigen Blicken von außen schützten. Fenella führte sie an einem Teich vorbei, in dem ein Entenpaar seine Bahnen zog.

Postkartenidylle, schoss es Innes durch den Kopf. Von diesem Platz aus, zwischen zwei Apfelbäumen hindurch, den Teich im Vordergrund und die Pension mit den Efeuranken an den Außenmauern, hatte man den perfekten Blick auf ihre Herberge für die nächsten Monate. Das Licht der langsam sinkenden Sonne tat sein Übriges, um Wilkinson Manor einen verklärt romantischen Anstrich zu verleihen. Es war das ideale Bild, um für die Pension zu werben. Innes schüttelte den Kopf. Sie konnte tatsächlich nicht aus ihrer Haut.

»Innes?«

Sie drehte sich zu Fenella um, die an der Tür eines kleinen Hauses stand, von dem Innes zunächst nicht gedacht hatte, dass es noch zum Anwesen des Manors gehörte. Vor dem Haus wuchsen Wildblumen und ein mit Steinen gepflasterter schmaler Weg führte zur Eingangstür. »Mein Zuhause«, erklärte Fenella und breitete die Arme aus.

»Du selbst wohnst nicht in der Pension?«, fragte Innes überrascht. Fenella schüttelte den Kopf.

»Nein, Wilkinson Manor ist komplett für die Gäste umgebaut worden. Meine Eltern haben damals den Stall abgerissen und an seiner Stelle dieses Haus hier errichtet. Jetzt komm rein, Lucy freut sich schon darauf, dich kennenzulernen.«

Innes folgte ihr und hörte schon beim Betreten des Hauses ein helles Kinderlachen.

»Lucy?«, rief Fenella nach ihrer Tochter und schloss die Tür hinter Innes.

»Wir sind hier, Mum«, schallte die Antwort aus einem Nebenzimmer.

»Wir?«, fragte Fenella noch, als sie mit Innes das Wohnzimmer betrat. »Oh, hallo Jack.«

Innes blieb in der Tür stehen. Das Wohnzimmer schien ihr bereits jetzt überfüllt mit Fen und ihrer Tochter Lucy, die auf dem Boden saß und ein Tier im Schoß hielt. Innes wusste nicht so recht, was es sein sollte, weil es nur aus Haaren zu bestehen schien. Ein Mann, dieser Jack, kniete vor diesem Fellbündel auf dem Boden.

»Hey Fen«, grüßte er über seine Schulter, ohne sich zu ihr umzudrehen. »Lucy hat mich angerufen, weil Oscar sich mit einer Biene angelegt hat.«

»Geht es ihm gut?«, fragte Fenella besorgt und kniete sich ebenfalls neben den Hund auf den Boden.

»Ja, keine Sorge, sein Bein ist etwas geschwollen, und er wird die nächsten Tage wohl ruhiger sein, aber er wird wieder.«

»Wir sind doch stark!« Lucy schenkte ihrer Mutter ein breites Grinsen, bei dem Innes direkt lächeln musste. Fenella hatte ihr viel über ihre Tochter erzählt, vor allem darüber, mit welcher Stärke und Gelassenheit die Siebenjährige mit ihrer schweren Asthmakrankheit umging. Diese erforderte nicht nur ständige Inhalationen, sondern auch stetige Einnahme anderer Medikamente. Während sie Lucy nun zum ersten Mal sah, dachte sie, dass das Mädchen tatsächlich nicht so aussah, als wolle es sich von irgendeiner Krankheit die Lust am Leben nehmen lassen.

»So, das war es«, erklärte Jack und stand zusammen mit Fenella wieder auf. »Ich komme übermorgen noch einmal vorbei, um nach ihm zu sehen.«

»Danke, Jack.« Als die beiden sich zur Tür wandten und Jack bei Innes' Anblick stutzte, fiel Fenella ein, dass sie ihre Freundin ganz vergessen hatte.

»Entschuldige, Innes«, bat sie und nahm Lucy das Fellknäuel ab, damit auch ihre Tochter sich erheben konnte.

»Darf ich vorstellen? Meine Tochter Lucy und unser Oscar.«

»Der beste Hund auf der ganzen Welt«, ergänzte Lucy und kam zielstrebig auf Innes zu.

»Ja, das ist er«, bestätigte Fenella und schmunzelte.

»Und das ist Jack, der wohl beste Tierarzt der ganzen Welt.«

»Hi«, grüßte Innes in die Runde und winkte kurz.

Am liebsten wäre sie sofort zurück in die Pension gegangen. Sie wollte auf keinen Fall stören.

»So, Sie sind also die berühmte Großstadtfreundin, die uns den Sommer über in Balnodren besucht?«

Jack streckte Innes seine Hand entgegen.

»Äh …« Innes sah fragend zwischen Fenella und Jack hin und her, ehe sie seine Hand ergriff. Sein Händedruck war fest und angenehm, und Innes ertappte sich dabei, wie sie ihre Hand ein wenig länger als unbedingt nötig in der seinen liegen ließ.

»Er zieht dich nur auf«, versicherte Fen, doch Innes sah, wie eine leichte Röte ihre Wangen überzog.

»Natürlich«, bestätigte Jack, und Innes sah ein Funkeln in seinen graublauen Augen, während seine Mundwinkel verräterisch zuckten. Diese Versicherung hätte sie dazu bringen sollen, sich zu entspannen. Stattdessen breitete sich ein nervöses Flattern in ihrem Magen aus.

»Also, ich bin dann weg«, wandte Jack sich wieder an Fenella und fuhr Lucy sanft über den Kopf, als er an ihr und Innes vorbeiging.

»Sie redet seit Wochen von nichts anderem als von Ihrem Besuch, und es würde mich wundern, wenn es eine Menschenseele in Balnodren gäbe, die nicht auf Anhieb wüsste, wer Sie sind«, raunte er Innes noch zu, ehe er das Haus verließ.

»Er übertreibt!«, beharrte Fen, der seine Worte nicht entgangen waren. Innes räusperte sich und suchte nach ihrer Stimme, die ihr abhanden gekommen zu sein schien. »Ich wette, du hast niemandem so viel von mir erzählt, wie du mir von Lucy erzählt hast.«

Mit einem Lächeln wandte sie sich dem Mädchen zu und hielt ihr die Hand entgegen.

»Es freut mich, dich endlich kennenzulernen.«

Lucy strahlte sie an und schüttelte ihre Hand.

»Mir hat sie ganz viel von dir erzählt.«

Lucy hielt grinsend ihre Hand fest, während sie sie zu Fenella und dem Hund führte, den diese noch immer im Arm hielt.

»Das ist Oscar«, stellte Lucy ihren Hund noch einmal vor. Tatsächlich konnte Innes aus der Nähe nun auch den Hund unter dem ganzen Fell erkennen.

Zumindest sah sie seine Schnauze und die rosa Zunge, die hechelnd aus dem kleinen Maul heraushing. Seine Ohren, außer der Schnauze das einzig Schwarze an dem ansonsten weißen Fell, standen aufrecht. Seine Augen konnte sie nicht ausmachen. Sie fragte sich, ob er sich wirklich mit einer Biene angelegt, oder ob er diese einfach nicht gesehen hatte. Innes hielt dem Hund ihre Hand entgegen und ließ ihn an sich schnuppern. Seine kleinen Beinchen strampelten wild in der Luft, bis Fenella ihn auf den Boden ließ. Dann humpelte Oscar zu einem Stoffkörbchen, das vor dem bodentiefen Fenster in Richtung Garten stand.

»Ich hätte dich ja hier bei uns einquartiert, aber wir haben nur unsere beiden Schlafzimmer«, entschuldigte sich Fenella, doch Innes winkte ab: »Solange ich deinen Gästen kein Zimmer wegnehme...«

Ein Schatten legte sich über Fens Gesicht, doch so schnell dieser gekommen war, so schnell war er auch schon wieder verschwunden.

»Ich bereite dann schon mal das Abendessen vor. Du musst am Verhungern sein, Innes. Kommt ihr mit in die Küche? Dann reden wir, und ihr beide könnt euch kennenlernen.«

Zu dritt gingen sie in die Küche, und Innes ließ es sich nicht nehmen, Fenella bei der Zubereitung des Abendessens zu helfen.

»Von diesem Jack hast du mir aber nichts erzählt«, raunte sie Fenella zu, während Lucy den Tisch deckte. Fenella sah ihre Freundin erstaunt an.

»Ich wusste nicht, dass ich dir über die Einwohner der Stadt so viel erzählen sollte? Ich dachte mir, du lernst sie ohnehin kennen, wenn du hier bist.«

»Wie? Er ist nur irgendein Einwohner der Stadt?«

Fen verstand nicht recht, worauf Innes hinauswollte.

»Na ja, er ist der Tierarzt hier.«

»Das ist alles?«

»Was soll er denn noch sein?«

»Dein Freund?«, hakte Innes schließlich nach.

Fenella sah sie entgeistert an.

»Jack?«

»Ja, wieso nicht? Ich meine, er scheint nett zu sein, scheint Lucy zu mögen, Tiere sowieso. Und er sieht gut aus…« Innes konnte nicht verhindern, dass ihr das Bild seiner funkelnden graublauen Augen oder dieses neckische Grinsen wieder in den Sinn kamen. Er sah wirklich gut aus, dachte sie. Dunkles, kurzes Haar. Dreitagebart. Groß, mit breiten Schultern, ohne die Muskeln eines regelmäßigen Fitnessstudiobesuchers mit sich herumzuschleppen. Ein Naturbursche, ohne Frage. Nichts, was man in Edinburgh oft zu Gesicht bekam. Niemand, der in die Großstadt gepasst hätte. Aber hier auf Skye und auch zu Fenella hätte er doch wirklich gut gepasst.

»Es ist Jack!«, erwiderte Fenella und schüttelte lachend den Kopf. »Nein, glaub mir, da ist rein gar nichts und wird auch nie etwas sein.« Sie warf Innes einen kurzen Seitenblick zu. »Also, wenn du an ihm interessiert bist … seine Nummer liegt beim Telefon.«

»Rede keinen Unsinn«, unterbrach Innes sie. »Ich bin nicht hier, um einen Mann kennenzulernen. Ich habe schon genug Probleme damit, einen Job zu finden, das reicht mir im Moment ganz und gar.«

»Ist das Essen fertig?«, fragte Lucy und unterbrach damit jegliche weitere Diskussion über Männer im Allgemeinen und einen gutaussehenden Tierarzt im Besonderen.

Wolkeninsel

Am nächsten Morgen traf Innes Lucy und Fenella im Esszimmer des Wilkinson Manor zum Frühstück. Amy gesellte sich zu ihnen, als sie gegen zehn Uhr in die Pension kam, um ihren täglichen Dienst zu leisten.

»Wann fallen denn die Touristenhorden hier ein?«, fragte Innes nach ihrem zweiten Kaffee, der sie von einem einsilbigen, grummelnden Morgenmuffel langsam in einen Menschen verwandelte. Sie bemerkte erneut, wie sich Fens Miene bei diesem Thema verdüsterte, und ihre Freundin versuchte hastig, auf etwas anderes zu sprechen zu kommen.

»Wie wäre es, wenn wir heute die Stadt erkunden? Es gibt zwar nicht so viel zu sehen, aber ich kann dir alles zeigen, und wir könnten zur Bucht runtergehen.«

Innes, die ihre Freundin nicht drängen wollte, stimmte zu. »Ich muss nur vorher noch mal kurz an meinen Laptop«, erklärte sie, während alle vom Tisch aufstanden. Als Innes beim Abräumen helfen wollte, hielt Fenella sie zurück.

»Amy verdient sich hier etwas dazu, also lass sie auch arbeiten«, erklärte sie. Innes gab sich geschlagen.

Eine Viertelstunde später kam sie aus ihrem Zimmer zurück. Ihr Mailfach hatte sie mit gähnender Leere begrüßt. Ein Teil von ihr sagte sich, dass das besser war, als noch eine weitere Absage zu kassieren. Keine Antwort bedeutete schließlich, dass eine Zusage noch ausstehen konnte. Der größte Teil von ihr weigerte sich aber, sich falschen Hoffnungen hinzugeben.

»Ich bin soweit«, rief Innes Fenella entgegen, die mit zerknirschtem Gesichtsausdruck in die Empfangshalle kam.

»Tut mir schrecklich leid, mir ist ein wichtiger Termin in Portree dazwischen gekommen, da muss ich unbedingt hin. Können wir den Stadtrundgang verschieben?«

»Ich kann sie rumführen«, bot sich Amy an. Nach einem kurzen Zögern stimmte Fenella zu. Kaum, dass sich Fenella und Lucy auf den Weg nach Portree gemacht hatten, verließen auch Innes und Amy die Pension.

»Willst du nicht abschließen?«, fragte Innes, doch Amy winkte nur ab: »Hier bricht keiner ein.«

Amy führte Innes die Straße, die sie am Vortag mit Fenella erklommen hatte, wieder hinab.

»Die Bushaltestelle kennst du ja schon. Dort drüben ist ein Supermarkt, nichts Großes, aber es reicht, um das Nötigste einzukaufen. An der Bucht unten sind zwei Restaurants, dann gibt es noch dort in der Straße einen Zahnarzt, und am Ende von Balnodren liegt Jacks Tierarztpraxis. Er ist aber meistens unterwegs.«

Amy ratterte die Informationen nur so herunter und deutete gelangweilt in die jeweilige Richtung, in der die von ihr genannten Gebäude lagen.

»Du scheinst es hier nicht sonderlich zu mögen«, stellte Innes fest, als sie sich der Bucht näherten.

Amy schnaubte.

»Seien wir ehrlich. Balnodren ist toll für kleine Kinder und alte Leute. Alles, was zwischen zwölf und zweiundsiebzig ist, sollte sich hier nicht wohlfühlen.«

»Trotzdem verbringst du deine Semesterferien hier?«

»Ich brauche Geld«, erklärte Amy und zuckte mit den Schultern. Als sie an dem kleinen Hafen der Stadt ankamen, winkte Amy einem jungen Mann zu, der sich am Strand um ein Fischernetz kümmerte.

»Das ist Luke«, erklärte sie Innes. »Wir sind die einzigen beiden aus unserem Jahrgang in Balnodren. Im Gegensatz zu mir ist er aber freiwillig in den Semesterferien hier.« Sie schüttelte sich, um deutlich zu machen, dass sie diesen Gedanken gar nicht nachvollziehen konnte.

»Sag mal, die Pension läuft nicht besonders gut, oder?«, wagte Innes bei Amy nachzufragen. Amy schwieg. Als Innes zu ihr hinüberblickte, sah sie, wie Amy auf ihrer Unterlippe kaute und auf das Meer hinaussah.

»Es läuft schon seit ein paar Jahren nicht besonders gut«, antwortete Amy schließlich leise. Sie schoss einen Stein vor sich her und schob die Hände in die Taschen ihrer Jeans. »Aber Fen hält an der Pension fest, will sie partout nicht aufgeben.«

Die beiden blieben stehen, und Innes sah auf das Meer hinaus. Ihr Blick glitt über die Fischerboote, die im Hafen lagen, und über den schmalen Streifen Strand, an dem außer Luke noch ein paar weitere Männer damit beschäftigt waren, Netze zu flicken oder

Boote zu reparieren. Sie dachte zurück an die weiten grünen Wiesen, an denen sie vorbeigefahren war, und an die Bilder, die sie zuvor schon von Skye gesehen hatte. Im Fernsehen oder im Internet.

»Ich dachte, Skye wäre ein begehrtes Reiseziel?«

Amy zuckte mit den Schultern. »Ist es ja auch, nur hier kriegt man nichts davon mit. Wir sind wohl selbst für Skye zu abgelegen.«

»Ich habe gerade mal nur etwas über eine Stunde von Portree hierher gebraucht. Mit dem Bus!«

Innes runzelte die Stirn. Sie erinnerte sich an den Anblick zwischen den Apfelbäumen hindurch.

Das perfekte Foto, um für die Pension zu werben.

Während Amy sie über eine andere Straße zurück zur Pension führte, formte sich in Innes' Kopf langsam ein Plan. Sie hatte drei Monate Zeit auf Skye, nichts zu tun, außer den Bildschirm ihres Laptops oder wahlweise den ihres Handys anzustarren, immer in der Hoffnung, dass neue Nachrichten eingehen mögen, die nicht mit »*Wir bedauern sehr...*« begannen.

Sie könnte Fenella helfen.

»Ich brauche nur eine gute Kamera«, murmelte sie.

»Was?«

Erst als Amy sie aus ihren Gedanken riss, fiel Innes auf, dass sie mitten auf der Straße stehen geblieben war und Amy schon einige Schritte vor ihr lief.

»Weißt du zufällig, ob Fen einen Fotoapparat hat? Ich meine, einen guten Fotoapparat?« Bestimmt hielt Fenella Lucys Kindheit in Bildern fest. Amy dachte kurz nach. »Sie hat so eine ältere Digitalkamera, die hat aber schon zehn Jahre auf dem Buckel. Wofür brauchst du sie denn?«

»Für einen guten Werbeauftritt des Wilkinson Manor brauchen wir gute Bilder von der Pension, Balnodren und der Umgebung«, erklärte Innes, woraufhin Amy sie noch verwirrter ansah als zuvor.

»Fen hat keinen Werbeauftritt des Manors.«

»Eben! Und das will ich ändern.«

Innes grinste Amy an und schloss die Lücke zwischen ihnen mit großen Schritten. »Ich fürchte nur, ich bräuchte eine bessere Kamera als das, was Fen hat.«

Nach kurzem Zögern strahlte Amy über das ganze Gesicht. »Die Idee ist super! Ich kann Luke fragen, ob er dir seine Kamera leiht. Spiegelreflex-Digitalkamera ist in Ordnung, oder?«

***

Als Innes ihre Idee beim Abendessen unterbreitete, schien Fenella gar nicht begeistert.

»Ich weiß nicht, Innes. Das ist so viel Aufwand und Arbeit und so viel drumherum. Ich kann mir das auch gar nicht leisten …«

»Ich nehme doch dafür kein Geld von dir!«, empörte sich Innes. »Lass mich dir doch helfen, Fen.«

»Ich brauche keine Hilfe«, sagte Fenella trotzig und presste die Lippen aufeinander.

»Gut, dann hilf du halt mir. Ich gebe die Pension als

meinen Kunden an und nutze die Homepage und den Katalog für mein Portfolio.« Innes sah, wie Fenella mit sich rang. Sie warf Lucy einen flehenden Blick zu, und das Mädchen ging sofort darauf ein.

»Au ja, Mum, das klingt toll! Ich kann auch helfen.«

»Nein!«

Innes sah, wie die Sorge um ihre Tochter auf Fenellas Gesicht sichtbar wurde.

»Du kannst nicht mit ihr durch die Gegend ziehen und Fotos machen, auf gar keinen Fall.«

»Aber sie kann mir dabei helfen, die besten Fotos auszusuchen und den Katalog und die Homepage zu gestalten«, schlug Innes vor.

»Hättest du dazu Lust, Lucy?«

Lucy nickte begeistert und sah ihre Mutter nun genauso hoffnungsvoll an, wie Innes es tat.

»Na gut«, gab diese sich schließlich geschlagen.

***

Amy hatte es tatsächlich geschafft, Luke zu überreden, Innes seine Kamera zu leihen. Bereits am nächsten Morgen brachte sie den Schatz, wie sie die Kamera nannte, mit in die Pension und überreichte sie Innes feierlich. Diese machte sich nach dem Frühstück sofort auf den Weg. Die ersten Fotos schoss sie bereits beim Verlassen der Pension von der Haustür aus. Der Blick über Balnodren hinab und über die Kilmaluag Bay. Fischerboote waren auf dem Meer zu sehen. Der

Wind wehte ihr ins Gesicht, und Innes raffte ihre Haare in einem Pferdeschwanz zusammen, damit sie ihr nicht ins Gesicht flogen. Im Hafen machte Innes noch ein paar weitere Aufnahmen von der Bucht, ehe es sie ganz aus der kleinen Stadt hinaus zog.

Sie ließ sich Zeit, holte immer wieder ihre Kamera hervor, um die Wiesen, das Meer und die entfernten Berge zu fotografieren. Auch einige einsame Cottages hatten sich für Fotos angeboten. Besonders stolz war sie jedoch über das Bild eines vorwitzigen Hochlandkalbes, das zu ihr an den Weidezaun gekommen war und sich ihrer Linse geradezu entgegen gereckt hatte. Sie würde das Foto wohl eher nicht für die Homepage oder den Katalog verwenden können, aber vielleicht machte sie Lucy damit eine Freude.

Vielversprechender sah da die Schafweide aus, an der sie gerade vorbeikam. Die Wiese stieg leicht an, im Hintergrund waren einige spannende Felsformationen zu erkennen. Ohne lange zu überlegen, kletterte Innes über den Zaun und ging einige Schritte über die Weide. Im Gras sank sie auf die Knie und suchte nach dem besten Winkel, aus dem heraus sie Wiese, Schafe und Berge zusammen auf einem Bild unterbringen konnte.

Schließlich legte sie sich auf den Bauch und erhielt das von ihr gewünschte Ergebnis. Das waren die Art von Motiven, nach denen sie gesucht hatte. Bilder, die die Ruhe und Idylle der Umgebung einfingen und den zukünftigen Gästen zeigten, in was für einem Paradies sie Urlaub machen konnten.

»Solange man im Paradies nicht mehr als eine Handvoll Menschen, keinen Coffeeshop oder irgendeine Möglichkeit zum Ausgehen haben will«, murmelte sie. Sie konnte es Amy nicht verdenken, dass sie von hier weg wollte. Himmel, sie fragte sich, wie sie auf den Gedanken gekommen war, eine Auszeit hier würde ihr gut tun? Sie war gerade den dritten Tag auf Skye und hatte sich schon Arbeit gesucht.

Während sie Fotos schoss, überlegte sie, mit welchen Texten sie diese in Szene setzen konnte. Die Wikinger hatten Skye Nebel- oder auch Wolkeninsel genannt, fiel ihr ein. Nebel war weit und breit keiner zu sehen.

»Und Wolken ...« Innes drehte sich auf den Rücken und betrachtete den Himmel durch den Sucher der Kamera hindurch. Ein paar einzelne Schäfchenwolken zogen über den Himmel. Nichts Besonderes, dennoch drückte Innes ein paar Mal auf den Auslöser, bis sich auf einmal etwas vor das Objektiv legte, das alles andere als eine Wolke war.

Innes schrie erschrocken auf und setzte sich. Sie war bereit, auf allen Vieren davon zu krabbeln, wenn es sein musste. Mit Herzklopfen sah sie zu Jack hoch, der sie lachend musterte.

»Müssen Sie mich so erschrecken?«, fragte sie ihn und versuchte, ihren Herzschlag wieder unter Kontrolle zu bekommen, nun, da sie nicht mehr fürchten musste, von einem Riesenschaf angegriffen zu werden.

»Sollten die Fotomodels nicht die Damen dort hinten

sein?«, erwiderte Jack mit einem Schmunzeln und deutete auf die Schafe, die ungerührt auf dem Hügel grasten.

»Von denen habe ich schon mindestens zwanzig Fotos«, erklärte Innes. Jack hielt ihr eine Hand entgegen, um ihr aufzuhelfen. Innes ergriff sie und ließ sich von ihm hochziehen.

»Was genau hast du denn dann gerade fotografiert?«

»Die Wolken«, erwiderte Innes kleinlaut und vermied es, ihn dabei anzusehen. Wenn sie es laut aussprach, klang es ziemlich albern.

»Wie war das?«, hakte Jack nach.

Innes war plötzlich sehr damit beschäftigt, ihren Pferdeschwanz neu zu richten.

»Ich wollte die Wolken fotografieren«, gab sie schließlich etwas lauter zu und spürte, wie ihr die Hitze in die Wangen schoss. Jack zog die Brauen hoch. Innes hob hilflos die Arme und ließ sie wieder fallen.

»Es heißt doch Nebel- oder Wolkeninsel«, erklärte sie. »Ich hatte gehofft, es käme ein gutes Bild dabei heraus. Was sich leider als Irrtum erwiesen hat.«

Jack hob das Gesicht gen Himmel, und Innes überlegte einen Moment, ob sie diesen Augenblick nutzen und die Flucht ergreifen sollte, entschied sich dann jedoch dagegen. Sie hatte sich schon genug blamiert.

»Ich fürchte, das wird heute nichts«, stellte Jack schließlich fest.

»Sagen Sie, Sie haben nicht zufällig eine Idee, wo ich

mich auf die Suche nach guten Motiven machen kann?«, versuchte Innes von ihrem Wolkendebakel abzulenken. »Ich will …«

»Eine Homepage für das Wilkinson Manor gestalten«, vollendete Jack ihren Satz.

Innes sah ihn verdutzt an.

»Ich komme gerade vom Manor. Ich habe nochmal nach Oscar geschaut, und Lucy hat mir begeistert davon erzählt, dass sie bei dieser Aktion helfen darf.«

»Ich hoffe, sie steckt auch Fen noch mit ihrer Begeisterung an.«

»Fenella Wilkinson ist niemand, der sich gern helfen lässt.« Wie recht er damit hatte. Innes vermutete auch, dass Amys Anstellung in der Pension nur als Ausrede diente, ihrer Cousine Geld geben zu können. Gäste gab es ja leider keine, die Amy hätte betreuen müssen.

»Wenn du etwas Zeit hast, ich glaube mein nächster Termin dürfte sich für ein paar gute Fotos eignen«, schlug Jack vor. Innes sah ihn erwartungsvoll an, doch er lachte nur kopfschüttelnd.

»Nein, ich verrate nicht, worum es geht. Also?«

Innes folgte ihm zu seinem Auto, das direkt neben dem Zaun auf dem Weg geparkt war.

»Darf ich nicht mal erfahren, wo es hingeht?«, fragte Innes, als sie den Sicherheitsgurt anlegte.

»Dann wäre es ja keine Überraschung mehr«, erwiderte Jack. »Nein, das ist schon etwas, das man selbst sehen muss. Besonders als Großstadtmensch. Vergiss vor lauter Aufregung nur nicht zu knipsen.«

Innes schnaubte leise. Sie konnte sich nicht vorstellen, dass es auf dieser Insel irgendetwas geben konnte, das sie derart überraschen könnte.

Sie fuhren nicht lange, keine Viertelstunde, wie Innes mit einem Blick auf ihre Uhr feststellte, und dafür war sie äußerst dankbar, da sie schon nach kurzer Zeit jeglichen befestigten Weg hinter sich gelassen hatten und nur noch querfeldein gefahren waren. Schließlich parkte Jack seinen Wagen in der Nähe einer Klippe. Innes sah ihn verunsichert an.

»Na komm«, forderte Jack sie auf und stieg aus dem Wagen. Zögernd folgte Innes ihm. Sie gingen einen schmalen Pfad von den Klippen hinab zu einem Steinstrand. Innes wollte gerade fragen, was sie denn hier Spektakuläres erwarten sollte, als Jack auf einen großen Stein kletterte, der ihnen den Weg versperrte und ihr die Hand entgegenstreckte, um ihr hinauf zu helfen.

Kaum, dass sie auf dem Stein zu stehen kam, erstarrte sie. Der Steinstrand erstreckte sich noch einige hundert Meter weit, ehe er an einem aufragenden Felsen endete. Und zwischen ihnen und diesem Felsen lag eine Robbenkolonie.

»Oh mein Gott«, hauchte Innes. Die ersten Tiere lagen keine zwei Meter von ihr entfernt. Noch nie war sie einem wilden Tier so nahe gewesen. Die Robben zeigten keinerlei Scheu. Innes glaubte fast, sie hätte zu ihnen gehen und sie streicheln können.

»Nicht die Fotos vergessen«, raunte Jack ihr zu und riss sie aus ihren Gedanken. Innes drehte sich zu ihm um und sah ihn mit großen Augen an. Jack lachte leise, und Innes schloss hastig den Mund, als ihr auffiel, dass sie die Tiere – und nun auch Jack, mit offenem Mund angestarrt hatte.

»Das ist ja unglaublich«, murmelte sie und hob mit zitternden Händen die Kamera vor die Augen. Während sie die ersten Bilder machte, sprang Jack auf der anderen Seite des Steins herab und ging auf die ersten Robben zu. Tatsächlich konnte er sie berühren, ohne dass sie vor ihm flohen. Innes kam aus dem Staunen kaum noch heraus.

Als Jack zu ihr herüber blickte und sie zu sich winkte, ließ sie sich langsam auf dem nassen Stein herabgleiten und gesellte sich mit vorsichtigen Schritten zu ihm. Wenn sie erwartet hatte, dass die Robben bei ihr anders reagieren würden, als bei Jack, so hatte sie sich getäuscht.

»Hi«, flüsterte sie, als sie die Hand nach dem Tier ausstreckte, neben dem Jack kniete. Tatsächlich ließ sich die Robbe von Innes streicheln. Ein Kloß bildete sich in ihrer Kehle. Ihr fehlten die Worte. Noch nie hatte sie etwas Vergleichbares erlebt, und sie wusste, dass kein Foto der Welt diesem Moment gerecht werden würde.

»Habe ich zu viel versprochen?«, fragte Jack leise. Innes schüttelte stumm den Kopf.

»Die Robben sind normalerweise auf den Felsen dort draußen vor der Bucht zu Hause«, erklärte er und deutete auf einige Felsen, die aus dem Wasser aufragten. »Hin und wieder kommen sie aber auch hier an diesen Strand. Die Fischer informieren mich regelmäßig, wenn das passiert, und ich nutze die Gelegenheit, um nach ihnen zu sehen. Diesem kleinen Kerl hier«, er streichelte vorsichtig über den Kopf der Robbe, »habe ich erst vor zwei Wochen einen Verband von seiner Flosse entfernt.«

»Danke«, flüsterte Innes, als sie endlich ihre Fassung wiedergefunden hatte.

»Das ist mein Job«, erklärte Jack und schmunzelte.

»Nein, ich meine dafür, dass ich mit durfte.«

Das Schmunzeln verschwand aus Jacks Gesicht, und er nickte Innes zu.

»Wenn du noch ein wenig mehr Zeit hast, versichere ich dir, dass du hier und heute noch ein Bild des Himmels bekommst, der dir zeigt, woher Skye ihren Namen hat.«

»Ich habe alle Zeit der Welt«, versicherte Innes.

Sie blieben den Rest des Tages am Strand, und Innes schoss so viele Fotos, wie sie konnte, von den Robben. Als die Sonne langsam unterging, verstand sie, was Jack gemeint hatte. Der Himmel über dem Meer färbte sich in den schillerndsten Pink-, Gelb- und Rottönen, die sie sich nur vorstellen konnte. Selbst das Meer verwandelte sich in einen magischen Regenbogen. Am Himmel bildeten sich derweil feine Wolken, die weiße Muster in das farbenprächtige Naturgemälde zogen.

»Nicht das Fotografieren vergessen«, erinnerte Innes sich selbst, bevor Jack es tun konnte und fing den Sonnenuntergang in mehreren Bildern ein.

Sturmschreien

Am nächsten Morgen saßen Innes, Amy, Fenella und Lucy gemeinsam beim späten Frühstück, als Jack in die Pension kam.

»Guten Morgen, Jack. Was treibt dich denn hierher? Wolltest du noch einmal nach Oscar schauen?«

»Nein, eigentlich wollte ich Innes fragen, ob sie noch ein paar Inspirationen für ihre Fotos braucht.«

Alle Augen richteten sich gleichzeitig auf Innes, und sie sah, dass sowohl Amy als auch Fenella die Brauen hochzogen. Ehe die beiden Cousinen irgendwelche Fragen stellen konnten, stopfte Innes sich den Rest ihres Toastbrotes in den Mund und schob ihren Stuhl zurück.

»Sehr gern«, sagte sie, so gut sie das mit vollem Mund konnte. Schnell lief sie an Jack vorbei in die Eingangshalle und hinüber in den Aufenthaltsraum, in dem sie am Abend zuvor die Bilder des vergangenen Tages auf ihren Laptop gezogen hatte. Mit der nun wieder leeren Karte in der Kamera kehrte sie zu Jack zurück.

»Wir können«, erklärte sie und winkte den zurückbleibenden Wilkinsons noch rasch zu.

»Ich muss in die Nähe des Duntulm Castle. Es ist zwar nur noch eine Ruine, aber ich denke, es sollten ein paar gute Bilder dabei herauskommen.«

Jack hatte nicht zu viel versprochen, stellte Innes später fest, während sie durch die zerfallene Burg schritt, die hoch auf den Klippen lag. Die Wellen brachen sich unterhalb der Burg an den Felsen, und der Wind wehte ihr das Haar ins Gesicht, obwohl sie es am Morgen wieder zu einem Pferdeschwanz zurückgebunden hatte. Als Innes zufrieden und mit vielen neuen Fotos zurück zu jenem Bauernhof kam, an dem sie Jack zurückgelassen hatte, war dieser gerade noch mit dem Bauer im Gespräch vertieft. Innes wollte nicht lauschen, doch als sie näher kam, stellte sie fest, dass dafür keine Gefahr bestand. Die beiden unterhielten sich doch tatsächlich auf Gälisch miteinander. Dabei hatte Innes geglaubt, sie könne hier auf Skye nichts mehr überraschen. Sie hatte Fenella noch nie gälisch sprechen hören, fiel ihr dabei ein.

»Wie hat dir Duntulm Castle gefallen?«, fragte Jack, als er zum Wagen zurückkehrte.

»Sehr gut«, erwiderte Innes und sah Jack mit zur Seite geneigtem Kopf an. »Ich hätte nicht gedacht, dass du gälisch sprichst.«

»Wieso nicht?«, erkundigte er sich, als sie an der Küste entlang weiterfuhren. Innes zuckte mit den Schultern.

»Ehrlich gesagt habe ich nicht geglaubt, dass noch irgendwer unter sechzig Gälisch kann«, gab sie zu. Jack warf ihr einen kurzen Seitenblick zu, und Innes sah, wie sich seine Augen weiteten.

»Du hast noch viel über Skye zu lernen, Großstadtmädchen«, entschied Jack und schüttelte den Kopf. Innes öffnete den Mund, um etwas zu erwidern, schloss ihn dann aber wieder.

»Wo fahren wir jetzt hin?«, fragte sie stattdessen nach einer Weile.

»Solange mein Handy nicht klingelt und einen Notfall ankündigt, habe ich den Rest des Tages frei«, erklärte Jack. »Ich dachte mir, ich zeige dir noch ein paar typische Touristenattraktionen?«

Innes hob ihre Kamera in die Höhe. »Ich bin zu jeder Schandtat bereit«, versprach sie. Jack hielt seinen Wagen schließlich vor einer Gruppe kleiner Cottages an, die zu einem eigenen kleinen Dorf errichtet worden waren.

»The Skye Museum of Island Life«, las Innes auf einem Schild, als sie aus dem Wagen stiegen. Jack umrundete den Wagen und legte Innes einen Arm um die Schultern.

»Ich sagte ja, du musst noch viel lernen. Wie gut, dass du mich hast, Stadtmädchen.« Das Funkeln war wieder in seinen Augen, und noch während Innes darauf wartete, dass das nervöse Flattern in ihrem Magen sich bemerkbar machen würde, war es auch schon da. Stärker als bei ihrem ersten Treffen oder dem Tag zuvor. Sie wandte den Blick von Jacks graublauen Augen ab und sah sich die Häuser an.

»Na, dann zeig mir doch einmal, was ich nicht verpassen sollte«, forderte sie ihn auf und folgte ihm, als er seine Tour durch das Freilichtmuseum begann. In den alten Hütten, in denen das Leben auf einem alten Bauernhof, in einer Schmiede oder einer Weberei nachgestellt wurde, vergaß Innes für einige Zeit das Fotografieren.

»Bereit, zurück in die Gegenwart zu reisen?«, fragte Jack schließlich, und Innes stellte mit einem Blick auf ihre Armbanduhr erstaunt fest, dass sie fast zwei Stunden hier verbracht hatten. Auf der Rückfahrt sortierte Innes bereits die Bilder auf der Kamera und löschte einige, die zu dunkel geworden waren oder deren Qualität aus anderen Gründen nicht gut genug war. Als sie den Blick hob, sah sie auf einem Hügel vor sich eine Schafherde laufen, ein einsamer Schäfer und ein Hund hinter ihnen. Die untergehende Sonne tränkte den Himmel in ein rosarotes Farbenmeer, auf dem vereinzelte Wolken schwammen.

»Stopp!«, rief sie und griff nach Jacks Arm, ohne darüber nachzudenken, was sie tat. Jack bremste scharf ab und sah sich suchend um.

»Was ist passiert?«, fragte er, während Innes bereits die Beifahrertür öffnete und aus dem Auto sprang. Sie hob die Kamera vors Gesicht und beobachtete die Szene um den Schäfer durch das kleine Fenster der Digitalkamera. Es lag eine unglaubliche Ruhe über dem, was sie sah, eine Ruhe, die schließlich allerdings von Jacks Schnauben unterbrochen wurde.

»Nur, damit ich das richtig verstehe: Ich habe gerade eine Vollbremsung hingelegt, weil du ein Foto von Ron haben wolltest?«

Innes drückte noch ein paar Mal auf den Auslöser, ehe sie die Kamera sinken ließ und Jacks Blick begegnete. »Entschuldige«, erwiderte sie, als ihr bewusst wurde, dass sie Jack erschrocken haben musste. »Aber ich musste das fotografieren, es sah einfach perfekt aus.«

Das Bellen eines Hundes unterbrach sie, und Jack und Innes wandten sich dem Geräusch zu. Der Schäfer hob die Hand zum Gruß und kam langsam zu ihnen an den Weg, während seine Schafe sich auf der angrenzenden Wiese verteilten.

»Ah, guten Abend, Jack«, grüßte der alte Mann schon von Weitem und kam lächelnd auf sie zu.

»Guten Abend, Ron«, erwiderte Jack und ergriff die Hand des alten Mannes, die dieser ihm entgegenstreckte.

»Deine Freundin?«, fragte Ron mit einem Blick auf Innes, die sich auf den Weg um die Motorhaube des Wagens machte.

»Was? Oh, nein, nein«, versicherte sie hastig und schüttelte den Kopf. Im nächsten Moment schalt sie sich selbst für ihre unbedachte Erwiderung und warf Jack einen kurzen Blick zu. Sie hatte nicht so entsetzt klingen wollen, wie sie es in ihren eigenen Ohren getan hatte.

»Innes Graeme, Ronald McLeod«, stellte Jack sie einander vor. »Innes ist eine Freundin von Fen …«

»Ah, der einsame Sommergast. Dann ist das wohl Lukes Kamera.«

Innes sah von ihrer Kamera zu Ron und zog überrascht die Brauen hoch. Der alte Schäfer lachte.

»Hier kennt jeder jeden, Nìghneag. Neuankömmlinge bleiben nicht lange geheim. Es stimmt doch, dass Sie mit Lukes Kamera umherziehen und Fotos von Skye machen?«

Innes bestätigte dies, während sie zusah, wie sich der Collie, der Ron begleitet, vor Jack hinsetzte und die Pfote hob. Nachdem Jack den rotweißen Hund gebührend begrüßt hatte, wiederholte das Tier sein Vorgehen bei Innes.

»Ein echter Gentleman, was?«, fragte sie Ron, während sie die Pfote des Hundes in ihre Hand nahm.

»Ja, mein Tim weiß, was sich gehört. Nicht wahr, mein Junge?«

Tim bellte einmal zustimmend. Nachdem Ron einen kurzen Pfiff erklingen ließ, machte sich der Collie auf zu den Schafen.

»Du treibst sie ein?«, erkundigte Jack sich und Ron nickte. Mit der geschlossenen Faust klopfte er sich auf den rechten Oberschenkel.

»Ein Sturm zieht auf, das spüre ich in den Knochen. Da sind die Schafe im Stall sicherer. Ich bin zu alt, um entlaufene Lämmer einzufangen, und die alte Dorothy kann jeden Tag ihr Lamm bekommen.«

»Ihre Schafe haben tatsächlich alle Namen?«, fragte Innes und ließ den Blick über die Herde gleiten. »Wie können Sie die Tiere denn auseinanderhalten?« Als sie wieder zu Ron sah, entging ihr nicht, wie dieser Jack einen amüsierten Blick zuwarf.

»Sie ist aus Edinburgh«, erklärte Jack grinsend und

Ron nickte langsam. »Großstadtmädchen, also.«

Innes warf die Arme in die Luft und seufzte demonstrativ.

»Jedes Schaf ist einzigartig«, erklärte Ron und deutete auf eines der Schafe in ihrer Nähe. »Molly hat einen schwarzen Fleck auf der Schnauze, Alfa humpelt leicht, und Dorothy...«, er deutete auf ein Schaf, das zielstrebig auf sie zukam. Es blökte Ron an, ehe es an Innes' Händen schnupperte.

»Dorothy wurde von meiner Tochter aufgezogen und hat von ihr jeden Tag Leckerli bekommen. Seither sucht sie bei jeder Frau, der sie begegnet, etwas zu fressen. Männer ignoriert sie hingegen.«

Innes hielt dem trächtigen Schaf die offenen Handflächen entgegen. »Tut mir leid, aber ich habe nichts für dich«, entschuldigte sie sich bei Dorothy, deren Blöken durchaus als vorwurfsvoll verstanden werden konnte.

»Du sagst mir Bescheid, wenn du Hilfe bei der Geburt brauchst?«

Ron nickte und winkte im gleichen Moment ab.

»Es ist nicht ihr erstes Lamm. Dorothy macht das schon allein.« Er verabschiedete sich von Jack und Innes und pfiff nach Tim, um die Schafe weiter zu treiben.

»Glaubst du, dass wirklich ein Sturm aufzieht?«, erkundigte Innes sich bei Jack und sah zu den wenigen Wolken empor, die über ihnen dahinzogen.

»Wenn Ron sagt, dass ein Sturm aufkommt, dann

kannst du dir sicher sein, dass einer kommt«, war Jack überzeugt.

***

Als Innes ein paar Stunden später in ihrem Bett lag und noch ein wenig lesen wollte, hörte sie die ersten Regentropfen an ihr Fenster klopfen. Sie legte das Buch zur Seite und ging barfuß über die dunklen Holzdielen zum Fenster. Als sie den Vorhang zur Seite schob, sah sie, wie sich die Wipfel der nahen Bäume sanft im Wind bogen. Von einem Sturm war dies allerdings noch weit entfernt. Mit diesen Gedanken kehrte sie ins Bett zurück und las noch einige Seiten, bevor sie einschlief.

Waren Regen und Wind am Abend noch mild gewesen, so zeigte sich das Wetter am Morgen von seiner rauen Seite.

»Bei dem Wetter schickt man doch keinen Hund vor die Tür«, fluchte Amy, als sie das Hotel betrat und das dunkle Haar schüttelte, dass die Tropfen nur so um sie herumflogen.

»Wie gut, dass du keiner bist«, konterte Fenella, während sie mit den Tellern fürs Frühstück an ihrer Cousine vorbei schritt. Innes, die gerade die Treppe herabkam, sah, wie Amy hinter Fenellas Rücken eine Grimasse schnitt und sich aus ihrer Jacke schälte.

»Ich stelle mir das herrlich vor«, erklärte Lucy, die auf einer der gepolsterten Fensterbänke im Speisezimmer saß und auf den Regen hinaus blickte.

Sie streichelte gedankenverloren durch Oscars Fell, während der Hund seinen Kopf auf ihrem Schoß bettete und herzhaft gähnte.

»Herrlich?«, fragte Amy ungläubig und zeigte an sich herab. »Was soll denn an sintflutartigen Zuständen herrlich sein? Alles zerrt und rüttelt an dir. Der Regen peitscht dir entgegen, der Wind beißt dir eiskalt ins Gesicht …«

»Ja, eben.«

Innes warf Fenella einen überraschten Blick zu, doch diese zuckte nur mit den Schultern.

»Kommst du frühstücken?«, fragte sie ihre Tochter und strich sanft über Lucys Kopf.

»Ich wette, das Meer ist von den Klippen aus heute ein wahnsinnig toller Anblick«, erklärte Lucy, während sie die Fensterbank verließ und zu den anderen an den Tisch kam. »Machst du davon Fotos?«, fragte sie Innes.

»Bei dem Wetter wird Innes sicher nicht rausgehen«, antwortete Fenella, bevor ihre Freundin das konnte.

»Wieso nicht?«, fragten Innes und Lucy wie aus einem Mund. Während Fenella mit offenem Mund dasaß und Innes entsetzt anstarrte, gluckste Lucy fröhlich vor sich hin.

»Machst du Sturmfotos, Innes? Für mich?«, bat sie, als ihre Mutter sich noch immer nicht fangen wollte.

»Ich versuche es, aber ich fürchte, für heute muss meine Handykamera reichen. Lukes Kamera mitzunehmen, ist mir zu gefährlich.«

»Du willst wirklich da raus?«, fragte Fenella. Amy

schüttelte nur stumm den Kopf und häufte sich einen Berg frisch gebackener Eier auf den Teller.

»Wieso nicht?«, wiederholte Innes ihre Frage.

»Ich weiß nicht. Weil es stürmt und regnet und kalt ist und …«

Innes zuckte mit den Schultern. »Klingt doch nach Abenteuer«, meinte sie und zwinkerte Lucy zu, die versuchte, ein erneutes Kichern zu unterdrücken.

»Was glaubst du? Ob man gegen diesen Sturm anschreien kann?«

»Bestimmt nicht!« Lucy sah sie mit großen Augen an.

Fenella murmelte etwas, das Innes nicht gänzlich verstehen konnte. Sie glaubte jedoch, das Wort »verrückt« herauszuhören. Mit einem Schmunzeln verdrückte Innes ihr restliches Frühstück, ehe sie sich mit Regenjacke und einem Paar von Fenella ausgeliehenen Gummistiefeln auf den Weg in den Sturm machte. Sie stellte rasch fest, dass Amy mit ihrer Beschreibung des Wetters nicht übertrieben hatte. Wind und Regen erschwerten das Vorankommen, und die Kapuze ihrer Jacke wollte ihr ständig vom Kopf rutschen und sie den Elementen noch mehr ausliefern.

Die Wege, die sie zuvor mit Jack gefahren war, hatten sich über Nacht in einen schlammigen Fluss verwandelt, und zweimal musste sie die Gummistiefel mit den Händen am Schaft aus dem Matsch ziehen, um nicht gänzlich steckenzubleiben. Trotzdem kam ihr eine Umkehr nicht in den Sinn. Im Gegenteil. Innes hob ihr Gesicht dem Sturm entgegen und sog die nasskalte Luft tief in ihre Lungen. Lucy hatte Recht. Es war herrlich hier draußen!

Innes wusste nicht, wie spät es war, als sie an den Klippen ankam, von denen aus sie die Wellen unter sich an die Felsen brechen sah. Sie konnte ebenso gut erst ein paar Minuten hier draußen sein, wie ein paar Stunden.

Der Wind wehte noch stärker, und während sie ihr Handy mit beiden Händen fest umklammerte, um ein Video für Lucy zu drehen, fegte er ihr die Kapuze vom Kopf und ließ ihr Haar im Regen tanzen.

Jack hob einen Arm vor sein Gesicht, um sich gegen Wind und Regen zu wappnen. Das Sehen war unter diesen Bedingungen nicht gerade einfach. Doch schließlich entdeckte er am Rand der Klippen Innes' rotes Haar aufleuchten.

So schnell es die Witterung zuließ, lief er zu ihr und griff nach ihrem Arm.

»Was tust du hier?« Er wiederholte die Frage, als er merkte, wie leise seine Stimme im Vergleich zu dem Tosen um sie herum war.

Innes rief ihm etwas entgegen. Jack schüttelte den Kopf. Es klang wie Sturmschreien und machte somit überhaupt keinen Sinn. Er zog an ihrem Arm, um sie von der Klippe wegzuziehen. Sie folgte ihm zu seinem Wagen, den er halb auf der Wiese, halb auf dem schlammigen Weg geparkt hatte. Jack öffnete die Tür auf der Beifahrerseite und bedeutete Innes, einzusteigen. Sie hob die Decke und die Thermoskanne auf und hielt sie ihm fragend entgegen.

»Fen hat mich angerufen und gesagt, du seist seit drei Stunden draußen. Sie hat sich Sorgen gemacht«, erklärte Jack, als er auf der Fahrerseite des Wagens einstieg und die Tür hinter sich schloss.

»Drei Stunden?« Innes schob den Ärmel ihrer Jacke zurück und zuckte sichtlich zusammen, als sie einen Blick auf ihre Uhr warf. »So lange kam es mir gar nicht vor«, murmelte sie. Jack nahm ihr die Thermoskanne aus der Hand und öffnete sie.

»Nimm die Decke, du musst ja ganz durchgefroren sein«, meinte er, während er ihr den Deckel der Kanne mit dampfendem Tee füllte und ihn ihr reichte.

»Fen sollte sich nicht so viele Sorgen um mich machen.«

»Ich glaube, Fen hat vor langer Zeit aufgehört, an etwas anderes als an ihre Sorgen zu denken«, gab Jack leise zu bedenken. Innes umklammerte den roten Plastikbecher mit beiden Händen und blies auf ihren Tee.

»Nimmt sie je Hilfe an?«

»Nicht für sich selbst. Für Lucy, ja, aber bei sich selbst ist sie viel zu stolz. Und jetzt erkläre mir bitte, was du bei diesem Wetter hier draußen zu suchen hattest. Fen erwähnte was von einem Video für Lucy?«

»Sie wollte sehen, wie sich die Wellen bei Sturm an den Klippen brechen. Lucy war überzeugt davon, dass es herrlich aussehen müsste, und sie hatte Recht.«

»Und deswegen treibst du dich bei diesem Sturm hier draußen herum?« Jack schüttelte fassungslos den Kopf. »Du warst so nah an den Klippen, du hättest die Kontrolle verlieren und stürzen können.«

Innes ließ den Blick aus der Windschutzscheibe hinaus über den Sturm gleiten. Jack hörte, wie sie sich aus den Gummistiefeln schälte und sah, wie sie die Beine anzog und die Füße unter der Decke auf den Sitz stellte.

»Ich habe die Kontrolle schon vor Monaten verloren«, flüsterte sie so leise, dass er sie fast nicht verstand. Sie senkte den Blick wieder auf den Tee und schwieg. Bevor Jack wusste, was er tat, hatte er eine Hand gehoben und nach ihr ausgestreckt. Er wollte sie in den Arm nehmen, ihr über die vor Kälte geröteten Wangen streichen. Als ihm bewusst wurde, was er tat, verharrten seine Finger an einer Strähne ihres regennassen Haares, das nun so dunkel war, dass es fast braun wirkte. Ein Tropfen formte sich an der Spitze und fiel auf seine Hand.

»Seit Monaten suche ich nach einem neuen Job, eine Bewerbung folgt der nächsten, und ich kann sie kaum so schnell abschicken, wie die Absagen kommen. Meine Miete zahle ich schon von meinen Ersparnissen, und spätestens im Oktober muss ich mir was Besseres überlegen. Nur, dass mir nichts Besseres einfällt.« Sie seufzte und hob den Kopf, um ihn anzusehen.

»Ich bin seit Monaten in diesem Sturm gefangen, ohne ihn sehen zu können. Da draußen«, sie deutete mit der Tasse in ihren Händen aus dem Fenster, »sehe ich, was mich zurückhält. Ich spüre den Wind und sehe den Regen, beide versuchen, mich zu Fall zu bringen, und ich weiß, wogegen ich ankämpfe. Der Sturm ist etwas Reales, Greifbares. Nicht so etwas wie eine wirtschaftlich schwierige Lage oder ähnlich große Worte. Nach der fünfzigsten Absage wollte ich am liebsten schreien. Aber hast du dich schon mal in Edinburgh auf die Straße gestellt und einfach geschrien? Ich wäre sicher eingeliefert worden. Hier nicht. Hier kann ich schreien. Der Sturm schluckt es einfach. Er macht es erträglicher. Befreit irgendwie.«

Sie zuckte mit einer Schulter und lehnte den Kopf gegen den Sitz. »Kennst du das Gefühl, wenn alles über dir zusammenzubrechen droht und du einfach einmal losschreien willst? Ein Sturm ist perfekt dafür.«

Ein zaghaftes Lächeln legte sich auf ihre Lippen.

»Vielleicht sollte ich Fen dazu raten.«

Jack wusste nicht, was er darauf sagen sollte. Als Innes die Augen schloss und erneut von ihrem Tee trank, ging er davon aus, dass sie auch keine Antwort erwartete. Dennoch hielt er einen Moment lang inne, ehe er den Wagen startete und den Rückweg nach Balnodren einschlug. Sie schwiegen auf der Fahrt durch den Ort hinauf durch die engen Straßen zum Hotel. Innes öffnete die Augen erst wieder, als der Wagen anhielt.

»Danke«, flüsterte sie kaum hörbar, als sie mit der linken Hand die Tür öffnete. »Fürs Retten und … fürs

Zuhören.« Sie schenkte ihm ein zaghaftes Lächeln, als sie ausstieg. Während Jack sich auf den Weg nach Hause machte, fiel sein Blick auf den roten Plastikbecher, der aus der Wolldecke auf dem Beifahrersitz hervorlugte. Plötzlich kam ihm das Auto schmerzlich leer vor.

Nächtlicher Notfall

Der Sturm tobte drei weitere Tage und Nächte. Während Lucy sich nach Innes' Rückkehr begierig über deren Handy hermachte und das Video der Wellen wieder und wieder ansah, hatte sie sich am Abend bereits daran satt gesehen.

Amy entschloss sich, bei diesem Wetter im Hotel zu übernachten. Sie weigerte sich, auch nur einen Fuß mehr als nötig in den Sturm zu setzen und meinte, es stünden ja genügend Zimmer frei. Nachdem Fenella einen besorgten Blick in den Garten geworfen hatte, der das Hotel mit ihrem kleinen Häuschen verband, kam Lucy auf die Idee einer Pyjama-Party, zu der sie die drei Frauen schließlich überreden konnte.

Sie sammelten Decken und Kissen im Aufenthaltsraum und machten es sich mit Tee, Kakao und frischgebackenen Keksen vor dem Fernseher gemütlich. Sie sahen sich Filme aus Lucys Disneysammlung an. Oscar genoss die zusätzliche Aufmerksamkeit, die ihm das schlechte Wetter einbrachte, und ließ sich ausgiebig streicheln.

Als der Sturm endlich abebbte, klingelte eines Morgens das Telefon im Hotel, während sie zusammen beim Frühstück saßen.

»Es ist Jack, er will wissen, ob du Lust hast, heute wieder mit ihm zu fahren?«, erkundigte sich Fenella bei Innes.

»Sag ihm, ich bin in zehn Minuten abfahrbereit«, rief

Innes ihrer Freundin zu, während sie in ihr Zimmer hinauflief, um sich fertig zu machen.

***

Wochen zogen ins Land, und obwohl Innes jeden Morgen glaubte, Jack könnte ihr unmöglich noch neue Flecken der Insel zeigen, die sie mit der Kamera festhalten wollte, tat er genau das. Sie musste zudem feststellen, dass früher erkundete Orte eine ganz andere Ausstrahlung hatten, je nachdem, ob sie am Morgen oder im Licht der untergehenden Sonne dort waren. Zu ihrer größten Überraschung fand sie heraus, dass einfach jeder Teil Skyes für sie am schönsten war, wenn sich Nebelschwaden auf dem Boden ausbreiteten, gerade so, als wäre die Insel selbst eine einzige Wolke, die am Horizont mit Meer und Himmel zu einem Ganzen verschmolz.

»Diese Insel lässt einen nicht los, oder?«, fragte sie Jack eines Abends, während sie am Strand entlang gingen und Innes das Farbenspiel der im Meer versinkenden Sonne einfing.

»Nein, tut sie nicht«, erwiderte Jack und klang alles andere als unglücklich darüber.

Innes strich sich das Haar hinter die Ohren, wohl wissend, dass der Wind diese Bemühung gleich wieder zunichte machen würde. Sie neigte den Kopf zur Seite und ließ die Kamera sinken, um Jack anzusehen.

»Wolltest du nie hier weg?«

Er lachte und breitete die Arme aus.

»Sage mir, wo es schöner sein sollte, als hier. Nein, ich wollte noch nie weg. Die Jahre an der Universität haben mir voll und ganz gereicht. Ein Großstadtmädchen versteht das aber wahrscheinlich nicht«, erwiderte er mit einem Zwinkern. Innes blickte über das Meer hinaus. Die Wellen rollten sanft über den Strand auf sie zu.

»Ich weiß nicht«, dachte sie laut nach. »Ich glaube, es wird mir auf jeden Fall unmöglich sein, das hier zu vergessen.«

»Skye hat diese Angewohnheit«, bestätigte Jack leise. Sie gingen einige Schritte schweigend nebeneinander her. Die Kamera hing ungenutzt von Innes' Schulter, während sie den Sonnenuntergang mit eigenen Augen genießen wollte. Schließlich blieb sie stehen und bückte sich, um ihre Turnschuhe aufzuschnüren. Sie warf einen kurzen Blick zu Jack, der sie nur kopfschüttelnd beobachtete. Innes grinste. Langsam schien er sich an ihre spontanen Einfälle zu gewöhnen. Sie stopfte die Socken in die Schuhe und band die Schnürsenkel zusammen, um die Turnschuhe bequem mit einer Hand tragen zu können, ehe sie die Beine ihrer Jeans hochkrempelte und näher ans Wasser ging. Der Sand unter ihren Füßen war kalt und die Wellen, die sie umspülten, noch kälter. Trotzdem weigerte sie sich, ihre Schuhe wieder anzuziehen.

Den ganzen Tag über hatte ein leichter Nebel über der Insel gelegen, der sich am späten Nachmittag auf den Boden gelegt hatte. Hin und wieder verwehrte er ihr nun den Blick auf ihre eigenen Füße.

»Es ist geradeso, als wolle der Nebel einen mit sich nehmen«, sprach Innes ihre Gedanken aus.

»Mit wohin?«, fragte Jack und kam ebenfalls näher ans Wasser. Innes zuckte mit den Schultern.

»Ich weiß nicht. Vielleicht in einen zeitlosen Traum. Ist es das nicht, was Skye eigentlich ist? Zeitlos? Es ist, als wäre die Insel ein Stück Erde, das aus der Zeit herausgerissen wurde. So als wollten Wasser, Wind und Sonne für alle Zeit bewahren, was sie Großartiges geschaffen haben und als würde der Nebel das Geheimnis dieser Schöpfung für sie verbergen.«

Ihr Blick glitt vom Meer über den Strand, hinauf zu den Felsen und den grünen Bergen. Sie konnte kleine Punkte in der Ferne ausmachen, die sie für Schafe oder Rinder hielt.

»Der Wind flüstert einem zu, zu verweilen, hierzubleiben und die Welt da draußen sich selbst zu überlassen, während der Nebel einen einhüllt und einen vergessen lässt, dass es überhaupt etwas anderes als dieses Fleckchen Erde gibt. Die Sonne malt Farben an den Himmel, von denen man den Blick nicht lösen kann, und irgendwann stellt man fest, dass das eigene Herz im gleichen Rhythmus schlägt, wie die Wellen gegen die Felsen«, murmelte Innes und lächelte wehmütig.

»Manchmal wünschte ich mir …« Sie hielt inne und begegnete Jacks fragendem Blick. *Hierbleiben zu können,* hatte sie sagen wollen. Doch nun schüttelte sie lachend den Kopf.

»Komm, lass uns heimfahren, sonst werde ich noch zum Quell unendlicher Werbetexte für Skye.« Sie griff nach seinem Arm und zog ihn weg von Meer und Sonnenuntergang und von allem, was ihr das Herz gleichermaßen schwer und leicht werden ließ. Was sie glauben lassen wollte, dass es hier mehr für sie geben könnte, als sich nur ein paar Monate vor der Realität zu verstecken.

Wenige Augenblicke später saß sie auf dem Beifahrersitz von Jacks Wagen und zog sich Socken und Schuhe wieder an, als Jacks Handy klingelte.

»Jack, hier ist Ron. Ich glaube, mit Dorothy stimmt etwas nicht. Das Lamm hätte schon kommen sollen, sie ist nervös und blökt in einem fort und …«

»Ich bin gleich da«, unterbrach Jack den aufgebrachten Schäfer und warf Innes einen kurzen Blick zu.

»Kannst du von Ron aus allein nach Hause gehen? Sein Hof ist zehn Minuten von Balnodren entfernt.«

»Kann ich helfen?«, fragte Innes stattdessen. Jack überlegte einen kurzen Moment, dann nickte er, während er den Wagen startete.

»Wenn auch nicht mir, aber Du kannst Ron ablenken. Diese Tiere sind wie Kinder für ihn.«

Als sie auf dem Hof ankamen, erwartete Tim sie am Tor und kam ihnen schwanzwedelnd und bellend entgegen, als sie aus dem Wagen stiegen. Wie bei ihrer ersten Begegnung, setzte er sich vor die beiden auf den Boden und hob zur Begrüßung die Pfote.

»Hallo Timmy«, grüßte Innes ihn und streichelte den weichen Kopf, nachdem sie ihm die Pfote geschüttelt hatte. Jack lief bereits zielsicher auf den Stall zu, in dem Ron sie mit dem trächtigen Schaf erwartete.

»Lass mich mal sehen«, sagte Jack und schob den besorgten Schäfer sanft zur Seite. Innes beobachtete Jacks Gesicht, das während der Untersuchung des Schafes ernstere Züge annahm.

»Okay, das könnte noch etwas dauern. Es kann sein, dass ich das Lamm drehen muss, aber es ist noch zu früh, das zu sagen.«

Ron fuhr sich mit der Hand durchs graue Haar und sah Jack fragend an.

»Was kann ich tun?«

»Wie wäre es mit einer Kanne Tee? Das könnte eine lange Nacht werden.« Jack wandte sich an Innes, doch bevor er etwas sagen konnte, schüttelte sie den Kopf.

»Ich bleibe!«, erklärte sie. Als sie sah, dass Ron noch immer wie angewurzelt neben Dorothy stand, legte sie ihm sanft eine Hand auf den Arm.

»Ich kann auch Tee kochen, aber ich fürchte, ich kenne mich bei Ihnen nicht aus. Können Sie mir zeigen, wo alles ist, Ron?« Ihre Worte hatten den gewünschten Effekt und rissen Ron aus seiner Starre. Er nickte und wandte sich langsam zum Gehen, blickte jedoch bei jedem Schritt noch einmal zu Jack und dem Schaf.

»Sie werden sehen, alles wird gut«, versicherte Innes ihm, während sie ihn in sein Haus begleitete.

»Es ist alles etwas alt hier«, entschuldigte sich Ron, als sie die Küche betraten. »Es müsste dringend modernisiert werden, wenn es verkauft werden will.«

Er nahm einen Teekessel von einem Ofen, dessen Bauart Innes nur aus alten Filmen kannte und ging mit ihm ans Waschbecken. Ein großer Tisch stand in der Mitte des Raumes, an dem mindestens sechs Leute bequem Platz fanden. Alte Küchenschränke, eindeutig von Hand gefertigt, standen an den Wänden.

»Tun Sie das bitte nicht!«, entfuhr es ihr, und Ron sah sie mit hochgezogenen Brauen an.

»Die Küche ist perfekt, so wie sie ist. Falls Sie tatsächlich einmal verkaufen wollen, sollten Sie sogar in den Vertrag schreiben lassen, dass man nichts daran ändern darf.«

Ron winkte ab.

»Ach komm, Nìghneag. Erzähl mir nichts, die Jugend von heute will doch alles so modern wie möglich.«

»Aber doch nicht hier«, erwiderte Innes und sah sich demonstrativ noch einmal im Zimmer um. Sie verglich es in Gedanken mit der modernen, aber sehr viel kleineren Küche in ihrer Wohnung in Edinburgh. Sie stellte sich vor, wie Ron die Tage des Sturms hier mit seinem Collie verbracht haben musste. Ein Feuer im Ofen, die Kanne Tee darauf und gegen den Wind anpfeifend. Zu ihrer Überraschung fand Innes diese Vorstellung alles andere als unangenehm. Wann nur hatte sie angefangen, Skye und vor allem Balnodren nicht mehr länger als öde und langweilig anzusehen?

Sie kehrten schließlich in den Stall zurück, in dem sie Jack auf einem Heuballen sitzend vorfanden.

»Wie gesagt, das kann die ganze Nacht dauern«, warnte er die beiden, während Innes die frisch gefüllte Thermoskanne mit Tee auf den Boden stellte, ehe sie sich neben Jack auf dem Heuballen niederließ.

»Ist ja nicht so, als hätten wir etwas anderes vor.«

Ron stimmte dem zu und folgte Innes' Beispiel. Zwei Stunden lang saßen sie zusammen, erzählten, tranken Tee und beobachteten Dorothys Zustand genau. Immer wieder stand Jack auf, um den Bauch des Schafes abzutasten.

»Du solltest schlafen gehen, Ron«, riet er bereits zum wiederholten Male. Doch Ron schüttelte nur den Kopf.

»Ich habe noch nie eines meiner Schafe allein gelassen, wenn es Hilfe brauchte. Ich fange jetzt nicht damit an. Aber ich werde neuen Tee aufstellen«, erklärte er, nachdem er den letzten Schluck aus der Thermoskanne getrunken hatte. Innes streckte die Beine aus und versuchte, eine bequemere Position zu finden.

»Das gilt übrigens auch für dich, Innes. Die Nacht fängt gerade erst an, und das Lamm macht noch keinerlei Anstalten, sich zu drehen und zur Welt kommen zu wollen. Ron hat sicher nichts dagegen, wenn du auf seiner Couch schläfst, falls du wirklich nicht zurück ins Hotel willst.«

Innes folgte Rons Beispiel und schüttelte den Kopf.

»Ich mag zwar keine Tradition darin haben, aber ich habe ebenfalls nicht vor, irgendwohin zu gehen«, versicherte sie.

»Dann hol wenigstens die Decke aus dem Wagen«, riet Jack und hielt ihr seine Autoschlüssel entgegen.

»Sie liegt im Kofferraum«, rief er ihr noch nach.

Eine Stunde später ging Ron unruhig im Stall auf und ab.

»Dieses vermaledeite Knie«, fluchte er leise und bemühte sich, seine Runden in einiger Entfernung zu Dorothy zu drehen, um das Schaf nicht noch nervöser zu machen.

»Ron, geh schlafen«, drängte Jack, und dieses Mal gab Ron tatsächlich nach.

»Ist das alles hier nicht sehr viel Arbeit für jemanden in seinem Alter?«, fragte Innes, nachdem Ron verschwunden war.

»Rons Tochter drängt ihn seit Jahren, zu ihr nach Portree zu ziehen, aber Ron will davon nichts hören. Er verlässt seine Schafe nicht.«

Innes zog die Decke über ihren Beinen noch etwas höher.

»Es muss auch schwer sein, die Entscheidung zu treffen, sein Lebenswerk zurückzulassen.«

»Irgendwann muss er aber einsehen, dass er nicht mehr in der gesundheitlichen Verfassung dafür ist. Sein Bein wird nicht besser, und Tim kann ihm nur einen Teil der Arbeit abnehmen.«

Innes seufzte und unterdrückte ein Gähnen.

»Erzähl mir was von dir, was ich noch nicht weiß«, forderte sie Jack auf, um das Thema zu wechseln.

»Was zum Beispiel?«

»Wenn ich das wüsste, müsstest du es mir nicht erzählen. Erzähl mir von deiner Kindheit. Ich weiß von deiner Studienzeit in Glasgow, wieso du Tierarzt wurdest, aber ich weiß kaum etwas von dem Jungen Jack.« Innes unterdrückte wieder ein Gähnen, während Jack ihrer Bitte nachkam. Er erzählte ihr von seinen Eltern, einem Fischer und einer Hausfrau. Er erzählte ihr davon, wie er jeden Morgen mit seinem Vater aufstand und ihm sehnsüchtig nachsah, wenn er die Wohnung im Hafen Balnodrens verließ und aufs Meer hinausfuhr. Jedes Wochenende durfte er mit seinem Vater hinaus zum Fischen und machte dort seine ersten Begegnungen mit jenen Wildtieren, um die er sich heute kümmerte. Innes' Augen wurden schwerer, und sie zog die Decke bis zu ihren Schultern hoch.

***

»Innes!«

Sie öffnete verschlafen die Lider und rieb sich den Sand aus den Augen.

»Bin ich eingeschlafen?«, murmelte sie und bemerkte, dass ihr Kopf auf Jacks Schulter ruhte.

»Nur für ein oder zwei Stunden«, erwiderte Jack schmunzelnd und stand auf.

»Ich glaube, es ist soweit«, erklärte er, als er zu Dorothy ging und ihren Bauch abtastete. Sofort war Innes auf den Beinen und eilte an Jacks Seite.

»Ich muss das Lamm drehen.«

»Sag mir, was zu tun ist«, forderte sie ihn auf und strich sich mit beiden Händen das Haar nach hinten.

»Kannst du sie festhalten? Ihr wird nicht gefallen, was ich tun muss.«

»Ist es schwer, ein Lamm zu drehen?«, erkundigte sich Innes, während sie sich neben Dorothy stellte und die Arme um das nervöse Tier legte. »Ich meine nur, vielleicht wäre es andersherum praktischer? Du hältst sie fest und ich drehe?«

Jack sah sie einen Moment lang sprachlos an.

»Das ist kein Spaß«, warnte er sie.

»Ich glaube, für Dorothy ist es das noch weniger«, entgegnete Innes und rutschte auf die Knie, als sich das Schaf aus ihrem Griff zu winden versuchte. Jack zögerte noch einen Augenblick. Dann nickte er.

»In meiner Tasche sind Handschuhe, zieh sie an.«

Es war schwer zu sagen, wer in den folgenden Minuten angespannter war, das Schaf oder seine beiden Helfer. Jack ließ Innes nicht aus den Augen, während sie konzentriert seinen Anweisungen folgte und vorsichtig nach dem Lamm in Dorothys Bauch suchte. Als es ihr gelungen war, das Kleine zu drehen und die Vorderhufe zum Vorschein kamen, lachte Innes erleichtert auf.

»Wir haben es geschafft«, flüsterte sie und sah mit

großen Augen zu, wie das frischgeborene Schäfchen auf den mit Stroh bedeckten Boden plumpste. Innes zog sich ein Stück zurück, ehe sie sich selbst ins Stroh fallen ließ und die Szene zwischen dem Lämmchen und seiner Mutter schweigend beobachtete.

»Für ein Großstadtmädchen hast du dich gerade außerordentlich gut geschlagen«, neckte Jack sie, als er neben ihr in die Hocke ging. Innes gelang es, den Blick von den Schafen zu reißen und Jack anzusehen. Im nächsten Augenblick lehnte sie sich zu ihm und küsste ihn. Jack hob eine Hand in ihren Nacken, um sie näher an sich zu ziehen und den Kuss zu vertiefen. Als sie sich langsam voneinander lösten, sahen sie sich einen Augenblick lang an und schwiegen. Nur Dorothys Blöken unterbrach die Stille. Jack räusperte sich und stand auf.

»Ich gehe Ron wecken, er würde es uns übel nehmen, wenn wir ihm nicht sofort Bescheid sagen«, erklärte er und verließ den Stall.

***

»Hast du einen Schlüssel fürs Hotel?«, fragte Jack, als sie eine halbe Stunde später zu seinem Auto gingen. Ein Blick auf ihre Armbanduhr verriet Innes, dass es kurz vor drei Uhr in der Früh war. Sie schüttelte den Kopf.

»Wie wäre es dann, wenn du den Rest der Nacht auf meiner Couch verbringst?«, bot Jack an. »Eine Dusche ist inbegriffen«, meinte er schmunzelnd mit einem Blick auf ihr T-Shirt, das nicht mehr so strahlend blau war, wie es dies vor der Nacht im Schafstall gewesen war. Innes folgte seinem Blick und verzog das Gesicht. Ihr war noch gar nicht aufgefallen, dass die Geburt solche Spuren auf ihrer Kleidung hinterlassen hatte.

»Ich nehme beides sehr dankbar an, Dusche und Couch«, erwiderte sie, als sie in den Beifahrersitz sank.

Nur eine halbe Stunde später lag sie frisch geduscht und bekleidet mit einem für sie viel zu großen Shirt von Jack im Wohnzimmer seiner Wohnung auf der Couch. Doch hier wollte sich der Schlaf nicht so schnell einstellen, wie in Rons Stall. Die Erinnerung an die Geburt des Lammes und an das, was danach geschehen war, vor allem an das, was danach geschehen war, hielt sie wach. Jack hatte den Kuss nicht mehr erwähnt. Sollte sie mit ihm darüber reden? Gab es da überhaupt etwas zu reden? Sie unterdrückte ein Fluchen und drehte sich zum gefühlt hundertsten Mal von einer Seite auf die andere. Wieso musste das auch alles so kompliziert sein?

Über dieser Frage schlief sie schließlich doch noch ein, nur um wenige Stunden später von Jacks Stimme geweckt zu werden, die mit jemandem sprach. Als Innes sich umsah, erkannte sie, dass er das Telefon am Ohr hatte. Er beendete das Gespräch und entdeckte dann, dass Innes wach war.

»Entschuldige, ich wollte dich nicht wecken.«

»Ist was mit dem Lamm?«, fragte Innes und fuhr sich

mit einer Hand durchs Haar, bis ihre Finger darin stecken blieben. Sie hätte wohl doch nicht mit nassen Haaren schlafen sollen, dachte sie verschlafen, während sie versuchte, ihre Hand frei zu bekommen.

»Nein, ein Rind wurde angefahren, ich muss direkt los. Aber lass dich nicht stören, schlaf dich aus, du hast eine lange Nacht hinter dir.«

Innes schüttelte den Kopf und schob die Decke von sich.

»Nein, schon gut, Fen sollte jetzt wach sein, dann schlafe ich mich in meinem Bett aus. Den Rest des Tages«, erwiderte sie mit dem Anflug eines Grinsens. »Während du dich um Tiere und ihre besorgten Besitzer kümmerst und vor heute Abend wohl kein Auge zubekommst.«

»Danke, dass du mich daran erinnerst«, erwiderte Jack und machte ein gespielt leidendes Gesicht.

Innes beeilte sich, ihre Jeans und die Schuhe anzuziehen und griff dann nach dem nassen T-Shirt, das sie nach der Dusche eingeweicht hatte, um die Flecken nicht eintrocknen zu lassen.

Während sie noch einen Blick aus dem Fenster warf und ihre Lippen beim Anblick des Nebels zusammenpresste, der sich zu dieser frühen Stunde schon über den Hafen legte, hielt Jack ihr einen grauen Wollpullover entgegen.

»Danke«, erwiderte Innes verdutzt und zog ihn sich über. Als sie die Wohnung gemeinsam verließen und sich ihre Wege an der Haustür trennten, dachte Innes einen Augenblick daran, Jack noch einmal zu küssen. Doch das Klingeln von Jacks Handy hinderte sie daran, noch weiter darüber nachzudenken. Ehe sie sich vollends zur Närrin machen konnte, winkte sie ihm zu und machte sich mit der Kamera in der Hand auf den Weg zum Hotel.

Von Träumen und Sonnenuntergängen

Mit einem Seufzen schloss Innes ihr Mailfach. Fenella warf ihr einen fragenden Blick zu.

»Absage Nummer … um ehrlich zu sein, ich habe aufgehört zu zählen«, erklärte Innes und öffnete stattdessen wieder ihr Grafikprogramm, in dem sie gerade die Broschüre für das Hotel entwarf.

»Oh, das ist hübsch!«, rief Lucy aus, als sie hinter der Couch auftauchte, auf der Innes es sich gemütlich gemacht hatte. Innes lächelte Lucy dankbar an.

»Nicht wahr?«

Lucy nickte eifrig und setzte sich neben Innes. Sie holte ihren Inhalator aus der Vordertasche ihrer Latzhose und inhalierte, bevor sie den Blick wieder auf den Bildschirm richtete.

»Mir gefällt das da besonders«, erklärte sie und tippte auf ein Bild des Gartens zwischen Wilkinson Manor und dem Cottage, das sie mit ihrer Mutter bewohnte. Innes klickte es an und zog es an die für ein Foto reservierte Stelle in der Broschüre.

»So?«

Lucy nickte.

»Darf ich es auch sehen?«, erkundigte sich Fenella und beugte sich über den Tisch.

»Nein«, erwiderten Innes und Lucy gleichzeitig, und Innes klappte den Laptop vor den neugierigen Blicken ihrer Freundin zu.

»Ich dachte, es geht hier um mein Hotel? Wieso darf

ich dann noch nichts sehen?«

»Du musst mir schon vertrauen. Ich weiß, was ich tue. Ich bin gut in meinem Job! Auch wenn das sonst keiner zu glauben scheint.« Den letzten Satz fügte Innes leiser hinzu.

»Ich glaube dir ja«, versicherte Fenella und hob abwehrend die Hände. Sie setzte sich in ihren Sessel zurück und griff wieder nach ihrem Buch.

»Darf ich fragen, was du tun wirst, wenn du nach Edinburgh zurückgehst und noch kein neues Angebot für einen Job hast?«

Innes zuckte zusammen. Sie hatte den Gedanken in den letzten Wochen stets von sich geschoben und auf später vertagt. Wohl wissend, dass »später« früher als gewünscht eintreten konnte.

»Ich werde meine Suche wohl ausweiten. Bisher habe ich nur Schottland und Nordengland versucht. London könnte noch etwas hergeben oder Irland ...«

»Du könntest hier bleiben«, mischte Lucy sich ein.

Innes schüttelte lächelnd den Kopf.

»Nein, eher nicht.«

»Wieso nicht?«, erkundigte sich Fenella und sah sie über den Rand ihres Buches hinweg an. »Dein Zimmer bei uns ist dir sicher, und du kannst so lange bleiben, wie du willst. Ich würde mich freuen.«

»Ich mich auch!«, bekräftigte Lucy.

»Amy mag dich ebenfalls, und ich bin mir sicher, Jack hätte auch nichts dagegen, wenn du bleibst.«

Innes entging der fragende Tonfall in Fenellas

Stimme keineswegs. Sie spürte, dass sie rot wurde und sich ihr Magen nervös zusammenzog, als sie an Jack dachte. Vor zwei Tagen war sie mit ihm zum Dunvegan Castle gefahren. Die Fahrt, die eigentlich nur eine Stunde dauerte, hatte sie fast doppelt so viel Zeit gekostet, weil Jack für Innes am Loch Snizort Beag, um den sie ihre Reise führte, anhielt und ihr die Möglichkeit gab, dort weitere Fotos zu machen. Noch immer hatten sie nicht darüber gesprochen, ob dieser Kuss zwischen ihnen etwas bedeutet hatte, und Innes ging davon aus, dass dies wohl Antwort genug war.

»Ich bin mir sicher, Jack hat auch nichts dagegen, wenn ich wieder nach Hause zurückkehre«, erwiderte sie daher knapp. Sie sah, wie Fenella überrascht die Brauen hob, doch sie stellte ihr keine weiteren Fragen mehr, wofür Innes ihr äußerst dankbar war.

Etwas über eine Stunde arbeitete sie mit Lucys tatkräftiger Unterstützung weiter an der Broschüre, ehe Amy sich auf der Lehne der Couch niederließ und ihr über die Schulter blickte.

»Wow, da würde sogar mir ein Urlaub hier in den Sinn kommen«, gestand sie und weckte damit erneut Fenellas Interesse. Innes warf ihrer Freundin einen kurzen Blick zu, der Fenella dazu brachte, ihre Nase rasch wieder in ihrem Roman zu verbergen.

»Vielleicht glaubst du ja auch nur, von hier weg zu wollen«, neckte Innes sie grinsend. Doch Amy schüttelte vehement den Kopf.

»Nein, nein, ich weiß, dass ich hier weg will.

Definitiv. Ein paar hübsche Bilder ändern daran auch nichts.«

»Ein paar hübsche Bilder sind es aber auch, die dich dazu bringen, woanders hin zu wollen, oder nicht?«

Amy öffnete den Mund, um etwas zu erwidern, schloss ihn dann aber wieder. Lucy kicherte hinter vorgehaltener Hand.

»Es ist ein Traum von mir, hier raus zu kommen, das hat nichts mit Fotos zu tun«, antwortete Amy schließlich und verschränkte die Arme vor der Brust.

»Siehst du, das ist Marketing«, erklärte Innes und lehnte den Kopf zurück gegen die Rückenlehne der Couch.

»Du verkaufst Menschen Träume. Manchmal sogar welche, von denen sie nicht einmal wissen, dass sie sie haben. Manche Menschen merken einfach gar nicht, was ihre Lebensträume wirklich sind, dann muss man sie mit der Nase drauf stoßen.«

Amy reckte ein wenig das Kinn, doch Innes sah, wie ihr Blick nachdenklicher wurde.

»New York und L.A. sind trotzdem mehr als ein paar hübsche Fotos«, beharrte Amy.

***

»Ah, Jack, ich habe dich schon erwartet. Heute ganz allein? Wo ist denn deine Begleiterin geblieben?«

»Guten Morgen, Ron. Na, bei dem Wetter lohnt sich das Fotografieren nicht wirklich«, erklärte Jack mit einem Blick auf die dunklen Wolken, die sich über ihnen auftürmten. Er begleitete Ron in den Stall, wo ihn Dorothy und ihr Lamm blökend begrüßten.

»Hat sich ja gut gemacht, das Kleine«, befand er, noch ehe er das Lamm genau untersucht hatte. Ron brummte zustimmend.

»Lucy und Fen waren letzte Woche da, um es sich anzusehen. Es soll Elsa heißen. Hat Lucy entschieden.«

»Na dann, Elsa, lass dich mal genauer ansehen«, lockte Jack das Lamm und untersuchte es gründlich.

»Hast du deine Innes eigentlich schon einmal richtig ausgeführt?«

Die Frage brachte Jack dazu, Elsa ein wenig zu fest am Bein zu packen, wogegen das junge Tier mit einem lauten Blöken protestierte.

»Sie ist nicht *meine* Innes. Wie kommst du denn auf so etwas, Ron?«, fragte Jack lachend, mied jedoch den Blick des alten Mannes, den er in seinem Rücken nur allzu deutlich spürte.

»A ghlaoic!«, brummte Ron hinter ihm.

»Ich bin kein Dummkopf«, erwiderte Jack und fuhr mit der Untersuchung Elsas fort.

»Ach, und wie du einer bist. Glaubst du, es gibt heute noch so viele Frauen, die sich ohne zu zögern die Hände schmutzig machen würden, um ein Lamm zur Welt zu bringen, ohne sich um ihre Maniküre oder ihre Markenklamotten zu kümmern? Du bist ein riesiger Dummkopf, Jack MacBryde, wenn du sie einfach so in die Stadt zurückgehen lässt. Deine Eltern, Gott habe sie selig, haben keinen Dummkopf großgezogen.«

»Was soll ich denn deiner Meinung nach tun? Sie hier festbinden? Sie hat ihr ganzes Leben in der Großstadt verbracht und macht hier nur Urlaub. In einem Monat ist sie zurück in Edinburgh ...«

»Und in ein oder zwei Jahren steht sie mit irgendso einem geschniegelten Anzugträger vor dem Altar, der mit Paragraphen oder mit Banknoten um sich wirft.«

Jack warf Ron einen kurzen Blick über die Schulter zu und schüttelte den Kopf.

»Weißt du, was das Problem mit euch jungen Leuten ist?«, erkundigte sich Ron. Jack drehte sich zu ihm um und öffnete den Mund, doch Ron hob eine Hand, um ihm zu bedeuten, still zu sein.

»Ich weiß, was du sagen willst, aber halte dich mit deinen dreiunddreißig mal nicht für zu erwachsen. Du bist offensichtlich noch grün hinter den Ohren, sonst wüsstest du, was zu tun ist. Aber das tut ja keiner mehr heutzutage! Ihr wisst alle nicht, was ihr wollt und jammert dann, wenn es weg ist, weil ihr euch nicht entscheiden konntet.«

Jack zog es vor, nichts darauf zu erwidern.

»Als ich meine Liz zum ersten Mal sah, wusste ich sofort, dass ich sie heiraten würde«, brummte Ron vor sich hin, und Jack spürte seinen Blick weiterhin in seinem Rücken, während er die Untersuchung abschloss. »Wie erwartet, alles in Ordnung mit der Kleinen«, war sein abschließendes Urteil, als er mit Ron aus dem Stall trat. Er streichelte Tim zum Abschied über den Kopf und ging zu seinem Wagen.

»Nimm Blumen mit, wenn du sie um ein Date bittest«, rief Ron ihm zu. Jack hielt inne, ehe er ins Auto stieg und öffnete den Mund, um Ron zu sagen, dass er nicht vorhatte, Innes um ein Date zu bitten, entschied sich dann aber anders. Ron war ein alter Dickkopf. Er würde ihm keine Ruhe lassen. So winkte er ihm nur schweigend zu und fuhr davon.

***

»Ich fasse nicht, dass ich das tue«, murmelte Jack, als er zwei Tage später an einem sonnigen Nachmittag das Hotel betrat.

»Ich habe die Tür gehört, war das die Post?«, rief Innes, die aus dem Aufenthaltsraum angerannt kam.

»Nein, nur Jack«, rief Amy ihr entgegen und grinste Jack an.

»Oh.« Innes kam im Türbogen zum Stehen und sah Jack überrascht an. »Hey«, grüßte sie ihn und strich sich mit einer Hand durchs Haar.

»Hey«, erwiderte Jack und kam sich dabei schrecklich dumm vor. Was tat er da eigentlich, fragte er sich nicht zum ersten Mal an diesem Tag. Er kam sich vor, wie ein Schuljunge, und an all dem war nur Ronald McLeod Schuld, der sich wahrscheinlich ins Fäustchen lachen würde, wenn er ihn jetzt sehen könnte. Amy war allerdings ein guter Ersatz für den alten Schäfer, wie sie ihn von ihrem Platz hinter der

Empfangstheke aus aufmerksam beobachtete.

»Ich dachte, du hast vielleicht Lust auf einen kleinen Ausflug. Nicht weit, nur zu den Klippen ...« Wenn er jetzt noch anfing zu stottern, würde er auf dem Absatz kehrt machen und nie wieder einen Fuß ins Wilkinson Manor machen, schwor er sich. Er war nur froh, dass er Rons Rat bezüglich der Blumen ignoriert hatte. Er machte sich gerade schon genug zum Narren.

»Gern«, sagte Innes und zog das Wort dabei in die Länge. Sie neigte den Kopf zur Seite und kniff die Augen zusammen.

»Ist alles in Ordnung?«, fragte sie ihn.

»Ja, natürlich, alles in Ordnung. Wie gesagt, nur ein kleiner Ausflug zu den Klippen. Der Sonnenuntergang ist von dort aus wunderschön zu sehen, und ich habe was zu Essen und zu Trinken eingepackt ...« Er hörte auf zu reden, als Innes' Augen sich weiteten. Er sah, wie ihre Mundwinkel zu zucken begannen.

»Ist das ein Date?«, fragte sie, und Jack konnte hören, wie Amy ein Kichern mit einem vorgetäuschten Hustenanfall zu kaschieren versuchte. Er warf der Dunkelhaarigen einen finsteren Blick zu, der diese nur noch mehr zum Lachen brachte. Wunderbar, dachte er, für das Stadtgespräch der nächsten Tage hatte er wohl gerade zur Genüge gesorgt.

»Das war der Plan«, gab er schließlich zu und war erleichtert, Innes' Lächeln zu sehen.

»Wollen wir dann?«, fragte sie und griff nach seinem Arm, um ihn aus der Lobby zu ziehen.

Ihr Magen wollte sich gar nicht mehr beruhigen. Hatte Jacks Erscheinen im Hotel schon für ein nervöses Flattern gesorgt, so hatte die Erkenntnis, dass er da war, um sie zu einem Date einzuladen, ihr Übriges getan. Als sie aber auf den Klippen angekommen waren, von wo aus sie den Strand überblicken konnten, auf dem sie zum ersten Mal in ihrem Leben Robben aus nächster Nähe gesehen hatte, und Jack sie mit einem Picknick überraschte, hatte Innes für einen Augenblick geglaubt, das alles nur zu träumen. Es wäre immerhin nicht das erste Mal gewesen.

Vielleicht war der Kuss im Stall ja doch mehr gewesen, als es bisher den Anschein hatte, schoss es ihr in den Kopf. Der Gedanke gefiel ihr und erschreckte sie zugleich. In einem Monat würde sie nach Edinburgh zurückkehren. Wenn sich bis dahin kein neuer Job aufgetan hatte, würde sie vielleicht noch viel weiter weggehen. Die Isle of Skye und alles, was ihr hier ans Herz gewachsen war, würden nichts als eine schöne Erinnerung bleiben.

Sie schob diese düsteren Gedanken weit von sich, als Jack eine Decke auf dem Gras ausbreitete und den Korb darauf abstellte, den er gerade aus dem Kofferraum seines Wagens geholt hatte.

»Ich fasse es nicht, dass du das wirklich gemacht hast«, gestand sie, als er Sandwiches, Obst und Kekse auspackte und schließlich noch Flaschen mit Wasser, Saft und eine Thermoskanne zum Vorschein kamen.

»Ich war mir nicht sicher, was du mögen würdest«,

gab Jack zu und schenkte ihr ein schiefes Lächeln. »Lieblingsgerichte waren irgendwie noch nicht unter unseren Gesprächsthemen.«

»Das sollten wir ändern«, bestätigte Innes leise und folgte Jacks Aufforderung, sich auf die Decke zu setzen. Sie konnte die Stunden nicht zählen, die sie in den letzten Wochen mit ihm verbracht hatte. In der Enge seines Wagens, an den typischen Touristenplätzen oder hier draußen in der freien Natur. Trotzdem war es dieses Mal anders. Ihre Nerven waren zum Zerreißen gespannt.

Es ist nur Jack, versuchte sie sich zu beruhigen, doch genau das war schließlich der Grund für ihre ungewohnte Nervosität. Es war Jack! Immer wieder glitt ihr Blick über ihn, während er sie nicht ansah. Sie nahm die Züge seines Gesichts auf oder wie es dem Wind gelang, selbst Jacks dunkles, kurzes Haar durcheinander zu bringen. Sie dachte daran, wie sie an ihn geschmiegt in Rons Stall geschlafen hatte, ohne es zu bemerken. Wie sie sich in den Nächten danach gefragt hatte, wie es sich anfühlen würde, in seinen Armen zu liegen, während der Wind draußen toben und der Regen gegen die Scheiben trommeln würde. Hin und wieder begegneten seine graublauen Augen ihrem Blick. Zunächst wich Innes ihnen aus, dann schließlich erwiderte sie seinen Blick, und es kam ihr so vor, als würde sie in diesen Augen versinken, die wie das Meer und die Wolken aussahen, wie der Himmel über der Isle of Skye. Ohne Hoffnung, wieder aus diesen Tiefen aufzutauchen.

Sie spürte seine Hand auf ihrer Wange und dann in ihren Nacken gleitend. Sie spürte seine Lippen auf den ihren, während die Sonne den Himmel rosarot färbte und dabei ihren Weg ins Meer antrat.

Nachdem sie untergegangen war, lagen Innes und Jack noch lange Arm in Arm auf den Klippen über dem Meer.

Abschiede

»Oh, das ist toll! Und das! Und das!«

Innes schmunzelte. Wäre es nach Lucy gegangen, hätten es all ihre Fotos auf die neue Homepage des Wilkinson Manors geschafft. Lucy zuliebe legte sie also zwei Ordner für die Fotos an: Einen mit jenen Bildern, die tatsächlich auf der Homepage landen sollten und einen für alle Fotos, die sie für Lucy entwickeln lassen wollte.

»Das sieht ja ulkig aus«, rief Lucy und zeigte auf das Bild, das gerade den ganzen Bildschirm einnahm. Innes hatte dieses Bild schon ganz vergessen. Es zeigte Jack, der sich gerade über sie beugte, während sie auf der Schafweide gelegen und den Himmel fotografiert hatte. Gedankenverloren fuhren ihre Finger über ihre Lippen. Die Erinnerungen an das Picknick am Abend zuvor zauberte auch jetzt noch ein Lächeln in ihr Gesicht, und allein der Anblick eines Foto-Jacks genügte, um ihr Herz schneller schlagen zu lassen.

»Die Post«, rief Amy in den Aufenthaltsraum und brachte kurz darauf ein Paket und einen unscheinbaren Brief. »Beides für dich«, erklärte sie Innes und reichte ihr die Post weiter.

»Sind sie das?«, fragte Lucy aufgeregt und klatschte begeistert in die Hände. Oscar spitzte die Ohren und hob neugierig den Kopf.

»Ja, das sollten die Broschüren ...« Innes riss den Briefumschlag auf und hielt mitten im Satz inne, während sie den Inhalt des Schreibens las.

»Darf ich sie aufmachen?«, bat Lucy und griff schon nach dem Paket. Innes hörte ihr nicht zu. Ihr Blick war noch immer auf den Brief gerichtet, dessen Inhalt sie gerade zum zweiten Mal lesen musste, um ihn wirklich zu verstehen. Ihr Herzschlag beschleunigte sich. Ein Vorstellungsgespräch. Sie hatte tatsächlich endlich eine Einladung zu einem Vorstellungsgespräch bekommen. In Edinburgh. Sie konnte in ihrer Wohnung bleiben, in der sie die letzten Jahre über gelebt hatte und in ihr altes Leben zurückkehren. Ohne lange darüber nachzudenken, griff sie nach ihrem Handy.

»Ich bin gleich wieder da, Lucy«, sagte sie gedankenverloren, während sich der Anruf aufbaute. Sie ließ Lucy allein und ging in den Garten hinaus, um ungestört telefonieren zu können.

***

Er hatte die ganze Nacht darüber nachgedacht, wie er Innes dazu bringen konnte, in Balnodren zu bleiben. Doch was ihm auch in den Kopf gekommen war, es klang einfach nicht überzeugend. Was war denn daran nur so schwer, ihr zu sagen, dass er nicht wolle, dass sie nach Edinburgh zurückgehe, sondern dass er ihnen beiden eine Chance geben und bei ihm bleiben solle?

Jack unterdrückte ein Fluchen, als er aus dem Wagen stieg. Mit jedem Schritt, den er auf die Tür des Manors zumachte, schien sein Kopf leerer zu werden.

»Hey Jack«, grüßte Amy ihn mit einem breiten Grinsen. Jack sah sie misstrauisch an. Noch war ihm niemand begegnet, der ihn auf seine Verabredung am Abend zuvor mit Innes angesprochen hatte, doch der Tag war noch jung. Amy deutete auf die Tür zum Aufenthaltsraum, und Jack folgte ihrem Fingerzeig mit einem Nicken.

»Guten Morgen Lucy. Ist Innes nicht bei dir?«, erkundigte er sich, als er Lucy allein vor dem Computer vorfand.

»Sie war gerade noch da, dann hat sie den Brief da bekommen und musste dringend telefonieren«, erklärte Lucy und hielt Jack den Brief hin, der auf der Laptoptastatur lag. Das Mädchen schien hingegen vielmehr an dem Inhalt eines Pakets interessiert zu sein, das auf dem Tisch stand und kümmerte sich gar nicht um den Brief, den es Jack zum Lesen gegeben hatte. Jack jedoch spürte, wie ihm mit jedem Wort, das er las, kälter wurde.

»Super, ich freue mich sehr, dass es klappt. Noch einmal vielen, vielen Dank für diese Chance. Ja, in zwei Wochen zur Vertragsunterzeichnung bin ich auf jeden Fall zurück!« Innes' Stimme drang an sein Ohr, als sie aus dem Garten zurück ins Hotel kam. Sie hielt inne, als sie Jack sah. Der Brief raschelte, als Jack seine Hand zur Faust ballte.

»Jack, du glaubst nie, was ich gerade für ein Telefonat geführt habe«, grüßte Innes ihn und strahlte über das ganze Gesicht. Hatte Jack auch nur einen

Funken Hoffnung gehabt, dass er sich geirrt haben könnte, so war dieser nun endgültig verflogen. Während seine Finger sich um das Papier krümmten, war es ihm, als schließe sich eine andere, eine unsichtbare Hand in der gleichen Weise um sein Herz.

Was für ein Idiot war er doch gewesen.

»Ich weiß schon«, erwiderte er kühl. »Herzlichen Glückwunsch zum neuen Job.« Er presste die Worte hervor und wandte sich ab. Der zusammengeknüllte Brief fiel zu Boden, während Jack mit schnellen Schritten aus dem Hotel ging. Er hatte sich genug zum Narren gemacht. Ron hatte sich getäuscht, er selbst hatte sich getäuscht. Er hatte doch tatsächlich geglaubt, dass Innes mehr als ein Großstadtmädchen sein könne.

Es war ein schöner Traum gewesen, aber nun war es an der Zeit, daraus aufzuwachen.

***

In zwei Wochen wollte Innes zurück in Edinburgh sein, also musste Jack ihr nur zwei Wochen lang aus dem Weg gehen, ehe alles wieder so sein würde, wie vor diesem Sommer. Der Spätsommer ließ das Land in sattem Grün und Lila erstrahlen, dort wo Gras und Heidekraut sich mischten. Jack schob den Gedanken daran, wie sich das Farbenmeer auf Fotos machen würde, wütend beiseite. Es sollte ihn nicht kümmern.

»Hallo Jack, ist das nicht ein herrlicher Morgen?«, grüßte Ron ihn einige Tage später.

»Guten Morgen, Ron. Heute nur ihr zwei?«, erkundigte sich Jack und beugte sich vor, um Tims Pfote zu ergreifen.

»Ja ja, eine Abschiedstour sozusagen.«

»Abschiedstour?«, fragte Jack erstaunt. Er erhob sich wieder und musterte Ron stirnrunzelnd.

»Ist etwas passiert?«

Ron winkte ab. Jack ging einige Schritte schweigend neben dem alten Schäfer her, ehe dieser schließlich weitersprach.

»Nur was schon längst hätte passieren sollen. Ich habe verkauft.«

»Die Schafe?«

Ron nickte.

»Alles. Die Schafe, den Hof, selbst Tim hier.«

Er klopfte dem Hund auf den Rücken, woraufhin dieser sich mit einem kurzen Bellen davonmachte und einige hundert Meter vor ihnen herlief.

»Das kann nicht dein Ernst sein«, entfuhr es Jack. Hatte sich denn wirklich alles gegen ihn verschworen? Er kannte Ron, so lange er denken konnte. Nach dem Tod seiner Eltern war er oft bei dem alten Mann gewesen, um sich Rat zu holen. Nachdem auch Rons Frau früh verstorben war und seine einzige Tochter nach der Schule nach Portree gezogen war, war es Jack immer so vorgekommen, als hätten sie sich gegenseitig ihre Familien ersetzt.

Und nun wollte Ron gehen. Einfach so?

»Ach Jack, seien wir ehrlich. Es ist schon lange

überfällig. Ich kann mich nicht um die Tiere kümmern, wie ich es sollte, und mit Tim kann ich auch nicht mithalten. Sieh nur, wie er am liebsten rennen würde und immer wieder nachschaut, wo ich bleibe. Nein, nein, es ist schon richtig so. Melissa hat ein hübsches Häuschen am Stadtrand von Portree. Es ist ja nicht aus der Welt. Ein Katzensprung. Ich kann immer mal wieder herkommen. Ihre Jungs fanden es hier doch auch immer spannend, wenn sie mich besuchten.«

»Wann?«, brachte Jack heiser heraus, obwohl er die Antwort gar nicht hören wollte.

»Nächste Woche schon«, erwiderte Ron leise und legte Jack eine Hand auf die Schulter.

»Die Dinge müssen eben ihren Lauf nehmen. Ich sehe es endlich ein und übergebe meinen Platz hier jemandem, der jung genug ist, sich um all das zu kümmern.«

»Was, wenn einer deiner Enkel später einmal deine Arbeit übernehmen will?«

Ron winkte ab und lachte leise.

»Die beiden interessieren sich nicht für die Schafe. Die Boote finden sie spannend hier, die Feldwege, über die sie mit ihren Rädern fahren können, ohne Angst vor Autos haben zu müssen. Nein, nein, es wird Zeit, dass hier frisches Blut reinkommt.«

Ron blieb stehen und ließ den Blick über die Wiesen streifen. »Es ist schon ein schönes Stückchen Land, nicht wahr? Aber ich weiß, dass ich einen guten Käufer gefunden habe. Das musst du mir schon glauben, Jack.

Ich würde die Schafe oder Tim nicht irgendjemandem überlassen. Kommst du noch einmal, um dich von mir zu verabschieden, ehe ich fahre?«, bat er zum Abschluss. Jack nickte schweigend. Seine Kehle war ihm ungewohnt eng geworden.

Es erschien ihm, als wolle der Himmel ihn verhöhnen. Die Sonne strahlte in den nächsten Tagen in voller Pracht, die wenigen Wolken, die vorüberzogen, zeigten die Insel nur von ihrer schönsten Seite.

Eines Abends saß er mit einem Bier in der Hand auf dem Treppenabsatz seines Hauses und sah auf den Hafen hinab. Er konnte eine Gestalt ausmachen, die im letzten Sonnenschein ein Fischernetz reparierte und erkannte Luke, als dieser laut fluchend das Netz auf den Boden warf. Mit einem zweiten Bier in der Hand ging Jack die wenigen Schritte zum Hafen hinab und hielt Luke eine Flasche entgegen.

»Kein guter Tag?«, fragte er mit einem Nicken in Richtung des gerissenen Netzes. Luke schnaubte und nahm das Bier dankbar entgegen.

»Das zu flicken wird länger dauern, und ich kann das im Moment wirklich nicht gebrauchen. Am Wochenende stehen zwei Klausuren fürs Studium an und ach, momentan ist einfach der Wurm drin.«

»Wem sagst du das«, murmelte Jack und nahm einen tiefen Schluck von seinem Bier.

»Welche Laus ist dir denn über die Leber gelaufen?«, erkundigte sich Luke.

»Ron verkauft seinen Hof und die Schafe und zieht

nach Portree.« Von Inness sagte er nichts. Luke würde das sicher früh genug von Amy hören.

»Ron? Wirklich? Ich dachte immer, wenn einer Balnodren nie verlassen wird, dann doch wohl er. Vielleicht haben sie ja alle Recht, und es ist ein Fehler hierzubleiben. Es ist, als verließen alle ein sinkendes Schiff.«

»Was denn, willst du jetzt etwa auch gehen? Ich dachte, du machst ein Fernstudium, um in Balnodren bleiben zu können?«

Luke zuckte mit den Schultern und fuhr sich durch das dunkle Haar, das dringend geschnitten werden musste.

»Ich habe nicht vor zu gehen.«

»Wer denn dann?«, fragte Jack, obwohl er durch Lukes Tonfall schon ahnen konnte, dass die Antwort »Amy« lautete.

***

»Ich finde das total doof!«, erklärte Lucy und stampfte mit dem Fuß auf. Oscar bellte aufgeregt und lief schwanzwedelnd zwischen den Taschen hin und her, die sich im Foyer stapelten.

»Hey, Kurze, nimm es mir nicht übel, aber das ist eine einmalige Chance, die muss ich ergreifen«, versuchte Amy Lucy zu trösten. Doch als sie das Kind in den Arm nehmen wollte, drehte Lucy sich demonstrativ weg und lief aus dem Foyer.

»Alle geht ihr weg, Innes und du, und ihr lasst uns einfach hier allein zurück. Das ist nicht fair!«, rief sie mit Tränen in der Stimme und rannte durch den Aufenthaltsraum. Die Tür zum Garten fiel scheppernd hinter ihr ins Schloss.

»Wartet ihr kurz? Ich geh nach ihr sehen.«

Fenella legte Amy eine Hand auf die Schulter, ehe sie ihrer Tochter nachlief. Oscar rannte ihr bellend nach, um nichts von diesem Abenteuer zu verpassen.

Amy sah seufzend zu Innes.

»Sie wird es irgendwann verstehen«, sagte sie zu Innes, ebenso wie zu sich selbst. »Sie ist einfach noch zu klein, um zu erkennen, was für Möglichkeiten in New York auf mich warten. Ich meine, ich hätte ja nie gedacht, dass ich die Chance zum Auslandssemester wirklich kriege, aber jetzt wäre ich doch blöd, sie nicht zu nutzen, oder?«

»Es ist dein Leben, mich musst du davon nicht überzeugen«, erwiderte Innes und griff nach ihrer Reisetasche. Der Tag der Rückkehr nach Edinburgh war gekommen. Der Bus würde in zwanzig Minuten abfahren. Amy würde ihr bis nach Portree Gesellschaft leisten, den Rest der Strecke wäre sie allein. Viel Zeit, sich Gedanken über die Zukunft zu machen. Ein zufriedenes Lächeln legte sich auf ihre Lippen. Während Amy sich offensichtlich noch fragte, ob sie das Richtige tat, war Innes davon überzeugt, dass ihr Leben nun in genau der Bahn verlief, in der es bestimmt war zu verlaufen.

»Tut mir leid, Lucy ist nicht zu beruhigen. Sie weigert sich, euch auf Wiedersehen zu sagen«, erklärte Fenella, als sie zurückkehrte und sich selbst von Amy und Innes verabschiedete.

»Bereit?«, fragte Amy und hob ihre eigenen Taschen hoch. Innes atmete tief durch, als sie die Tür des Hotels durchschritt. Ja, sie war bereit.

Tha gaol agam ort

An einem Sonntagmorgen im September sah Jack Fenella und Lucy das nächste Mal wieder, als die beiden mit Oscar einen Spaziergang durch Balnodren machten und dabei am Hafen halt machten.

»Guten Morgen, Jack«, grüßte Fenella ihn und blieb stehen.

»Guten Morgen«, erwiderte Jack und kniete sich hin, um Oscar zu streicheln, der versuchte, an seinem Bein hochzuklettern.

»Na, alles wieder ruhig im Wilkinson Manor?«, rang Jack sich die Frage ab.

»Wo denkst du hin?«, lautete jedoch Fenellas überraschende Antwort.

»Innes' Arbeit hat Wunder gewirkt! Sie hat die Broschüren, die sie gedruckt hat, an alle möglichen Touristeninformationen geschickt, und allein über die neue Homepage haben wir für den Herbst, für diesen Herbst wohlgemerkt, schon fünf Doppelzimmer belegt.«

»Das klingt super«, war Jack ehrlich erfreut, auch wenn ihm die Erwähnung von Innes einen Stich ins Herz verpasste.

»Es ist wie ein Wunder«, gab Fenella zu und sah auf die Straße, als ein Wagen an ihnen vorbeifuhr und hupte. Die Fahrerin winkte ihnen zu, und Fenella und Jack erwiderten den Gruß.

»Melissa ist ja früh dran. Gut, dass wir gestern noch

bei Ron waren, um uns zu verabschieden.«

Fenella stutzte, als sie Jack ansah.

»Du hast dich doch schon von Ron verabschiedet oder etwa nicht, Jack?«

Jack fuhr sich mit einer Hand durchs Haar. Er hasste Abschiede. Sie hatten so etwas Endgültiges. Ron mochte vielleicht tatsächlich noch ein paar Mal nach Balnodren kommen. Ein oder zwei Mal im Jahr. Aber es wäre nicht dasselbe.

»Jack MacBryde, sage mir nicht, dass du Ron ohne Abschiedsgruß nach Portree ziehen lassen willst! Der Mann ist wie ein Vater für dich!«

»Wenn sie deinen ganzen Namen sagt, bist du ihn Schwierigkeiten«, flüsterte Lucy Jack zu, während ihre Mutter die Hände in die Hüften stemmte.

»Ich war gerade auf dem Weg zu ihm«, log Jack. Er konnte Fenella deutlich ansehen, dass sie ihm kein Wort glaubte. Dabei hatte er sich tatsächlich vorgenommen, an diesem Tag zu Ron hinaus zu fahren. Er hatte nur nicht gedacht, dass er so früh aufbrechen würde.

***

Jack parkte seinen Wagen neben Melissas und stieg aus. »Oh, hallo Jack, bist du hier, um meinen Pa noch einmal zu sehen?«, erkundigte sich Melissa, als sie mit einem Koffer in der Hand aus dem Haus kam. Jack nickte und nahm ihr den Koffer ab.

»Danke«, sagte Melissa und öffnete den Kofferraum.

»Du musst noch ein wenig warten, er ist gerade mit dem neuen Besitzer raus zu den Schafen. Du kannst natürlich auch hinter ihnen her.«

Jack zögerte einen Augenblick. Würde er warten, würde sich der unausweichliche Abschied noch ein wenig hinauszögern. Würde er hingegen zur Schafweide gehen, könnte er Ron noch einmal da sehen, wo er seiner Meinung nach hingehörte.

»Ich gehe ihnen entgegen«, entschied er schließlich und verabschiedete sich von Melissa.

Tim kam bereits bellend auf ihn zu, als Jack nur zwei Gestalten in der Ferne ausmachen konnte, von denen eine Ron sein musste. Jack grüßte den Collie und ließ sich von ihm auf den letzten Metern begleiten. Als er näher kam, glaubte er, seine Augen würden ihm einen Streich spielen. Ron stand, wie so oft in letzter Zeit sein rechtes Bein schonend, da und sagte etwas, während er mit der rechten Hand zu den Schafen zeigte. Die Person neben ihm nickte eifrig, und der Wind wehte dabei durch ihr rotes Haar.

Jacks Herz schien für einen Augenblick nicht zu schlagen, ehe es dann seinen Rhythmus beschleunigte. Tim sprang bellend um ihn herum, und erst da merkte er, dass er stehengeblieben war und Innes fassungslos anstarrte.

»Ah, Jack, da bist du ja! Ich dachte schon, du willst dich gar nicht mehr von mir verabschieden«, rief Ron ihm entgegen. Endlich gelang es Jack, seine Beine wieder vorwärts zu bewegen. Langsam überbrückte er die letzten Meter zwischen ihnen.

»Na, habe ich nicht gesagt, ich habe einen guten Käufer gefunden?« Ron grinste über das ganze Gesicht. Das letzte Mal hatte Jack ihn so stolz erlebt, als Melissa ihre Ausbildung als Jahrgangsbeste abgeschlossen hatte.

»Dein Job in Edinburgh …«, wandte Jack sich an Innes. Er konnte noch immer nicht glauben, dass sie wirklich hier war. Er hatte das Schreiben gesehen, hatte doch ihr Telefonat mitgehört.

»Welcher Job?«

»Der Brief … das Vorstellungsgespräch … du wolltest doch gleich unterschreiben …«

»Ach das!«

Innes' Grinsen konnte sich mühelos mit dem von Ron messen.

»Hättest du mich an diesem Tag ausreden lassen, statt wutentbrannt aus dem Hotel zu stürmen, hätte ich dir gesagt, dass ich mit Ron telefoniert habe, um ihm ein Angebot für seinen Hof zu machen.«

»Aber du hattest ein Jobangebot in Edinburgh.«

Jack hatte das Gefühl, sich ständig zu wiederholen und nicht wirklich zu verstehen, was hier vor sich ging.

»Ja, aber den wollte ich nicht«, gab Innes leise zu.

Ihr Grinsen schwand und ließ ein zaghaftes Lächeln zurück. »Ich wollte hierbleiben. Es hat nur ein wenig gedauert, bis mir das klar wurde.«

Die kalten Finger, die sich in den letzten Wochen um

Jacks Herz gelegt hatten, lockerten sich langsam.

»Mmh, ihr beide sprecht euch jetzt in Ruhe aus, und wenn ihr fertig seid, kommt ihr zum Hof, und wir frühstücken noch, bevor ich mit Melissa wegfahre, ja?« Ron wartete die Antwort der beiden gar nicht ab. Er drehte sich um und ging langsam den Weg zurück, den Jack gerade gekommen war. Tim sprang ausgelassen zwischen seinem alten Herrn und Innes hin und her, ehe Ron ihn zu Innes und Jack zurückschickte, wo der Collie schließlich an Innes Seite sitzen blieb und die beiden neugierig ansah.

»Du wolltest bleiben?«, fragte Jack und wagte noch immer nicht, daran zu glauben.

»Ja«, erwiderte Innes leise und strich sich eine Strähne hinters Ohr, die der Wind sogleich wieder in ihr Gesicht wehte.

»Verstehe mich nicht falsch, Edinburgh ist toll. Ich bin dort geboren, aufgewachsen, habe immer nur dort gelebt, aber …«

»Aber?«

»Aber Skye und Balnodren fühlen sich anders an. So, als wäre ich endlich zu Hause.« Sie zuckte leicht mit den Schultern und stopfte die Hände in die Taschen ihrer Jeans. Jack sah zu, wie sie ihre Unterlippe zwischen die Zähne zog und ihn einen Moment lang mit einem Ausdruck in den Augen ansah, den er nicht recht zu deuten wusste. Fast glaubte er, Angst darin zu erkennen, doch das machte keinen Sinn. Wovor sollte sie sich fürchten? Innes atmete tief durch und zog die

Hände wieder aus ihrer Jeans.

»Tha gaol agam ort.«

Für einen langen Moment herrschte Schweigen zwischen ihnen. Nur der Wind war zu hören, von fern die Wellen, die an die Klippen schlugen und hier und da das Blöken eines Schafes. Jack glaubte jedoch, auch das Schlagen seines eigenen Herzens müsste weithin zu hören sein, als Innes' Worte in seinem Kopf widerhallten.

»Seit wann sprichst du gälisch?«, entfuhr es ihm schließlich überrascht. Innes' Augen weiteten sich. Sie öffnete den Mund, brachte jedoch kein Wort heraus und schloss ihn wieder.

»Ich habe ein wenig gelernt«, meinte sie schließlich tonlos und sah ihn noch immer fassungslos an. Sie blinzelte. Einmal, zweimal. Dann warf sie die Hände in die Luft und drehte sich einmal um die eigene Achse, so als hoffe sie, die Worte, die ihr selbst gerade fehlten, irgendwo in ihrer Nähe zu entdecken.

»Ich sage dir gerade, dass ich dich liebe und alles, was dir einfällt ist, seit wann ich gälisch spreche?«, explodierte sie schließlich. Sie ging auf Jack zu und tippte ihm mit dem Zeigefinger auf die Brust.

»Ron hat Recht, weißt du? Du bist wirklich ein riesengroßer Dummkopf und außerdem dickköpfig und …«

Jack nahm ihr Gesicht in beide Hände und unterbrach ihren Wortschwall mit seinen Lippen. Innes schlang die Arme um seinen Hals und schmiegte sich an ihn. »Ich liebe dich auch«, flüsterte er, ehe er sie für einen weiteren Kuss an sich zog. Sie schmeckte nach Sturmnächten und Strandspaziergängen, nach Heidekraut und grünem Gras, nach durchwachten Nächten im Schafstall und nach Sonnenuntergängen an den Klippen, nach Zuhause und nach Zukunft.

Sie standen noch lange Arm in Arm auf der Wiese, während die Schafe sich langsam um sie scharten und sie in ihrer Mitte einschlossen.

»Ich könnte bis zum Sonnenuntergang hier stehen bleiben«, flüsterte Innes und lehnte ihren Kopf an Jacks Brust.

»Ron würde uns das übel nehmen, fürchte ich. Aber wir haben noch viele Sonnenuntergänge vor uns.«

»Ich freue mich auf jeden einzelnen.«

»Ich mich auch«, erwiderte Jack und zog sie ein wenig fester in seine Arme. Als sie schließlich Hand in Hand mit Tim an ihrer Seite den Rückweg antraten, schien die Sonne durch ein paar Schäfchenwolken hindurch auf die Isle of Skye herab, während der Wind und das Meer ihr ewig altes Lied sangen.

Lovely Skye
Ein Herbst in Balnodren

Unverhofftes Wiedersehen

»Ich versichere Ihnen, wenn es Abgeschiedenheit und Ruhe sind, die Mr. MacIntosh braucht, gibt es keinen besseren Ort als Balnodren.«

Fenella Wilkinson griff nach einem Kugelschreiber und notierte sich hastig die Daten, die ihr MacIntoshs Sekretärin übermittelte. Als sich die Eingangstür der Pension öffnete, hob sie nur kurz den Kopf und winkte ihrer besten Freundin Innes zu, ehe sie sich wieder ganz der Buchung widmete.

»Ja, ich glaube, wir haben dann alles. Ich wiederhole noch einmal kurz: Mr. MacIntosh kommt am Nachmittag des 2. Septembers an und bleibt bis zum 3. November. Wir haben für ihn das Bonny-Prince-Charlie-Zimmer reserviert. Es ist das größte Zimmer, das wir haben, mit einem eigenen Balkon, gebucht mit Halbpension. Alles korrekt? Wundervoll, Miss Sheppard, ich bedanke mich und freue mich sehr auf die Ankunft Mr. MacIntoshs. Auf Wiederhören.«

Fenella legte den Hörer auf, atmete einmal tief durch und hob den Blick zu Innes. Mit einem breiten Grinsen im Gesicht quiekte sie plötzlich los und vollführte hinter dem Empfangstresen einen ausgelassenen Freudentanz.

»Ich habe das Gefühl, dass ich mich mit dir freuen sollte, weiß aber nicht so genau, weshalb«, erklärte Innes, während sie einen Stapel Zeitschriften auf dem Tresen ablegte und Fenella erwartungsvoll ansah.

»MacIntosh«, rief Fenella und quiekte erneut. Als Innes nicht in ihren Freudentaumel einstimmen wollte, seufzte sie und schüttelte den Kopf.

»Fergus MacIntosh? Der Schriftsteller?«

Innes starrte sie weiterhin verständnislos an.

»Komm schon, Innes, du musst ihn doch kennen. Die BBC hat gerade die Filmrechte für drei seiner Romane eingekauft. Der erste wird als Miniserie nächstes Jahr an Weihnachten laufen!«

»Und der kommt hierher?«

»Ja!«, rief Fenella begeistert und drückte den Notizblock mit seinen Aufenthaltsdaten an die Brust.

»Ich glaube, das letzte Mal habe ich dich so aufgeregt erlebt, als wir Karten für das Robbie Williams Konzert hatten.« Innes grinste ihre Freundin an. Fenella räusperte sich und ließ den Notizblock sinken.

»Unsinn. Ich bin eine erwachsene Frau und ein Profi in meiner Branche. Ich weiß, wie ich mit Gästen umzugehen habe, seien sie nun berühmt oder nicht.«

Sie strich sich ein paar imaginäre Flusen von der Bluse, während ihre Mundwinkel verräterisch zuckten. Fergus MacIntosh würde zwei Monate in ihrer Pension bleiben und hier seinen neuen Roman zu Ende schreiben wollen. Fergus MacIntosh!

»Du quiekst schon wieder«, neckte Innes sie, und Fenella bemühte sich, das erneut aufkommende Grinsen aus ihrem Gesicht zu wischen.

»Sieht er denn wenigstens so gut aus, dass dieses Quieken gerechtfertigt ist?«

Fenella zuckte mit den Schultern.

»Woher soll ich das wissen? Ich habe ihn ja noch nie gesehen.«

»Gibt es denn keine Fotos von ihm?«

Fenella schüttelte den Kopf.

»Er ist sehr zurückhaltend mit seiner Person. Auf den Büchern ist kein Foto von ihm, und bei den wenigen Lesungen, die er abhält, sind Foto- und Videoaufnahmen streng verboten.«

Innes' Augenbrauen schossen in die Höhe.

»Er könnte neunzig Jahre alt sein. Oder eine Frau.«

»Das ist mir egal! MacIntosh schreibt die schönsten Geschichten, die ich je gelesen habe, was kümmert es mich da, wie er aussieht?« Dann stutzte sie. »Wäre es wohl sehr unprofessionell, wenn ich ihn bitten würde, meine Bücher zu signieren?«

Innes zuckte mit den Schultern.

»Ich denke, an solche Fragen dürfte er gewöhnt sein. Er wird sicher nichts dagegen haben, zwei oder drei Bücher zu signieren.«

Fenella nickte, verschwieg aber wohlweislich, dass es sich vielmehr um fünfzehn Bücher handelte, die sie von ihm besaß. Jedes einzelne, das je von Fergus MacIntosh erschienen war, sogar sein Versuch an einem Mysterythriller, der von Kritikern und Lesern gleichermaßen abgestraft wurde. Es war tatsächlich das schlechteste seiner Bücher, aber Fenella hatte es nicht übers Herz gebracht, das Buch abzubrechen. Auch dieses hatte einen Platz neben den anderen gefunden.

»Heißt das, du wirst in den nächsten Monaten so sehr damit beschäftigt sein, deinen Autorenschwarm anzuhimmeln, dass du mich mit den Hochzeitsvorbereitungen allein lässt? Ich erinnere dich daran, dass du uns dazu überredet hast, die Hochzeit im Dezember zu feiern, obwohl ich dann eher einer Robbe am Strand gleiche und nicht einer Braut.«

Innes fuhr sich mit der Hand über den Bauch, der in ihrer Latzhose noch nicht einmal ansatzweise zu erkennen war.

»Natürlich helfe ich dir!«, widersprach Fenella und zog demonstrativ die Hochzeitszeitschriften zu sich.

»Und du wirst auch nicht wie eine Robbe aussehen, vertrau mir.« Sie hob kurz den Blick. »Und selbst wenn! Als ob das Jack daran hindern würde, Ja zu sagen, selbst zu deinem Robben-Ich«, neckte sie Innes, die sie entrüstet ansah. Fenella zwinkerte ihr vergnügt zu und nahm die Zeitschriften vom Tresen.

»Komm, wir gehen zu mir rüber. Ich sage Julia schnell, dass sie den Empfang übernehmen soll.«

Hätte jemand Fenella vor fünf Jahren gesagt, dass sie sich zukünftig zwei Mitarbeiterinnen in Vollzeit würde leisten können, hätte sie nur ungläubig gelacht. Damals war ihr eher zum Weinen zumute gewesen. Die Pension, die ihre Eltern gründeten, hatte kaum noch Gäste angelockt, das Haus blieb mehr und mehr sich selbst überlassen, da das Geld ausgeblieben war. Doch Innes' Werbemaßnahmen, die diese vor drei Jahren bei ihrer Ankunft in Balnodren gestartet hatte, bewirkten wahre Wunder. Zum ersten Mal musste sie in diesem Sommer sogar Gäste auf andere Pensionen und Hotels auf Skye verweisen, weil sie vollkommen ausgebucht gewesen war.

Nun, Mitte August, wurde es wieder etwas ruhiger. Trotzdem konnte sie sich bei derzeit fast zwanzig Gästen alles andere als beschweren. Sie überlegte schon, das alte Wirtschaftsgebäude zurückzukaufen, welches ihre Großeltern vor siebzig Jahren verkauft hatten und das nun wieder leer stand. Dort könnte sie weitere Zimmer oder gar Ferienwohnungen für Selbstversorger einrichten. Im Augenblick war das noch Zukunftsmusik. Aber wenn sich die nächsten Jahre ebenso erfolgreich entwickelten, wie es die letzten drei getan hatten, sollte sie in spätestens fünf Jahren genug Kapital dafür angespart haben.

***

»Ich benehme mich schon nicht wie ein Teenie-Fangirl«, murmelte Fenella ihrem Spiegelbild zu, ehe sie das Badezimmer verließ. Ein Blick auf die Uhr hinter dem Empfangstresen der Pension ließ ihr Herz ein klein wenig schneller schlagen. Nun war es offiziell Nachmittag.

Fergus MacIntosh konnte jederzeit anreisen.

Ich bin nicht nervös, wiederholte Fenella in Gedanken immer wieder. Das Erscheinen ihrer zehnjährigen Tochter in der Empfangshalle riss sie aus ihren

Gedanken. Ihr kleiner Skye Terrier sprang hinter ihr her.

»Mum, darf ich mit Oscar zu Innes gehen und nach den Schafen sehen?«

Fenella zögerte, was ihre Tochter seufzen ließ.

»Mum, bitte, es ist doch gar nicht so weit, und ich hab meinen Inhalator dabei, siehst du?« Demonstrativ zog sie ihr Asthmaspray aus der Hosentasche und hielt es ihrer Mutter entgegen. »Jack kann uns nachher bestimmt zurückfahren, dann ist es sogar noch weniger weit. Bitte.« Sie zog das letzte Wort in die Länge und faltete flehend die Hände vor ihrer Brust. Oscar hob eine weiße Pfote und jaulte herzerweichend. Fenella presste die Lippen aufeinander, um ein Schmunzeln zu unterdrücken. Lucy hatte sich offensichtlich große Mühe damit gegeben, ihrem Hund diesen Trick beizubringen.

»Na gut, aber nur, wenn euch Jack wirklich wieder nach Hause fährt und du nicht in den Stall gehst.« Vor einem Monat hatten sie und Lucy Innes besucht. Während die beiden Freundinnen vor dem Haus saßen und sich unterhielten, war Lucy in den Stall geschlichen und hatte im Heu gespielt. Der anschließende Asthmaanfall sollte Fenella noch lange in ihren Albträumen verfolgen, und sie konnte sich nicht vergeben, an diesem Tag nicht besser auf Lucy geachtet zu haben.

»Danke Mum!«, rief Lucy begeistert und schlang ihre Arme um die Taille ihrer Mutter, ehe sie aus der

Pension lief. Fenella ging ans Fenster und sah ihrer Tochter und ihrem Hund hinterher.

»Sie ist wirklich ein Goldschatz«, erklärte Julia, die gerade mit einem Stapel Handtücher vorbeiging. Fenella legte eine Hand an den Fensterrahmen und nickte.

»Ja, das ist sie«, bestätigte sie lächelnd. Sie blieb noch einige Minuten lang am Fenster stehen und sah zu, wie Lucy und Oscar die Straße von der Pension aus Richtung Hafen hinabliefen. Selbst als Kind und Hund nicht mehr zu sehen waren, folgte Fenella in Gedanken ihrem Weg durch die Straßen, am Hafen vorbei und am Ufer entlang, bis sie die Grenzen Balnodrens hinter sich gelassen hatten.

Ein schwarzer Wagen fuhr vor der Pension vor. Fenella brauchte einen Augenblick, ehe ihr bewusst wurde, welchen Neuankömmling dieses Fahrzeug beherbergte. Sie holte tief Luft, strich sich ihre Bluse glatt und trat vor die Tür, um Fergus MacIntosh persönlich zu begrüßen. Sie blieb in der Eingangstür stehen, bis der Wagen zum Halten kam. Der Fahrer stieg aus und ging zum Kofferraum, während sich eine der hinteren Türen öffnete.

Mit einem Lächeln, von dem sie hoffte, dass es nicht zu sehr nach einem wahnsinnigen Fan aussah, ging Fenella auf die sich öffnende Tür zu. Ein Mann stieg aus, groß und schlank mit dunklem Haar, das ihm bis zu den Schultern reichte und sich dort leicht lockte.

»Mr. MacIntosh, ich hoffe, Sie hatten eine gute Reise.

Ich freue mich ...« Ihr Lächeln erstarb, als er ihr das Gesicht zuwandte. Vor ihr stand nicht Fergus MacIntosh, Autor der wundervollsten Liebesromane, die sie je gelesen hatte. Stattdessen stand vor ihr eine Vergangenheit, die sie mühsam zu vergessen suchte und die sie nun einholte, um sie erneut zu quälen.

»Was tust du denn hier?«, fragte sie fassungslos.

***

Shaw Douglass hatte den Satz *Sein Herz hörte einen Moment lang auf zu schlagen* stets für eine schamlose Übertreibung gehalten und sich strikt geweigert, ihn auch nur in einem Rohentwurf seiner Bücher zu verwenden. Nun aber spürte er, wie sein eigenes Herz eben diesen Moment lang nicht zu schlagen schien.

»Fen«, flüsterte er und starrte die Frau vor sich ungläubig an. Er hatte nicht erwartet, sie je wiederzusehen. Elf Jahre waren vergangen, seit er sie zum letzten Mal gesehen hatte. Nun stand sie vor ihm und sah ihn an, als sei er ein Geist. Sie fing sich schneller als er, verschränkte die Arme vor der Brust und musterte ihn mit sichtlichem Misstrauen.

»Ich habe dich was gefragt: Was tust du hier?«

Shaw fuhr sich mit einer Hand durchs Haar und sah von Fenella zum Eingang der Pension und zurück.

»Mein Verlag hat mir hier ein Zimmer für die nächsten beiden Monate gebucht.«

Jegliche Farbe wich aus Fens Gesicht, und sie trat

kopfschüttelnd einen Schritt zurück.

»Nein! Fergus MacIntosh hat hier für zwei Monate ein Zimmer gebucht«, erklärte sie.

»Ich bin Fergus MacIntosh. Mein Pseudonym.«

»Mr. Douglass?« Der Fahrer trat mit einem Koffer in jeder Hand an seine Seite.

Shaw sah Regungen über Fenellas Gesicht gleiten, die er nicht zu deuten wusste. Dann bildeten ihre Lippen eine dünne Linie, und sie nickte unwirsch in Richtung Pension.

»Ich zeige Ihnen sein Zimmer«, wandte sie sich an den Fahrer und kehrte Shaw den Rücken.

Schon wieder.

»Fen«, rief er hinter ihr her, doch sie ignorierte ihn und ging einfach weiter. Sie hörte ihn leise fluchen und dann, dass er ihr folgte. Sie hatte die Pension bereits betreten, als er sie einholte. Im Eingangsbereich spürte sie seine Hand an ihrem Arm.

»Fen!«

»Lass mich los«, fauchte sie ihn an und riss sich los. Sie warf einen hastigen Blick zu der Frau, die hinter dem Empfangstresen stand und zu ihnen herübersah.

»Julia, kannst du Mr. MacIntosh sein Zimmer zeigen und ihn über alles Wichtige informieren? Ich habe zu tun.«

»Ja ... natürlich ... wenn du meinst«, stotterte Julia. Sie sah Fenella ebenso konsterniert nach, wie Shaw es tat, als sie ihn mitten in der Empfangshalle stehen ließ.

»Oh, bitte, folgen Sie mir, Mr. MacIntosh.«

Julia kam mit rotem Gesicht hinter dem Tresen hervor und deutete auf die Treppe, die in die oberen Stockwerke führte. Sie versuchte, die peinliche Situation mit schnellen Erklärungen zu überspielen.

»Sie sind im Bonnie-Prince-Charlie-Zimmer untergebracht. Ich bin mir sicher, es wird Ihnen gefallen. Vom Balkon aus haben Sie einen herrlichen Blick über die nähere Gegend, und wenn das Wetter mitspielt, sollten Sie sogar die Küste sehen können.«

Shaw hörte ihr nur mit einem Ohr zu. Am liebsten wäre er Fenella hinterhergerannt und hätte sie dazu gezwungen, mit ihm zu reden. Eine Aussprache zwischen ihnen war mehr als überfällig. Er brannte darauf zu erfahren, weshalb sie damals so plötzlich verschwunden und nicht mehr erreichbar gewesen war. *Warum hatte sie seine Anrufe stets weggedrückt und auf keine Mailboxnachricht und keine SMS reagiert?* Er war so sehr in seinen Gedanken versunken, dass er weder bemerkte, dass sie sein Zimmer erreicht hatten, noch dass Julia aufgehört hatte zu reden.

»Mr. MacIntosh?«

Es dauerte einen Augenblick, bis Shaw bemerkte, dass sie ihn mit hochgezogenen Brauen ansah. Ihr Lächeln wirkte ein wenig angestrengter als noch bei der Begrüßung.

»Entschuldigung, ich war ganz in Gedanken.«

»Wenn Ihnen das Zimmer nicht zusagt …«

»Oh, nein, nein, es ist … perfekt«, beeilte er sich zu sagen, während er sich umsah. Das Zimmer war groß und hell, enthielt ein gemütlich wirkendes Bett, zwei Sessel, eine Kommode, auf der ein Fernseher stand und, was für ihn am wichtigsten war, einen Schreibtisch vor dem Fenster. Die Tür zu einem kleinen Balkon war verschlossen, doch Shaw konnte einen Tisch und zwei Stühle auf ihm sehen. Es war, alles in allem, genau das, was er sich für die nächsten zwei Monate unter seinem Arbeitszimmer vorgestellt hatte.

»Wirklich perfekt«, wiederholte er, und das Lächeln auf Julias Gesicht wirkte wieder natürlicher.

»Das freut mich. Wenn Sie dann nichts mehr brauchen, sehen wir Sie zum Abendessen unten.«

Sie war bereits aus dem Zimmer getreten, als Shaw einfiel, dass er nicht wusste, wann es das Abendessen geben würde. Das war wohl eines der Dinge gewesen, die sie ihm gesagt hatte, während er mit den Gedanken an Fenella beschäftigt war. Er hoffte nur, dass er keine anderen Informationen verpasst hatte, die wichtig werden konnten.

Erste Begegnung

Allison blickte in Ricks fassungsloses Gesicht und ..., Shaw stöhnte und legte den Finger auf die Löschtaste. Er beobachtete, wie Buchstabe um Buchstabe verschwand, bis das Dokument auf seinem Bildschirm wieder leer war. So wie vor zehn Minuten und vor zwanzig Minuten und vor einer Stunde und am Tag zuvor.

Seit drei Tagen war er nun schon im Wilkinson Manor, doch seine Geschichte war um kein einziges Wort vorangeschritten. Es war wie verhext. Es war, als wollte dieses Buch nicht geschrieben werden.

»Was für ein Unsinn«, schallt Shaw sich selbst und fuhr sich mit einer Hand durchs Haar. Er war nicht für die Recherche drei Monate auf Madagaskar gewesen, um jetzt die Flinte ins Korn zu werfen. Er würde diesen Roman schreiben und wenn es ihn umbrächte.

Er begann einen neuen Absatz und löschte diesen ebenfalls nach nur zwei Sätzen. Shaw lehnte sich im Stuhl zurück und ließ den Blick von seinem Monitor über die Landschaft gleiten, die sich unter seinem Balkon erstreckte. In solchen Momenten wünschte er sich die gute alte Schreibmaschine zurück. Einen Bogen Papier herauszuzerren, zu zerknüllen und mit Wucht in einen Mülleimer zu werfen wäre jedenfalls sehr viel befriedigender gewesen.

Gereizt schob er den Stuhl vom Tisch zurück und stand auf. Shaw stützte sich auf dem Balkongeländer ab und sah in den Himmel. Dicke weiße Wolken hingen über der Insel. Shaw wünschte, er könnte das Wetter dafür verantwortlich machen, dass er keinen Roman schreiben konnte, der in Afrika spielte, doch er wusste es besser. Er war es gewohnt, im Londoner Regenwetter über die exotischsten Schauplätze der Welt zu schreiben, da konnte er diesen Schäfchenwolken keinen Vorwurf für sein Unvermögen machen.

Ich brauche Luft, beschloss er schließlich und klappte den Laptop zu. Mit einem Gefühl der Genugtuung warf er ihn schwungvoll aufs Bett, nahm seine Jacke in die Hand und verließ das Zimmer.

Julia stand hinter dem Empfangstresen und wünschte ihm viel Spaß bei seinem Spaziergang. Shaw hatte nicht erwartet, Fenella zu sehen. Sie war äußerst gut darin, ihm auszuweichen. Seit seiner Ankunft war sie ihm aus dem Weg gegangen. Es sollte ihn nicht überraschen, dass sie sich genauso verhielt, wie sie es die letzten elf Jahre getan hatte und doch konnte er nicht umhin, sich zu wünschen, es wäre anders.

Der Wind zerrte an seiner Jacke, kaum dass er die Pension verlassen hatte, und Shaw schloss hastig den Reißverschluss. Auf dem Balkon war es ihm gar nicht so kühl vorgekommen. Er durchquerte das kleine Städtchen im Norden der Isle of Skye und erreichte bald eine unbefestigte Straße, die ihn an Wiesen und Feldern vorbeiführte. Er war bereits ein gutes Stück von Balnodren entfernt, als der Weg zu einem alten Bauernhaus führte. Ein rotbraunes großes Fellknäuel kam ihm plötzlich aus dem Hof entgegen. Es entpuppte sich als Collie. Der Hund ließ sich vor Shaw auf dem Weg nieder und streckte ihm eine Pfote entgegen.

»Na du bist ja ein freundlicher Bursche«, begrüßte Shaw den Hund und streckte die Hand nach der gehobenen Pfote aus.

»Das haben die Bewohner dieser Insel so an sich«, hörte er eine Stimme und blickte von dem Collie auf. Er sah eine rothaarige Frau auf sich zukommen.

»Entschuldigen Sie ihm bitte den Überfall. Timmy hat es sich zur Aufgabe gemacht, jeden gebührend zu begrüßen, der seinen Weg kreuzt.«

»Oh, kein Problem, ich mag Hunde«, versicherte Shaw ihr, während Timmy ihm ein weiteres Mal die Pfote entgegenstreckte.

»Es freut mich, dich kennenzulernen, Timmy.«

»Sie haben sich einen spannenden Tag für einen Ausflug ausgesucht«, erklärte die Frau, während sie ihr Haar hinter die Ohren strich. Der Wind wehte es ihr sofort zurück ins Gesicht.

»Spannend? Ich weiß nicht. Es sah überhaupt nicht so stürmisch aus, als ich mich auf den Weg machte.«

Sie lachte und breitete die Arme aus.

»Willkommen auf Skye, wo der Wind in kürzester Zeit von einer leichten Brise zu einem richtigen Sturm anwachsen kann. Aber glauben Sie mir, das hier ist noch lange kein Sturm, nur ein laues Lüftchen. Sie sind wohl noch nicht lange auf der Insel?«

»Ein paar Tage erst. Und die habe ich ausschließlich im Haus verbracht«, gestand Shaw, was seine

Gesprächspartnerin dazu veranlasste, die Brauen hochzuziehen.

»Sie verbringen Ihren Urlaub im Haus?«

»Ich bin eigentlich zum Arbeiten hier ...«

Sie kniff die Augen zusammen und musterte ihn von Kopf bis Fuß.

»Ach, Sie sind also dieser Schriftsteller? MacIntyre ... nein, MacIntosh?«

Shaw sah sie überrascht an. »Woher wissen Sie ...«

»Balnodren ist eine kleine Stadt, so etwas spricht sich schnell herum. Außerdem ist Fen meine beste Freundin. Ich wusste daher, dass sie prominenten Besuch erwartet.« Sie grinste neckisch, während Sie ihm ihre Hand entgegenhielt. »Ich bin Innes.«

»Shaw«, antwortete er fast automatisch und erwiderte ihren Händedruck. »Fen hat Ihnen also von mir erzählt?«

»Dass Sie herkommen und Ihr Buch hier zu Ende schreiben würden, ja.« Sie neigte den Kopf zur Seite und schürzte die Lippen. »Lassen Sie mich raten. Es läuft nicht so gut, was?«

Nun war es an Shaw die Brauen hochzuziehen, was Innes erneut zum Lachen brachte.

»Ich erkenne Krisen, wenn ich sie sehe. Ich steckte selbst in einer, als ich vor drei Jahren hier ankam. Wenn es Sie tröstet, ich habe die Erfahrung gemacht, dass Skye und ganz besonders dieses Fleckchen der Insel sehr gut dazu geeignet ist, Krisen zu bewältigen.«

»Ihr Wort im Ohr meiner Musen«, murmelte Shaw

und ließ den Blick über die weiten Wiesen streifen.

»Sagen Sie, haben Sie einen Tipp für einen ruhigen Ort hier draußen, an dem man sich bei gutem Wetter länger aufhalten kann?«

»Ich persönlich mag den Strand sehr, wenn es Ihnen nichts ausmacht, ihn mit Robben zu teilen. Aber falls Sie nach Inspirationen für Ihre Geschichte suchen, würde ich Ihnen eine der Burgen oder Fairy Glen empfehlen.«

»Fairy Glen? Ein Feental?«, fragte Shaw ungläubig. Sicher machte sie sich nur über einen Touristen lustig.

»Ja, ein zauberhafter Ort, noch unberührter als die Gegend hier. Wenn Sie schon so lange hierbleiben werden, sollten Sie es sich unbedingt ansehen. Vielleicht schreiben Sie noch einen Roman darüber.«

»Ich bin eher für die exotischen Schauplätze bekannt. Meist südliche Gefilde, Asien, Afrika, Südamerika …«

»Womöglich sollten Sie das noch einmal überdenken«, schlug Innes vor und warf einen Blick in den Himmel. »Und Sie sollten nicht mehr allzu lange hier draußen bleiben, es wird bald regnen. Aber ich sage Ihnen etwas. Fragen Sie Lucy nach Plätzen auf der Insel. Das Kind hat eine unglaubliche Fantasie und ein großes Interesse an allem, was es über Skye und seine Geschichte zu wissen gibt. Sie kann Ihnen sicher ein paar gute Stellen verraten, an denen Sie finden, was Sie suchen.«

»Lucy?«

»Fens Tochter. Haben Sie sie noch nicht

kennengelernt? Dann müssen Sie wirklich jede Minute auf Ihrem Zimmer gehockt haben. Es tut mir leid, aber ich muss jetzt wieder los. Es hat mich gefreut, Sie kennengelernt zu haben, Shaw. Wir sehen uns bestimmt noch.«

Shaw verabschiedete sich von ihr und machte sich langsam auf den Weg zurück nach Balnodren.

Fens Tochter?

Sein Magen zog sich krampfhaft zusammen. Wieso war er nicht selbst auf den Gedanken gekommen, dass Fenella in der Zwischenzeit geheiratet und eine Familie gegründet hatte? Nur, weil er seit elf Jahren nicht in der Lage gewesen war, eine Beziehung zu führen, die länger als nur ein paar Monate hielt, hieß das schließlich nicht, dass es ihr genauso ging. Immerhin hatte sie ihn hinter sich gelassen. Shaw kam sich idiotisch vor. Und so, als wolle der Himmel ihm zustimmen, brach der von Innes angekündigte Regen los, noch ehe er die Stadt erreicht hatte. Als er bei Wilkinson Manor ankam, war er bis auf die Haut durchnässt.

Ein Wagen fuhr an ihm vorbei und hielt vor dem Cottage in der Nähe der Pension. Shaw blieb wie angewurzelt stehen, als er Fenella aussteigen sah. Sie hielt sich ihre Handtasche wie einen Schirm über den Kopf und beeilte sich, die hintere Tür des Wagens zu öffnen. Von ihrer Tochter sah er nicht viel mehr als die leuchtend gelbe Regenjacke, deren Kapuze sie noch im Auto über den Kopf gezogen hatte. Ihr Lachen jedoch, als sie in eine Pfütze neben dem Wagen sprang, drang selbst durch den prasselnden Regen an seine Ohren. Fenella scheuchte Lucy ins Cottage und schloss die Tür hinter ihnen. Die Starre, die Shaw ergriffen hatte, löste sich langsam, und er betrat mit steifen Beinen die Pension.

***

Wenige Stunden später saß Shaw allein an einem Tisch im Speisesaal der Pension und genoss sein Abendessen. Er hatte geglaubt, die heiße Dusche und die anschließende Tasse Tee, die er sich in seinem Zimmer gemacht hatte, hätten ihn bereits aufgewärmt. Doch erst durch die warme Mahlzeit jetzt spürte er die wohlige Entspannung seines Körpers.

Draußen regnete es noch immer. Dicke Tropfen trommelten gegen die Fensterscheiben. Die Wolken waren zügig dunkler geworden. Es fiel ihm schwer zu beurteilen, ob die Sonne schon untergegangen war oder sich noch irgendwo hinter dieser finsteren Wolkenwand ihren Weg hinab in den Ozean suchte. Vielleicht sollte er Allison und Rick in einen Sturm schicken …

Jemand stellte einen Teller auf der anderen Seite seines Tisches ab. Shaw wandte den Blick vom Fenster ab und sah ein dunkelblondes Mädchen, das sich ihm gegenüber hinsetzte.

»Ich bin Lucy«, stellte sie sich ihm lächelnd vor und

streckte ihre kleine Hand über den Tisch. »Und das ist Oscar.«

»Hallo«, erwiderte Shaw und zog das Wort in die Länge, unsicher, was sie von ihm erwartete, nachdem er ihre Hand geschüttelte hatte. Auch wusste er nicht, wer Oscar sein sollte. Er war nicht gut im Umgang mit Kindern, hatte selten Kontakt mit ihnen. Außerdem half ihm die Tatsache, dass dieses Mädchen ihn mit den braunen Augen ihrer Mutter musterte, im Augenblick auch kein bisschen weiter.

»Ich bin Lucy«, wiederholte sie und sah ihn immer noch erwartungsvoll an.

»Das sagtest du schon ...«

»Und wer bist du?«, fragte sie schließlich und strich sich das kinnlange Haar hinter die Ohren.

»Shaw.«

Sie nickte zufrieden und griff nach ihrer Gabel.

»Den Namen kenne ich noch nicht. Was bedeutet er?«

»Ich ... habe keine Ahnung«, gestand Shaw und starrte Lucy an. Er war sich nicht sicher, was sie von ihm wollte. Eine Berührung seines Beines lenkte ihn kurz ab, und er sah einen kleinen Hund, nicht größer als ein West Highland Terrier, dafür aber mit sehr viel mehr Fell.

»Oscar! Nicht betteln«, ermahnte Lucy, und der Hund ließ die Pfote wieder sinken, mit der er an Shaws Hosenbein gerieben hatte.

»Er weiß eigentlich, dass er nichts vom Tisch

bekommt, aber bei Leuten, die er noch nicht kennt, versucht er es dann doch. Du darfst ihm aber nichts geben. Sonst kann er krank werden.« Ihr Blick war ungewöhnlich ernst für ein Kind. Zumindest glaubte Shaw das.

»Ich verspreche, ihm nichts zu geben«, erwiderte er hastig, und das Lächeln kehrte auf ihr Gesicht zurück.

»Prima. Guten Appetit.« Sie spießte eine Kartoffel mit ihrer Gabel auf und biss genüsslich hinein.

»Haben Sie keinen Hunger mehr?«, erkundigte sie sich nach einigen Bissen, während derer Shaw sprach- und tatenlos am Tisch gesessen hatte.

»Solltest ... du nicht bei deinen Eltern sein?«, erkundigte er sich vorsichtig und sah sich im Speisesaal um. Niemand der anderen Anwesenden schien sich um sie zu kümmern.

»Meine Mum isst immer erst, wenn alle Gäste fertig sind, aber ich hatte schon Hunger. Und ich wollte dich nicht allein essen lassen. Niemand sollte allein essen müssen. Mum isst auch immer mit Julia und Bree in der Küche.«

»Und dein Vater ...«

Lucy zuckte mit den Schultern und senkte den Kopf ein wenig tiefer über ihren Teller.

»Kenn' ich nicht«, murmelte sie und stopfte sich hastig ein Stück Fisch in den Mund, dem sie eine weitere Kartoffel folgen ließ.

»Bist du lange hier?«, fragte sie schließlich, nachdem ihr Mund wieder leer genug war, um verständlich sprechen zu können. »Ähm ... zwei Monate.«

Lucy nickte, als sei es das Normalste auf der Welt, dass Gäste so lange im Wilkinson Manor blieben.

»Das ist klug. Die meisten bleiben nur ganz kurz hier, ein paar Tage oder mal eine Woche oder zwei. Aber dann lernen sie die Insel ja gar nicht kennen. Dann entgeht ihnen doch das Beste!«

Shaw musste schmunzeln. Ihre Augen leuchteten geradezu, als sie das sagte und für einen Augenblick war ihr Abendessen völlig vergessen. Er erinnerte sich an Innes' Worte, dass Lucy sich für die Geschichte der Insel interessierte. Sie hatte offenbar nicht übertrieben.

»Was sollte man denn unbedingt sehen?«

»Alles!«, erklärte Lucy mit großen Augen. »Man muss Fairy Glen sehen und den Old Man of Storr und überhaupt die ganze Küste. Und Neist Point und das Museum of Island Life und die Ruinen und auf jeden Fall muss man Armadale Castle sehen. Es gibt nichts Schöneres auf Skye als Armadale Castle! Du willst dir das doch alles ansehen, oder?«

»Ich weiß nicht, ob ich die Zeit dazu habe. Ich muss eigentlich arbeiten.«

»Innes hat damals auch gearbeitet. Sie hat ganz viele Bilder gemacht und eine Internetseite und einen Katalog und so Sachen für die Pension. Arbeitest du auch so etwas?«

»Nein. Ich schreibe Bücher.«

Lucys Augen wurden groß, und ihre Gabel sank langsam zurück auf ihren Teller.

»Wow! Du bist das? Mum hat alle Bücher von dir! Sie war ganz aufgeregt, als sie hörte, dass du kommst. Fast so, wie die Mädchen im Fernsehen, wenn ein Filmstar oder eine Band irgendwo auftauchen.«

Lucy runzelte die Stirn. »Ich glaube, das hat mit der Pubertät zu tun. Ich fürchte, wenn ich mal da rein komme, werde ich auch bei manchen Leuten so reagieren.« Sie seufzte und verzog das Gesicht.

»Ich hoffe, es dauert noch sehr lange, bis ich in die Pubertät komme.«

»Deine Mutter hat alle meine Bücher?«, fragte Shaw überrascht und spürte, wie sich ein Lächeln auf seinen Lippen ausbreitete. Ob ihr sein Stil aufgefallen war? Ob es deswegen ihre Lieblingsbücher waren, weil sie ihn hinter den Worten erkannt hatte? Nein, dann wäre sie bei seiner Ankunft nicht so überrascht gewesen.

»Ja, jedes einzelne. Sogar das eine, das so schlecht sein soll. Entschuldigung, das war jetzt nicht nett.«

»Schon in Ordnung.« Er wusste genau, von welchem Buch sie sprach. Shaw begann, die Unterhaltung mit Lucy zu genießen. Er nahm seine Gabel in die Hand und wandte sich wieder seinem Essen zu.

»Ich habe heute bei einem Spaziergang eine Freundin deiner Mutter kennengelernt: Innes? Sie meinte, du kennst dich gut auf der Insel aus. Dass du auch die Geschichte gut kennst.«

Lucy zuckte mit den Schultern.

»Ich habe viel Zeit, also lese ich meistens oder schaue fern. Da lernt man viel. Willst du was über die Insel hören? Über die Lords of the Isles, die früher hier herrschten? Die MacDonalds? Sie waren lange unabhängig von allen anderen Königen, weißt du? Sie waren reich und mächtig, haben die Inseln und das Meer beherrscht.«

»Das klingt spannend.«

»Das ist es!«, bestätigte Lucy und begann, ihm von Somerled, dem König der Hebriden zu erzählen, der im 12. Jahrhundert lebte.

***

»Ist alles in Ordnung?«

Fenella zwang sich ein Lächeln ab, als Bree sie ansah.

»Natürlich, wieso fragst du?«

»Weil du dein Essen massakrierst. Der Fisch ist schon tot, war er schon, als Luke ihn gebracht hat.«

Fenella räusperte sich und warf einen kurzen Blick auf ihren Teller. Ihr Essen ähnelte mittlerweile einem Fischbrei, und sie schob den Teller mit einem Seufzen von sich.

»Ich habe heute einfach keinen Hunger«, erklärte sie.

Ihr entging nicht, wie Bree und Julia vielsagende Blicke austauschten. Es war nicht das erste Mal in den letzten Tagen, dass sie kaum etwas aß. Das Wiedersehen mit Shaw war ihr auf den Magen geschlagen. Er sollte nicht hier sein.

Kurzzeitig hatte sie überlegt, ihn unter irgendeinem Vorwand aus der Pension auszuquartieren, ihm ein

Hotel in Portree zu suchen. Selbst wenn es das teuerste und luxuriöseste war, solange es ihn nur von ihr fernhalten würde. Der Gedanke war kindisch, und sie hatte ihn direkt wieder verworfen. Wohler fühlte sie sich dennoch nicht.

Zwar war es ihr gelungen, ihm bisher aus dem Weg zu gehen, doch sie wusste nicht, ob sie dieses Versteckspiel zwei Monate lang durchhalten würde. Zumal Julia bereits misstrauisch wurde, weil Fenella immer seltener selbst hinter dem Empfang arbeitete.

Fast elf Jahre hatte sie Shaw nicht gesehen, und wenn es nach ihr gegangen wäre, hätte das auch so bleiben können. Ihn wiederzusehen machte alles nur noch schlimmer. Seit Tagen hatte sie Probleme damit, einzuschlafen. Sie wälzte sich bis weit nach Mitternacht im Bett herum, wurde von Erinnerungen an ihren gemeinsamen Sommer und die Zeit nach ihrer Rückkehr gequält, und mit jeder einzelnen davon schmerzte ihr Herz ein wenig mehr.

»Ich habe noch einiges an Papierkram zu erledigen. Lucy sollte auch langsam ins Bett, kommt ihr ohne mich zurecht?« Sie wartete eine Antwort gar nicht erst ab, sondern erhob sich von ihrem Platz und brachte ihren Teller weg. Gerade, als sie in den Speisesaal gehen wollte, um nach Lucy zu sehen, kam ihr ihre Tochter schon entgegen.

»Wir haben wieder wahnsinnig spannende Gäste, Mum!«, erklärte Lucy begeistert.

»Haben wir das nicht immer?«

Fenella strich Lucy lächelnd durch das Haar.

»Ja, schon. Aber dieses Mal sind ein paar Leute darunter, mit denen man sich wirklich gut unterhalten kann.«

Fenella schmunzelte und legte ihrer Tochter eine Hand auf die Schulter, während sie sie aus der Küche hinaus in den Garten und in Richtung ihres Cottages lenkte.

»Dann ist es ja gut, dass bis zum Wochenende keiner abreist. Du hast also noch genug Zeit, dich mit jedem von ihnen ausgiebig zu unterhalten. Aber nun heißt es Zähne putzen, waschen und dann ab ins Bett.«

»Darf ich wenigstens noch ein bisschen lesen?«

»Aber höchstens eine halbe Stunde«, gab Fenella nach und ermahnte sich selbst, auf die Zeit zu achten. Es wäre nicht das erste Mal, dass sie Lucy dabei erwischte, wie diese heimlich unter der Bettdecke las.

Von Schmetterlingen und Feen

»Bewundernswert oder habichtartig.«

Shaw sah von seinem Laptop auf, als Lucy sich neben ihm auf die Couch fallen ließ. Oscar jammerte auf dem Fußboden, bis sie sich seiner erbarmte und ihn auf ihren Schoß hob.

Nachdem er den ganzen Morgen auf seinem Zimmer erfolglos versucht hatte zu schreiben, wollte er es nun im Aufenthaltsraums des Wilkinson Manor versuchen. Vielleicht war es ihm ja doch zu still, und er brauchte die Anwesenheit anderer Menschen, um mit der Szene voranzukommen.

»Hallo Lucy«, begrüßte Shaw das Mädchen, unsicher, was sie ihm mit ihrer Bemerkung sagen wollte. Lucy seufzte theatralisch.

»Dein Name. Ich habe ihn nachgeschlagen. Shaw ist aus dem Irischen und bedeutet bewundernswert oder habichtartig. Eigentlich komisch, die beiden Wörter sind doch so unterschiedlich.« Sie kniff die Augen zusammen und neigte den Kopf zur Seite, während sie Shaw musterte. »Wie ein Habicht siehst du nicht aus.«

»Vielen Dank. Dann muss ich wohl bewundernswert sein?«

Lucy zuckte mit den Schultern. »Du schreibst Bücher, das finde ich ziemlich bewundernswert. Schreibst du gerade?« Sie versuchte, einen Blick auf seinen Laptop zu werfen, stellte jedoch fest, dass das aufgerufene Dokument leer war.

»Da steht nichts.«

»Tja, so bewundernswert bin ich vielleicht doch nicht«, versuchte Shaw zu scherzen.

Lucy sah ihn ernst an.

»Ich dachte, du bist hier, um dein neues Buch fertig zu schreiben?« Sie betonte das Wort *fertig*, und Shaw glaubte, einen gewissen Vorwurf in ihrer Stimme zu hören.

»Das tue ich doch«, antwortete er automatisch. Er hatte diese Unterhaltung schon zu oft in den letzten Wochen mit viel zu vielen Menschen geführt.

»Vielleicht machst du ja etwas falsch«, schlug Lucy vor.

»Was mache ich denn deiner Meinung nach falsch?«

Lucy zuckte mit den Schultern.

»Worum geht es denn in deinem Buch?«

»Um ein Paar, das sich auf Madagaskar kennenlernt und sich verliebt.«

»Wieso Madagaskar?«

»Wieso nicht?«

»Weil es furchtbar weit weg ist. Ich meine, wirklich weit weg.«

»Weißt du denn überhaupt, wo Madagaskar liegt?«

»Natürlich weiß ich das. Dort gibt es nämlich über 3000 Schmetterlinge und Nachtfalter. Wusstest du das?«

»Das wusste ich tatsächlich nicht.«

Lucy schenkte Shaw ein breites Grinsen.

»Siehst du, ich sage doch, Madagaskar ist ein Fehler.

Du solltest über das schreiben, was du kennst, was du siehst. Warum schreibst du nicht über Skye? Wir haben in Schottland zwar nur 32 Schmetterlingsarten, aber es ist trotzdem wunderschön hier. Und ich kann dir alles darüber erzählen, was du wissen musst. Aber ansehen musst du dir die Orte trotzdem selbst, sonst kannst du die Magie nicht beschreiben.«

»Die Magie?«

Lucy nickte und sah ihn mit einem ernsten Gesichtsausdruck an, wie ihn nur ein Kind in seiner Unschuld und in seinem Glauben an Feen und Zauberei zeigen konnte.

»Natürlich. Weißt du, früher zeigten sich die Fae noch den Menschen, aber mit der Zeit haben sie sich immer mehr zurückgezogen, und man kann kaum noch ihre Spuren sehen. Dabei sind sie überall, man muss nur ganz genau hinschauen. Und in Fairy Glen kann sie wirklich jeder erkennen.«

»Sogar ich, meinst du damit?«

Shaw deutete auf sich selber und schmunzelte.

»Ich sage nur, dass die meisten Erwachsenen blind für Feen sind. Ihr erkennt sie nicht mal, wenn sie als Schmetterlinge vor euch fliegen. Dabei ist es so offensichtlich. Hast du schon einmal einen Hauhechel-Bläuling gesehen? Wenn die Flügel geschlossen sind, sehen sie graublau aus mit schwarzen Punkten und orangen Spitzen, aber wenn sie offen sind«, Lucy breitete ihre Arme aus, um die geöffneten Schmetterlingsflügel nachzuahmen, »dann siehst du die schönsten Blautöne, von ganz hell bis lila. Das ist wie ein Feenkleid. Oder der Braunfleckige Perlmutterfalter: Bei dem sind die offenen Flügel orange mit schwarzem Muster. Ein bisschen so, als wäre er eine Mischung zwischen Tiger und Leopard. Aber wenn die Flügel geschlossen sind, dann sind die oberen Flügel heller und die unteren sehen aus wie ein Mosaikfenster, durch das die Sonne scheint. Das ist bestimmt die Feenkönigin.«

Lucy atmete schneller, als sie ihre Schmetterlingslektion beendet hatte und holte ihren Inhalator aus der Tasche. Nach zwei großen Zügen grinste sie Shaw wieder an und packte ihren Inhalator weg.

»Ich rate einmal und behaupte, dass Schmetterlinge deine Lieblingstiere sind, nach Hunden natürlich«, vermutete Shaw und tätschelte Oscars Kopf.

»Jap«, erklärte Lucy grinsend und zog die Beine auf die Couch. »Mamas auch. Du solltest also was über Schmetterlinge schreiben!«, entschied Lucy und deutete auf den leeren Monitor.

»Weißt du was?« Shaw beugte sich zu seiner Laptoptasche, die auf dem Boden neben der Couch stand und kramte darin herum. Schließlich zog er ein Notizbuch daraus hervor.

»Wieso schreibst *du* nicht die Geschichte der Schmetterlingsfeen auf?« Er reichte Lucy das Notizbuch. Sie nahm es mit großen Augen entgegen und presste es an ihre Brust, als habe sie Angst, er könne es sich noch einmal anders überlegen.

»Wirklich? Glaubst du denn, ich kann das?«

»Du hast so schön über Schmetterlinge erzählt, also kannst du es sicher auch aufschreiben.«

Lucy biss sich auf die Unterlippe und runzelte die Stirn. Schließlich nickte sie langsam.

»Ja, ich glaube, das sollte ich wirklich einmal versuchen.« Geradezu ehrfurchtsvoll schlug Lucy das Notizbuch auf und starrte auf die leeren Seiten. Als sie wieder aufsah, strahlte sie plötzlich über das ganze Gesicht.

»Mum, schau mal!«

Sie sprang von der Couch und rannte auf Fenella zu, die gerade die Empfangshalle des Manors betrat. Oscar, der kurz vor dem Einschlafen war, schreckte auf. Der Terrier schüttelte sich und lief schwanzwedelnd hinter seinem Frauchen her. Shaw beobachtete die Szene schmunzelnd. Sein Blick blieb auf Fenellas Gesicht hängen, und er betrachtete sie genau, während Lucy ihrer Mutter stolz das Notizbuch zeigte und ihr erzählte, von wem sie es bekommen hatte, und dass sie nun ebenfalls anfangen würde zu schreiben. Shaw bemerkte, wie Fenellas Gesichtszüge einfroren. Das Lächeln, das sie bei Lucys Auftauchen noch auf den Lippen hatte, war verschwunden. Sie warf Shaw einen kurzen Blick zu, den er offen erwiderte. Mit zusammengepressten Lippen nahm sie Lucy das Notizbuch ab und kam mit großen Schritten auf ihn zu.

»Aber Mum ...« Lucy folgte ihr und sah sehnsüchtig

auf das Notizbuch.

»Lucy weiß, dass sie die Gäste nicht stören soll und nichts annehmen soll.«

»Aber ...«

»Lucy, geh bitte auf dein Zimmer.«

»Es war ein Geschenk«, erklärte Shaw ruhig und nahm Fenella das Notizbuch aus der Hand. Ungerührt hielt er es Lucy entgegen, die es nur zögernd ergriff. Shaws Blick wich dabei nicht von Fenella.

»Es gehört sich nicht, Geschenke zurückzugeben.«

Fenellas Lippen pressten sich noch fester aufeinander.

»Weißt du, Fen, dafür, dass dir meine Bücher so gut gefallen, bist du mir gegenüber sehr abweisend.«

Fenella wurde blass und öffnete den Mund, brachte jedoch zunächst keinen Ton heraus.

»Wer hat dir das gesagt?«

»Ich«, erklärte Lucy leise und sah mit großen Augen zwischen ihrer Mutter und Shaw hin und her. Fenella schluckte und sah ihre Tochter an.

»Lass uns bitte allein, Lucy.«

»Bist du sauer, Mum?«

»Nein«, versicherte Fenella und rang sich ein kleines Lächeln ab. »Aber jetzt geh bitte.«

Lucy ließ die beiden nur zögernd allein.

»Ich möchte nicht, dass Lucy so viel Zeit mit unseren Gästen verbringt«, wiederholte Fenella, nachdem ihre Tochter außer Hörweite war.

»Das sagtest du schon, und wir wissen beide, dass

das Unsinn ist. Du willst nicht, dass sie Zeit mit mir verbringt, bei allen anderen Gästen stört es dich überhaupt nicht. Was soll das, Fen? Was habe ich dir getan? Warum musstest du mich von einem auf den anderen Augenblick aus deinem Leben ausschließen und hast selbst jetzt noch ein Problem damit, wenn ich ein wenig mit deiner Tochter rede, so wie jeder andere Gast es hier tut?«

»Du wolltest hier arbeiten oder nicht? Es kann kaum hilfreich sein, wenn Lucy dich davon abhält …«

»Sie hält mich nicht von der Arbeit ab, und sie stört auch nicht.«

»Ich will es einfach nicht, reicht das? Ich bin ihre Mutter, also akzeptiere gefälligst, das ich tue, was ich für richtig halte.«

Shaw musterte sie einen Augenblick schweigend.

»Du hast dich mehr verändert, als ich dachte«, erklärte er schließlich leise.

Fenella reckte das Kinn und verschränkte die Arme vor der Brust.

»Wir waren noch halbe Kinder, Shaw. Es war ein Urlaubsflirt. Mehr nicht, verstehst du? Wenn du mich jetzt entschuldigst, ich habe tatsächlich noch zu tun.« Sie drehte sich um und ging mit schnellen Schritten aus dem Aufenthaltsraum. Shaw sah ihr schweigend nach. *Ein Urlaubsflirt also*. Mehr sollte es für sie nicht gewesen sein? Er schloss die Augen und schüttelte den Kopf. Es war mehr gewesen. Für sie beide. Davon musste er weder sich noch sie überzeugen. Das wusste er.

***

Nach einer fast schlaflosen Nacht machte Fenella am nächsten Morgen einen ausgedehnten Spaziergang, der sie schließlich zur Schaffarm von Jack und Innes führte. Jack fuhr gerade aus dem Hof und winkte ihr zu, als er sie passierte. Obwohl der nahezu wolkenlose Himmel einen warmen Frühherbsttag ankündigte, war es noch recht frisch, und Fenella war froh, in die warme Küche zu kommen und ihre Jacke ausziehen zu können.

»Guten Morgen«, grüßte Innes sie, stellte wie selbstverständlich ein neues Gedeck auf den Tisch und goss Fenella eine Tasse Tee ein.

»Ich habe frische Scones gebacken und hoffe, du lässt mich nicht mit ihnen allein, wie Jack es getan hat.«

»Ein Notfall?«

»Ja, Luke hat angerufen. Er hat wohl beim Fischen eine verletzte Robbe auf einem der Felsen draußen entdeckt.«

»Mhm«, antwortete Fenella abwesend und setzte sich zu Innes an den Tisch.

»Ich habe übrigens deinen Mr. MacIntosh kennengelernt«, erklärte ihre Freundin, während sie ihr zwei der noch herrlich warmen Scones auf den Teller legte. »Scheint ja ein wirklich netter Kerl zu sein und sieht auch nicht schlecht aus.«

Fenella antwortete nicht, sondern rupfte den ersten Scone auseinander und rollte den Fetzen in ihrer Hand zu einer kleinen Teigkugel, ehe sie ihn in den Mund steckte.

»Okay, spuck es aus! Was ist los mit dir?«, hakte Innes schließlich nach, während sie ihren Scone dick mit Himbeermarmelade bestrich.

»Er ist Lucys Vater.«

»Wer?«

»MacIntosh … Shaw …« Fenella seufzte, ließ den Scone zurück auf ihren Teller fallen und verbarg ihr Gesicht in ihren Händen. Als sie wieder wagte, ihre Freundin anzusehen, starrte Innes sie ungläubig an.

»Ich glaube, das solltest du mir jetzt mal erklären.«

So erzählte Fenella ihr von einem mehrmonatigen Aufenthalt in Südafrika, bei dem sie Shaw vor elf Jahren begegnet war, sich in ihn verliebte und sogar mit dem Gedanken gespielt hatte, dass sie eine gemeinsame Zukunft haben könnten. Immerhin war er Schotte, auch wenn er damals bereits in London lebte. Aber selbst London war ja nicht aus der Welt, und sie hatte sich damals noch nicht entschlossen, die Pension ihrer Eltern weiterzuführen. Sie konnte sich ein Leben in London durchaus vorstellen. Die Stadt bot immerhin viele Möglichkeiten.

»Wir verbrachten fast drei Monate zusammen. Er musste zwei Wochen vor mir zurück nach London fliegen. Wir tauschten unsere Nummern aus und verabschiedeten uns. Ich war fest entschlossen, mich bei ihm zu melden, sobald ich wieder daheim war, aber dann kam die Sache mit Vater dazwischen und …«

Fenella schossen die Tränen in die Augen, und ihre Stimme erstarb. Innes trat neben sie und legte ihr tröstend eine Hand auf die Schulter.

»Ich weiß, Liebes«, beruhigte sie.

Fenella schüttelte den Kopf.

»Ich wusste nicht, was ich tun sollte. Vater war tot. Ich musste mein Studium aufgeben und war plötzlich in Balnodren festgenagelt. Mutter hätte es mit ihrer Behinderung doch nicht alleine geschafft. Alles hing jetzt an mir. Wir kannten uns doch auch erst so kurz, wir hatten uns nie im Alltag erlebt. Und er hatte in London endlich seine ... er hätte doch nie ... und ich musste doch ...«

Erneut versagte ihr die Stimme.

»Du hast es ihm nicht gesagt?«

Fenella schüttelte wieder den Kopf.

»Die beiden freunden sich gerade an«, kam es leise aus ihr heraus.

»Was hast du erwartet? Lucy freundet sich mit jedem an, und einen Autor hattet ihr noch nie zu Gast. Schon gar nicht deinen Lieblingsautor.«

Fenella verzog das Gesicht.

»Fen, du musst es ihnen sagen. Als du über Lucys Vater geschwiegen hast, dachte ich, er wäre nicht daran interessiert, sie kennenzulernen und Verantwortung für sie zu übernehmen. Aber so? Er hat ein Recht zu wissen, dass er eine Tochter hat, und Lucy hat das Recht auf ihren Vater!«

»Und dann? Dann weiß sie, dass sie einen Vater hat

und kann ihn nicht immer sehen. Ist es da nicht besser, gar keinen zu haben?«

»Nein!«, widersprach Innes bestimmt.

Fenella ließ die Schultern hängen.

»Ich habe Angst, Innes. Ich habe so lange gebraucht, um über ihn hinwegzukommen.«

»Sag es ihnen, Fen«, wiederholte Innes, obwohl sie ihrer Freundin ansehen konnte, dass ihre Worte auf taube Ohren stießen.

Die Wahrheit kommt ans Licht

»Schau mal!« Stolz hielt Lucy Shaw das Notizbuch unter die Nase, das er ihr am Vortag geschenkt hatte. »Ich habe schon richtig viel geschrieben.«
Sie blätterte die beschriebenen Seiten um und strahlte dabei über das ganze Gesicht.

»Das sieht doch schon sehr vielversprechend aus«, lobte Shaw und sah, wie Lucy ihre Schultern ein wenig straffte.

»Ich darf doch hier weiterschreiben?«, fragte sie und setzte sich schon neben ihn auf die Couch.

»Natürlich«, antwortete Shaw und wandte sich wieder seinem Laptop zu. Er hörte, wie Lucy mit ihrem Bleistift Zeile um Zeile des Notizbuches füllte, das Geräusch der Stiftspitze, die über das Papier glitt, stellte sich als ungewöhnlich beruhigend heraus.

Tatsächlich gelang es Shaw, mehrere Seiten zu tippen, ohne dass er den Text sofort löschen wollte.

»Worum geht es eigentlich in deiner Geschichte?«, fragte er schließlich, als er sich nach einer Stunde zufrieden zurücklehnte.

»Um eine Prinzessin, die vor langer Zeit auf Armadale Castle lebte und eine Freundin der Fae war.«

»Die Prinzessin heißt nicht zufällig Lucy?«

Lucy schüttelte den Kopf.

»Natürlich nicht. Eine Prinzessin, die zur Zeit der Lords of the Isles gelebt hat, würde doch nicht Lucy heißen. Und Asthma kannten die damals auch noch nicht.« Lucy hielt im Schreiben inne und sah zu Shaw auf. »Aber in eine Geschichte von dir könntest du mich einbauen.«

»Soll ich?«

»Au ja!«, rief Lucy und legte das Notizbuch beiseite, um sich auf die Couch zu knien. Sie hüpfte aufgeregt auf und ab und hob ihre Hand.

»Also, du musst ein Mädchen einbauen, das Lucy heißt und dunkelblonde Haare hat und Asthma und natürlich muss Oscar dabei sein.« Während sie sprach, zählte sie die Vorgaben an ihren Fingern ab.

»Gut, wie wäre es, wenn meine Hauptfigur in dem Hotel, in dem sie unterkommt, ein achtjähriges Mädchen kennenlernt …«

»Zehn!«, entrüstete sich Lucy.

»Bitte?«

»Ich bin zehn, nicht acht!«

»Zehn?« Shaw spürte, wie sein Herz schneller schlug. Langsam stellte er den Laptop auf den Tisch und wandte seine ganze Aufmerksamkeit Lucy zu.

»Wann hast du Geburtstag?«, fragte er sie und bemühte sich darum, ruhig zu wirken. In ihm keimte ein Gedanke, der unmöglich schien.

»Am 13. April«, erklärte Lucy stolz. Shaw begann zu zittern. Plötzlich hatte er Mühe, neun Monate zurückzurechnen. *Das hatte sie nicht getan. Das konnte sie ihm nicht angetan haben!*

Er betrachtete Lucy, als würde er sie zum ersten Mal sehen, griff nach ihren Schultern, um sie still zu halten und suchte in ihrem Gesicht nach etwas Vertrautem, etwas so Bekanntem, wie es das nur einmal geben konnte.

»Geht es dir nicht gut?«, fragte Lucy und sah ihn besorgt an. Shaw schüttelte den Kopf. Ihm wurde gleichzeitig heiß und kalt, und er glaubte, die Fähigkeit zu sprechen gänzlich verloren zu haben.

»Wo ist dein Vater?«, brach es schließlich aus ihm hervor. Er musste es wissen, musste wissen, was Fenella ihr gesagt hatte.

Lucy runzelte kurz die Stirn, dann zuckte sie mit den Schultern. »Den kenne ich nicht. Es gibt nur Mum und mich. Soll ich jemanden rufen? Sollen wir einen Arzt anrufen? Du siehst nicht gut aus.«

Er fühlte sich auch nicht gut. Er fühlte sich schrecklich elend. Wie hatte sie ihm das antun können?

»Lucy?«

Fenellas Stimme drang vom Eingangsbereich zu ihnen herüber, und sie traf Shaw wie ein Stich ins Herz. Langsam wandte er den Kopf zu ihr um und sah sie an. Er versuchte gar nicht erst, die stumme Anklage in seinem Blick zu verbergen. Fenella wich einen Schritt zurück. Shaws Hände fielen von Lucys Schultern. Er stand mit zittrigen Beinen auf.

»Wieso?«, fragte er leise an Fenella gerichtet.

»Lucy!«, rief sie ihre Tochter noch einmal, doch dieses Mal war ihr Ton unkontrolliert und schrill.

»Wieso?«, fragte Shaw noch einmal. Er rang sichtlich um jeden Faden seiner Beherrschung. Fenella hob eine

Hand an ihren Hals und schluckte sichtbar.

»Wir reden nicht jetzt darüber.«

»Doch, das tun wir!«, beharrte Shaw, der gar nicht bemerkte, wie Fenella sich zu den übrigen Gästen umsah. Es kümmerte ihn nicht, dass er eine Szene machte.

»Ich habe mich all diese verdammten Jahre gefragt, was ich wohl getan habe, dass du dich nicht bei mir meldest, dass du meine Anrufe ignorierst. Ich bin im Kopf alle möglichen Szenarien durchgegangen, aber dass du mir vorenthältst, dass du schwanger bist, hätte ich nie gedacht!«

»Shaw, es ist nicht …«

»Ich will gar nichts mehr hören, Fen. Du hast mich elf Jahre lang belogen!«

»Ich habe nicht gelogen.«

»Spiel jetzt nicht mit Worten, Fen! Mir meine Tochter vorzuenthalten ist nichts anderes, als mich anzulügen!«

»Mum?« Lucy stand neben den beiden und sah verwirrt von einem zum anderen. Shaw empfand beinahe Mitleid mit Fenella, als er sah, wie ihr Blick traurig auf Lucy fiel. Aber dann erinnerte er sich daran, dass Fenella ihm und Lucy zehn Jahre gestohlen hatte, und sein Mitgefühl war dahin.

»Sag endlich die Wahrheit, Fen!«, forderte Shaw sie auf. Fenella sank vor Lucy auf die Knie und streckte die Arme nach ihrer Tochter aus.

»Liebling, ich weiß, das ist jetzt nicht leicht …«

»Ist es wahr?«, fragte Lucy mit erstickender Stimme.

»Ist Shaw mein Dad? Und du wusstest die ganze Zeit, wo er ist? Ich hätte ihn treffen können? Ich hätte ihn kennenlernen können? Ist das wahr?«

»Ja«, flüsterte Fenella. »Aber Lucy …«

Lucy riss sich aus ihrem Griff frei und lief aus der Pension.

»Lucy!«, rief Fenella ihr nach und richtete sich wieder auf. »Bist du jetzt zufrieden?«, fauchte sie.

»Schieb nicht mir den schwarzen Peter zu, Fen. Das hast du ganz allein geschafft!«

Shaw ließ sie stehen. Er packte seine Sachen zusammen und ging auf sein Zimmer.

***

Lucy rannte durch die Stadt, wischte sich wütend die Tränen aus den Augen und hielt erst an, als sie die letzten Häuser bereits hinter sich gelassen hatte. Sie bekam keine Luft mehr. Ihre Lungen brannten. Am liebsten hätte sie sich einfach auf dem Boden zusammengerollt und hätte ihre Lungen weiter brennen lassen. Ganz automatisch griff sie jedoch nach ihrem Inhalator. Er half ihr, wieder zu Atem zu kommen, doch das Schluchzen ließ nicht nach. Wütend trat sie mit aller Kraft nach einem Stein, der vor ihr auf dem Weg lag. Lucy zog die Nase hoch und wischte sich erneut die Tränen aus dem Gesicht. Sie hörte, wie ein Wagen näher kam und wandte das Gesicht vom Weg ab. Sie hoffte, dass es Touristen waren. Jemand aus

Balnodren würde sie hingegen sofort erkennen.

Ihre Befürchtung bewahrheitete sich, als der Wagen langsamer fuhr und neben ihr zum Stehen kam. Lucy stieß ihre kalten Hände in die Hosentaschen und zog die Schultern hoch. Wenn sie über die Wiese laufen würde, könnte sie vielleicht …

»Lucy, was tust du denn hier?«

Jacks Stimme unterbrach ihre Gedanken.

»Ich geh spazieren«, rief Lucy dem Tierarzt zu, ohne sich zu ihm umzudrehen.

»Ganz allein? Ohne Jacke und in Hausschuhen?«

Lucy zuckte zusammen und sah auf ihre Füße. Sie hatte ganz vergessen, dass sie nur ihre lila Stoffschlappen trug. Sie war zu wütend gewesen, um über irgendetwas nachzudenken. Sie ballte die Hände in ihren Taschen zu Fäusten.

»Ja«, antwortete sie knapp.

»Dann willst du wohl nicht mitfahren?«

Lucy schüttelte vehement den Kopf.

»Ich geh nicht heim!«

»Ich dachte auch eher zu mir und Innes.«

Lucy zögerte, wischte sich noch einmal hastig mit dem Ärmel ihres Pullovers über das Gesicht und zog die Nase hoch, dann drehte sie sich langsam zu Jack um.

»Ich will nicht mit Mum reden. Sie hat mich angelogen. Die ganze Zeit!«

Jack öffnete die Tür des Wagens und kam heraus.

»Komm erst mal mit ins Warme, dann kannst du uns

alles erzählen, ja?«, schlug er vor. Lucy nickte schließlich und stieg zu Jack in den Wagen. Die Schaffarm war nur wenige Fahrminuten entfernt, und Lucy schwieg während der Fahrt. Sie hielt ihre Hände an die Lüftung, die Jack noch ein wenig wärmer stellte.

Kaum, dass Lucy die Küche der Schaffarm betrat, musterte Innes sie besorgt von Kopf bis Fuß.

»Um Himmels Willen, was ist denn passiert?«

Innes schob Lucy vor den alten Holzofen und legte zwei weitere Holzscheite auf.

»Mum hat mich angelogen«, erklärte Lucy leise und zog die Nase hoch. Innes wickelte Lucy in eine Decke ein und nahm sie in den Arm.

»Was meinst du damit?«

»Sie hat gesagt, ich hätte keinen Dad, dabei habe ich einen. Und sie hat es mir nie gesagt. Sie hat mir nie gesagt, wer er ist und wo er ist, und dass ich ihn hätte kennenlernen können und ...«, Lucy schluchzte, und die Tränen kamen erneut. Sie spürte, wie Innes die Arme noch fester um sie schlang und sie an ihrer Schulter ausweinen ließ. Als der Tränenstrom nachließ und ihr Schluchzen schließlich abebbte, löste sie sich langsam von Innes' Schulter und wischte sich über das tränennasse Gesicht. Jack stellte wortlos eine große Tasse Kakao vor Lucy auf den Tisch und verabschiedete sich mit einem Kuss auf Innes' Wange.

»Geht es wieder?«, fragte Innes und reichte Lucy ein Taschentuch. Lucy nickte und zog noch einmal die Nase hoch.

»Sie ist so gemein«, flüsterte sie und putzte sich die Nase.

»Erzählst du mir, was passiert ist?«

Lucy inhalierte und stellte ihren Inhalator auf den Tisch, ehe sie Innes erzählte, was sich kurz zuvor zugetragen hatte. Beim Erzählen bildeten sich neue Tränen, und Lucy wischte sie ärgerlich weg. Innes kochte noch einen Kakao und holte eine Packung Schokoladenkekse, die sie auf den Tisch stellte.

»Ich verstehe, dass du wütend bist, Lucy. Aber deine Mum hat es ganz bestimmt nicht böse gemeint. Sie dachte, sie tue das Richtige.«

»Aber das war es nicht!«

»Nein, aber wenn man einmal eine solche Entscheidung getroffen hat, kommt man da schwer wieder heraus. Wer weiß, welche Gründe sie hatte? Vielleicht hatte sie Angst.«

»Sie hätte es mir nie verheimlichen dürfen! Ich darf auch nicht lügen, wieso hat sie es dann getan?«

»Ich fürchte, das kann nur sie dir sagen.«

»Ich will nicht mit ihr reden«, flüsterte Lucy und griff nach einem Schokoladenkeks.

»Okay. Ich rufe jetzt aber mal im Manor an, damit sie weiß, wo du bist und dass es dir gut geht«, erklärte Innes und ließ Lucy für einen Augenblick allein. Während Lucy allein in der Küche saß, kam Innes' Collie Tim zu ihr und legte dem Mädchen den Kopf auf die Knie. Tim zu streicheln half Lucy, ihre Wut etwas zu dämpfen. Sie bekam ein schlechtes Gewissen, dass sie so schnell davongelaufen war, dass Oscar ihr nicht hatte folgen können. Er würde sie suchen.

»Ich habe mit ihr gesprochen. Wenn du magst, kannst du bis heute Abend hierbleiben.«

Lucy nickte und griff nach einem weiteren Schokokeks. Sie blieb den Rest des Tages bei Innes. Mit einem Paar von Innes' Gummistiefeln, in denen sie mit drei Paar dicken Socken laufen konnte sowie einer Wolljacke, die an ihr wie ein Mantel aussah, begleitete sie Innes zu den Schafen, ehe sie den Nachmittag mit noch mehr Keksen und Kakao vor dem Fernseher verbrachte und Innes später beim Abendessen half.

»Muss ich wirklich zurück?«, fragte sie, nachdem sie mit Innes und Jack zu Abend gegessen hatte.

»Es wird alles gut werden, Lucy«, versprach Innes. Dennoch folgte Lucy den beiden nur widerwillig zum Wagen. Als sie am Wilkinson Manor ankamen, sprang sie aus dem Auto und ging, ohne ein Wort zu sagen, an ihrer Mutter vorbei. Sie rief nach Oscar und rannte mit ihm in ihr Zimmer, während Innes mit ihrer Mutter sprach. Es war ihr egal, worüber die beiden redeten. Sie wollte es nicht hören.

***

Ihre Mutter versuchte während des gemeinsamen Frühstücks immer wieder, mit ihr zu reden, doch Lucy gab ihr keine Antworten.

»Lucy, es reicht. Ich weiß, dass du wütend auf mich

bist, und dazu hast du auch ein Recht. Aber sprechen müssen wir miteinander.«

Lucy warf ihr einen wütenden Blick zu und ließ ihren Löffel in ihre leere Porridgeschüssel fallen. Ohne ein Wort zu sagen, ließ sie ihre Mutter in der Küche allein und ignorierte sie auch, als diese noch einmal nach ihr rief. Lucy ging durch den Garten ins Wilkinson Manor. Sie spürte, wie sich ihre Schultern entspannten, als sie die Stimmen der Gäste aus dem Speisesaal hörte.

»Guten Morgen«, sagte sie zu Shaw, als sie sich zu ihm an den Tisch setzte. Sie musterte ihn, als sähe sie ihn heute zum ersten Mal. Das war also ihr Dad. Sie hatte sich oft vorgestellt, wie er wohl aussehen möge. Jetzt wusste sie es. Er hatte braune Augen. Genau wie sie. Vielleicht hatte sie ja gar nicht die Augen ihrer Mutter, sondern seine. Sein Haar war aber dunkler als ihres und länger. Ob sich ihres auch locken würde, wenn sie es bis zu den Schultern wachsen ließ?

»Guten Morgen«, erwiderte Shaw und hielt ihren Blick für einen langen Moment schweigend fest.

»Du hast etwas vergessen«, erklärte er schließlich und schob ihr das Notizbuch über den Tisch zu, das sie am Tag zuvor zurückgelassen hatte. Lucy griff danach und hielt es an ihre Brust.

»Hast du Hunger?«, erkundigte sich Shaw, doch Lucy schüttelte schon den Kopf, als er ihr ein Brötchen anbieten wollte.

»Ich wollte heute einen Ausflug zum Fairy Glen

machen. Julia hat mir angeboten, dass ich mir ihr Auto leihen darf. Hättest du Lust mitzukommen?«

Lucy nickte, und langsam breitete sich ein Lächeln auf ihrem Gesicht aus. Ihr Dad saß vor ihr beim Frühstück und machte Pläne für einen gemeinsamen Ausflug. Wie oft hatte sie sich in ihrem Träumen genau das vorgestellt.

»Ich glaub, ich hab doch noch Hunger.«

Statt eines Brötchens griff sie nach der letzten Toastscheibe im Brotkorb und bestrich sie dick mit Orangenmarmelade. Frühstücken mit ihrem Dad.

Das fühlte sich gut an.

***

So viel, wie Lucy ihm über das Feental erzählt hatte, war Shaw mehr als überrascht, dass sie bei ihrer Ankunft im Fairy Glen die einzigen Besucher waren. Weit und breit parkte kein anderes Auto, und er konnte auch keine anderen Spaziergänger entdecken.

»Hier sind nie viele Leute«, erklärte Lucy, die seine Verwunderung bemerkt zu haben schien. »Die Feen mögen nicht so viel Besuch. Meistens kommen ein paar Leute hierher, klettern auf das Schloss des Feenkönigs und gehen wieder.«

»Das Schloss des Feenkönigs?«

Lucy deutete auf einen zersplitterten Felsen, der tatsächlich wie eine kleine Burg über dem Tal aufragte.

»Euan's Castle, das Schloss des Feenkönigs«, erklärte

sie und ging um den kleinen See, an dessen Ufer sie geparkt hatten. Die Hügellandschaft, über die Lucy ihn führte, erinnerte Shaw an einen Urlaub in Neuseeland, der nun schon etwa fünf Jahre her sein musste. Er folgte Lucy auf dem Weg zum Schloss des Feenkönigs und wurde dort mit einem atemberaubenden Anblick belohnt.

»Unglaublich«, entfuhr es ihm, als er die ganze Weite des Tales erblickte.

»Magisch«, meinte Lucy und griff nach seiner Hand. Als Shaw Douglass zum ersten Mal in seinem Leben die Hand seiner Tochter hielt, während sie ihn durch das Feental führte, begann er daran zu glauben, dass an diesem Ort Magie existierte. Es waren die grünen Hügel, in die sich langsam das Braun des Herbstes mischte, die zerfallenen Steinmauern, die von dichtem Moos überwachsen waren, ein umgestürzter Baum, dessen Rinde nunmehr weiß, geradezu leichenblass war, und unter dessen großen Wurzeln sich durchaus der Eingang zu einem unterirdischen Feenreich verbergen konnte. Als der Wind in die Bäume um sie herum wehte, glaubte er fast, die Feen würden ihre Lieder singen.

»Hierhin wird der Seemann, der die Prinzessin von Armadale Castle vor Piraten gerettet hat, und in den sie sich verliebt hat, von den Feen gebracht«, erklärte Lucy mit leiser Stimme. »Sein Schiff kam in einen Sturm und alle anderen starben, aber ihn haben die Feen gerettet. Hier wird ihn die Prinzessin finden und mit einem

Kuss zurück ins Leben bringen. Ist das ein gutes Ende für meine Geschichte?«

Shaw ging in die Hocke und ließ seinen Blick noch einmal aus Lucys Perspektive über ihre Umgebung gleiten.

»Es ist das perfekte Ende«, versicherte er ihr, und sein Herz machte einen ungewohnten Satz, als er sie lächeln sah. Wenn nur alle Geschichten so ein perfektes Happy End haben könnten.

Denn ein Herz kann nie vergessen

Fenella sah tatenlos zu, wie Lucy das Haus ohne Frühstück verließ. Sie wusste, dass sie im Manor gemeinsam mit Shaw frühstücken und dann die meiste Zeit des Tages mit ihm verbringen würde. Für einen Augenblick verbarg Fenella das Gesicht in ihren Händen und seufzte. Sie sah ihren Fehler ein. Damals schien alles so aussichtslos. Jetzt war einfach alles nur noch falsch. Langsam ließ sie ihre Hände sinken. Sie hatten Recht. Alle hatten sie Recht. Lucy und Shaw hatten Recht damit, wütend auf sie zu sein. Innes hatte Recht damit, dass sie sich entschuldigen musste. Es war Zeit, auch ihnen gegenüber einzugestehen, was sie sich selbst in den letzten Tagen eingestanden hatte.

Mit schwerem Herzen machte sie sich auf den Weg zum Manor. Sie sah kurz in die Küche, um Bree und Julia zu begrüßen, dann gab es kein Zurück mehr. Ihre Knie fühlten sich entsetzlich weich an, als sie sich einen Teller nahm und zu dem Tisch ging, an dem Shaw und Lucy saßen und sich gerade über irgendetwas köstlich amüsierten. Ihr Lachen erstarb, als Fenella neben ihnen auftauchte. Shaw sah sie erwartungsvoll an, während Lucy demonstrativ auf ihr halb gegessenes Toastbrot auf dem Teller starrte.

»Darf ich mich zu euch setzen?«, fragte Fenella leise. Shaw deutete auf den leeren Stuhl zwischen ihnen.

»Bitte«, sagte er und machte ihr Platz auf dem Tisch. Lucy presste die Lippen aufeinander, und Fenella sah, wie ihre Tochter die Hände zu Fäusten ballte.

»Es tut mir leid«, sagte sie leise, während sie sich setzte. Sie wollte keine erneute Szene vor den Gästen provozieren. »Ich weiß, dass ich einen riesengroßen Fehler begangen habe, den ich nicht wiedergutmachen kann. Ich dachte, ich tue das einzig Richtige«, wandte sie sich an Lucy, die sie noch immer nicht ansehen wollte. »Ich sehe ja ein, dass das ein Fehler war und hoffe, ihr beide könnt mir verzeihen.«

Nach einigen unangenehm schweigsamen Sekunden räusperte sich Shaw und zog Fenellas Aufmerksamkeit auf sich.

»Lucy wollte mir den Hafen und den Strand zeigen. Sie meinte, ich müsste die Robben dort sehen. Vielleicht willst du ja mitkommen?«

Fenella schluckte den Kloß herunter, der sich in ihrer Kehle gebildet hatte und nickte zaghaft. »Sehr gerne, wenn ich darf?« Sie sah wieder zu Lucy. Ihre Tochter rutschte vom Stuhl und Fenella fürchtete schon, sie würde wieder vor ihr davonlaufen, doch Lucy schlang die Arme um ihre Mitte und vergrub ihr Gesicht an ihrem Bauch. An ihren zitternden Schultern erkannte Fenella, dass Lucy weinte, auch wenn das nicht zu hören war. Sie nahm ihre Tochter in den Arm und hielt sie fest an sich gedrückt. Sie lehnte sich zu ihr herab und küsste ihre Schläfe.

»Ich verspreche, dich nie wieder anzulügen«, flüsterte sie in Lucys Ohr.

Ihre Tochter nickte, während sie still weiter weinte.

***

Fenella spürte, wie ihr ein Stein vom Herzen fiel, als sie das Manor verließen und Lucy mit einer Hand nach Shaw und mit der anderen nach ihr griff. Hatte sie ihr nicht erst vor einem halben Jahr erklärt, dass sie viel zu alt dafür war, an der Hand gehalten zu werden?

Fenella spürte, wie ein Lächeln in ihr Gesicht kam, als Lucy Shaw auf dem Weg zum Hafen Geschichten über Balnodren und seine Menschen erzählte. Als sie am Hafen ankamen, ließ Lucy ihre Hände los, um zu den Fischern zu laufen, die nach ihrer Rückkehr vom morgendlichen Fischfang ihre Boote auf Vordermann brachten.

»Ich verstehe, wenn du vor Lucy nicht darüber sprechen willst, aber ich hätte gern eine Erklärung für dein Verhalten damals.«

Fenella wandte den Blick zu Shaw, doch er sah sie nicht an. Sein Blick blieb auf Lucy gerichtet, die zwischen Kisten voll frischem Fisch herumlief.

»Die wirst du bekommen«, versprach Fenella, obwohl ihr Herz beim Gedanken daran schwer wurde.

Nun drehte sich Shaw doch zu ihr und begegnete ihrem Blick. Er nickte kurz, und für einen Augenblick fühlte es sich für Fenella so an, als seien sie wieder in Südafrika und würden sich gerade erst kennenlernen. Dieser Moment katapultierte sie zurück in jene Zeit.

Lucy kam zu ihnen zurück und durchbrach mit

ihrem Ruf nach dem Strand und den Robben diesen intensiven Augenblick. Fenella sah ihre Tochter an, sah, wie sie strahlte und wusste, dass alles gut werden würde. Egal, was Shaw von ihr denken würde, Lucy war glücklich. Das war alles, was zählte.

***

Laut lachend rannte Lucy durch die Pfützen, die sich bereits auf dem Hof des Wilkinson Manor gebildet hatten und stieß die Eingangstür auf. Oscar folgte ihr dicht auf dem Fuße und schüttelte sein dichtes Fell, sobald sie die Eingangshalle betreten hatten und Wind und Regen nicht mehr auf sie einpeitschten.

»Ohje, das sieht ganz danach aus, als würdet ihr eine Runde heiße Schokolade brauchen.«

Julia musterte Lucy von Kopf bis Fuß, während ihr Regenmantel und die Gummistiefel eine eigene Pfütze um ihre Füße bildeten.

»Au ja!«, rief Lucy begeistert. »Mum und Dad kommen auch gleich. Wir haben sie abgehängt«, erklärte sie stolz und zog ihre Jacke und die Stiefel aus. Julia nahm ihr die nassen Sachen ab und scheuchte sie in den warmen Aufenthaltsraum.

»Ich sage Bree gleich Bescheid, es ist auch noch Nachtisch von heute Mittag übrig.«

»Prima!«

»Lucy, du sollst doch nicht einfach davonlaufen«, schimpfte Fenella vom Eingangsbereich aus, als sie mit

Shaw die Pension betrat und ihre Jacke ebenfalls auszog.

»Du wusstest doch, wo ich hinwollte und wenn ich zu lange im Regen bleibe, werde ich krank, und du machst dir wieder Sorgen.«

»Eine absolut schlüssige Argumentation«, sprang Shaw ihr bei und setzte sich neben Lucy auf die Couch. Oscar kratzte an seinem Bein und wimmerte, bis Shaw sich erbarmte und den Skye Terrier auf seinen Schoß nahm. »Er gehört doch zur Familie«, erklärte er, ehe Fenella ihn dafür rügen konnte, dass der Hund nicht auf die Couch solle.

»Es ist unfair, wenn ihr euch gegen mich verbündet«, erklärte Fenella und verschränkte die Arme vor der Brust. Lucy warf Shaw einen kurzen Blick zu und kicherte.

»Dann verbünde dich einfach mit uns«, schlug sie ihrer Mutter vor und zeigte auf Bree, die gerade mit einem Tablett aus der Küche kam.

»Wir haben auch Kakao und Cranachan.«

»Für Lucy natürlich Cranachan ohne Whisky«, beeilte sich Bree zu ergänzen. Dann stellte sie das Tablett auf dem Tisch ab.

»Genau Fen. Komm auf die dunkle Seite.«

Lucy kicherte erneut, als Shaw die Stimme Darth Vaders nachahmte. Fenella warf die Arme in die Luft und seufzte.

»Als könne man gegen euch beide gewinnen«, murmelte sie, griff nach einem der Dessertbecher und ließ sich auf Lucys rechter Seite auf die Couch sinken.

»Nicht meckern, essen!«, befahl Lucy und stieß mit ihrem Löffel in die Mischung aus Sahne, Frischkäse, Himbeeren und Haferflocken.

»Es sollte viel öfter Nachtisch geben«, befand sie mit vollem Mund. Sie lehnte sich in die Couch zurück und zog die Beine hoch.

Es sollte viel mehr solcher Nachmittage geben, dachte sie, sprach den Gedanken jedoch nicht aus. So, wie es jetzt war, gefiel es ihr ausgesprochen gut. Mit ihrer Mum auf der einen und ihrem Dad auf der anderen Seite und Oscar mit dabei, und alle waren glücklich und zufrieden. Verstohlen beobachtete sie ihre Eltern. Irgendwann hatten sich die beiden einmal sehr geliebt, sonst gäbe es sie nicht. Vielleicht könnten die beiden sich ja noch einmal ineinander verlieben.

Warum eigentlich nicht?

***

Das Prasseln des Feuers im Kamin und die Löffel in den Glasschüsseln waren in den nächsten Minuten das einzige Geräusch im Raum, und Fenella hätte es gar nicht anders haben wollen. Es war ein so friedlicher Augenblick, der ihr unglaublich gut tat. Sie sah Lucy an, die sie angrinste, als sie die letzte Himbeere vom Boden ihres Glases fischte und sich genüsslich in den Mund schob und musste lachen. Ihr Blick traf über Lucy hinweg den von Shaw, der ebenfalls ein Grinsen im Gesicht hatte. Sie spürte ihr Herz schneller schlagen.

Vor einer Woche, als sie sich am Hafen gegenüberstanden, hatte sie sich an Südafrika erinnert gefühlt. Nun musste sie sich eingestehen, dass es nicht mehr wie in Südafrika war. Es war ganz anders. In Südafrika war sie jung und frei und ungebunden gewesen. Sie hatte seine Nummer noch vor ihrem Abflug gelöscht, als sie sich entschlossen hatte, das Kind allein aufzuziehen. Sie hatte ihr gebrochenes Herz mit zurück nach Schottland gebracht und weggeschlossen. Sie war die Zukunft mit ihrer Tochter angegangen, wohl wissend, dass es kein Zurück geben würde. Als sie Lucy das erste Mal in den Armen gehalten hatte, hatte sie gewusst, dass sie niemals jemanden so sehr lieben könnte, wie ihre Tochter.

In jenen Augenblicken jedoch, in denen sie Shaw jetzt ansah, zeigte ihr Herz mehr als deutlich, dass es durchaus in der Lage war, auch für einen zweiten Menschen zu schlagen.

Hastig wandte sie den Blick ab und konzentrierte sich auf ihren Nachtisch. Vielleicht hatte Bree etwas mehr Whisky hinein getan, als es im Rezept vorgesehen war? Fenella spürte, wie ihre Wangen glühten. Es musste der Whisky sein.

»Wie geht es eigentlich mit deinem Buch voran?«, erkundigte sie sich bei Shaw in der Hoffnung, sich von ihren Gedanken ablenken zu können. Sie war diesen Weg schon einmal gegangen und wusste, dass er nur erneut zu einem gebrochenen Herzen führen würde.

Sie hatte ihn nicht vergessen. Jetzt konnte sie es sich eingestehen. Sie hatte geglaubt, ihr Herz gut verschlossen zu haben. Dabei hatte es all die Jahre nur darauf gewartet, wieder schlagen zu dürfen. Aber bald würde Shaw nach London zurückkehren, und sie schuldete ihm immer noch eine Erklärung für ihr Verhalten vor elf Jahren.

Es erschien ihr besser, ihr Herz nicht allzu sehr zu öffnen. Es würde nur ein weiteres Mal brechen, wenn sie dies zuließe.

»Es geht erstaunlich gut voran«, beantwortete Shaw ihre Frage. »Du kannst wohl kaum abwarten, es zu lesen.«

Fenella rollte mit den Augen, konnte aber ein Lächeln nicht verbergen. Sie fragte sich, ob sie seine nächsten Bücher mit anderen Augen lesen würde, jetzt, da sie wusste, dass er Fergus MacIntosh war.

***

»Ich weiß wirklich nicht, was ich davon halten soll, Shaw. Du hast einen Abgabetermin in nicht einmal zwei Monaten. Wenn das Buch wie geplant erscheinen soll, musst du diesen einhalten. Wir können natürlich noch einmal schieben aber …«

»Trina, vertrau mir, ich werde das Buch pünktlich abgeben.«

»Ein anderes Buch, Shaw! Es ist ein vollkommen anderes Manuskript als das, was abgesprochen war.

Marketing! Vertrieb! Alles ist auf Madagaskar eingestellt, auf eine Liebesgeschichte zweier Mittzwanziger, die sich in Afrika kennen- und lieben lernen. Den Pitch, den du mir jetzt geschickt hast ...«

»Vertrau mir Trina«, versuchte Shaw seine Lektorin zu überzeugen. Er presste das Telefon ein wenig fester ans Ohr, während er auf seinen Laptopmonitor blickte.

»Das ist die Geschichte, die ich schreiben muss. Vielleicht hatte meine Schreibblockade ja einen Grund. Und es hat unter Garantie einen Grund, weshalb mir diese Geschichte nur so aus den Fingern fließt.«

»Aber Schottland ... bitte, Shaw! Sei mir nicht böse, aber wir brauchen keine neue Rosamunde Pilcher!«

»Das ist nicht Rosamunde Pilcher. Ich verspreche dir einen Fergus MacIntosh, Trina. Und zwar einen, in dem sich die Leser wie zu Hause fühlen werden, eben weil es Schottland ist. Weißt du was? Ich schicke dir die ersten einhundert Seiten im Rohentwurf zu, dann kannst du dir selbst ein Bild machen, und wenn du sagst, das ist es nicht, dann reden wir noch einmal.« Während Shaw sein E-Mail-Postfach öffnete und das bisherige Manuskript an Trina hochlud, schwieg sie.

»Einhundert Seiten?«, fragte sie schließlich. »Wann hast du einhundert Seiten geschrieben?«

»In der letzten Woche. Das ist es ja, was ich meine. Diese Geschichte will geschrieben werden, nein, sie schreibt sich einfach selbst. Bitte, lies dir den Anfang durch und sag mir, dass er dir nicht gefällt.«

Trina zögerte noch einen Moment, dann gab sie

seufzend nach. »Ich lese heute Abend rein und melde mich wieder«, versprach sie. Als das Gespräch beendet war, musste auch Shaw tief seufzen. Er hoffte inständig, Trina nicht zu viel versprochen zu haben. Nachdem er die E-Mail versandt hatte, fuhr er seinen Laptop herunter und ging zum Abendessen.

***

»Kann Dad mich ins Bett bringen?«, fragte Lucy ihre Mutter nach dem Abendessen. Fenella sah kurz zwischen Lucy und Shaw hin und her und nickte schließlich. »Von mir aus.«

Lucy ergriff die Hand ihres Vaters und zog ihn hinter sich her durch den Garten, der die Pension mit dem Cottage verband, in dem sie mit ihrer Mutter lebte. Die Postkartenidylle, mit der man den Garten am besten beschreiben konnte, herrschte im Herbst fast noch mehr als zu jeder anderen Jahreszeit. Die untergehende Sonne tauchte die Herbstfarben des Gartens in ein einzigartiges Farbenmeer aus Rot-, Grün- und Brauntönen.

Lucy aber ließ sich von diesem Anblick nicht aufhalten. Zielstrebig steuerte sie auf die Haustür zu und führte Shaw in ihrem Zuhause herum, zeigte ihm jedes Zimmer, ehe sie in ihrem eigenen ankam. Ihr Bett stand unter jenem Fenster, das auf den Garten herabschaute.

»Ich mach mich schnell bettfertig«, rief sie, lief mit

ihrem Pyjama unterm Arm ins Bad und ließ Shaw in ihrem Zimmer zurück. Als sie wiederkam, las er gerade den Klappentext des Buches, das auf ihrem Nachtisch lag.

»Es geht um Piraten«, erklärte Lucy. »Aber nicht auf dem Wasser, sondern in der Luft. So wie die in *Der Sternenwanderer*. Wusstest du, dass der Film hier auf Skye gedreht wurde? Im Fairy Glen sogar.«

»Das wusste ich nicht.«

»Cool, oder?« Lucy schlüpfte unter die Decke und knipste ihr Nachtlicht an.

»Ich lese noch ein wenig, wenn du gegangen bist«, erklärte sie und setzte sich im Bett auf. Sie musterte ihren Vater eine Zeit lang und neigte den Kopf zur Seite.

»Musst du eigentlich wirklich zurück nach London? Du könntest doch hierbleiben. Ich meine, du magst Mum doch, oder?« Sie stellte die Frage ganz leise, doch die Hoffnung, die sie in sie legte, schrie umso lauter.

»Lucy, so einfach ist das nicht.«

Lucy seufzte und blies sich eine Strähne aus der Stirn.

»Für euch Erwachsene ist nie etwas einfach. Ihr wollt nur nicht, dass es das ist. Dabei ist es wirklich einfach. Wenn du sie magst und sie dich, dann ist doch alles klar. Was sollte daran nicht einfach sein?«

»Weil mögen allein manchmal einfach nicht reicht.«

»Es reicht eben doch!«, beharrte Lucy. »Innes mochte Jack und ist hierher gezogen, um bei ihm zu sein. Ganz einfach! Und du hast es sogar noch einfacher, weil du überall arbeiten kannst! Du könntest hierher zu uns ziehen und ganz viele Bücher schreiben. Über Skye und über die Feen.«

»Über die Feen musst du doch schreiben«, erinnerte Shaw sie. Lucy rollte mit den Augen.

»Ich bin zehn. Zehnjährige schreiben keine Bücher, die man kaufen kann.«

»Vielleicht sollten wir das ändern«, meinte Shaw verschwörerisch und lehnte sich näher zu ihr. »Wir könnten doch zusammen dein Feenbuch schreiben, wenn ich mit meinem Roman fertig bin, was hältst du davon?«

Lucys Augen leuchteten.

»Wirklich wahr?«

»Wirklich wahr!«, versprach Shaw.

»Aber dafür musst du jetzt langsam schlafen gehen, okay?«

»Okay«, sagte Lucy ohne zu zögern. Ich lese nur noch das nächste Kapitel, ja?«

Shaw lachte und gab nach. Er schloss die Tür hinter sich und ging die Treppe hinab, um das Cottage zu verlassen.

»Hat sie dir von den Luftpiraten erzählt?«

Shaw zuckte zusammen, als er aus dem Cottage trat und Fenella neben der Tür auf einer Holzbank saß.

»Entschuldige, ich wollte dich nicht erschrecken«, sagte sie, doch das Lachen in ihrer Stimme war deutlich zu hören.

»Das solltest du mit einem alten Mann auch nicht tun.«

»Vierunddreißig ist kaum alt, Mr. Douglass«, konterte Fenella. »Ich schulde dir noch eine Erklärung.«

»Ich höre.«

Ihre Stimmen drangen durch die aufkommende Dunkelheit zu Lucys Fenster empor. Sie öffnete ganz leise das Fenster und lauschte, was ihre Eltern zu erzählen hatten. Einer von ihnen atmete tief ein. Das war typisch für ihre Mutter, bevor diese etwas sagen musste, was sie nicht sagen wollte. So hatte sie damals auch geklungen, als es darum ging, dass Oma gestorben war oder Amy nach Amerika gehen würde.

»Ich weiß gar nicht genau, womit ich anfangen soll«, hörte sie sie sagen. Lucy musste sich anstrengen, ihre Mutter zu verstehen, so leise sprach sie.

»Vielleicht damit, dass du mir damals eine falsche Adresse gegeben hast?«, schlug Shaw vor.

»Ich habe dir keine falsche Adresse gegeben.«

»Ich rede von der in Glasgow. Ich war dort, Fen. Da kannte dich niemand.«

Fenella nickte.

»Es war die richtige Adresse. Ein kleines Zimmer in der Nähe der Uni, in das ich nach meiner Rückkehr aus Südafrika zu Beginn des neuen Semesters ziehen sollte. Als ich sie dir gab, ging ich noch fest davon aus, dass dies mein zukünftiges Zuhause sein würde.«

»Aber man kannte dich dort nicht.«

»Weil ich nie dort eingezogen bin.«

Shaw sah sie erstaunt an, aber Lucy, die noch immer heimlich lauschte, ahnte schon, was jetzt kommen würde. Opa war damals gestorben. Lucy selbst kannte ihn nur von vielen Fotos, auf denen er immer lachte. Ihre Mutter hatte oft von ihm erzählt und auch davon, dass sie damals nicht auf die Universität gehen konnte, weil sie sich um Oma kümmern musste. Ihre Mutter hatte ihren eigenen Dad sehr geliebt und vermisste ihn immer noch.

»Während wir beide uns in Südafrika ineinander verliebten, wurde bei meinem Vater Krebs diagnostiziert. Du weißt, ich habe so oft mit meinen Eltern telefoniert, aber sie haben mir gegenüber nie ein Wort darüber verloren. Mein Vater hatte darauf bestanden, mir den Urlaub nicht zu verderben.«

Fenella lachte gequält auf.

»So war er halt. Dachte nie an sich und wollte auch niemandem zur Last fallen.«

Sie kämpfte mit den Tränen und zog die Nase hoch.

»Fen ...«

»Es ging dann so schnell. Keine zwei Wochen nach meiner Rückkehr ist er gestorben.«

»Das tut mir leid«, sagte Shaw leise. Lucy wagte sich noch näher ans Fenster, so dass sie einen Blick auf die beiden werfen konnte. Shaw nahm Fenellas Hand in die seine und drückte sie. Fen sah ihn an, legte ihre andere Hand auf seine und erzählte weiter.

»Es gab so viel zu tun. Unglaublich, wie lange und intensiv eine Beerdigung dich in Anspruch nimmt.«

Sie machte eine kleine Pause.

»Ich glaube, das ist auch gut so. Auf diese Weise funktioniert man weiter und fällt nicht sofort in ein tiefes Loch. Das kommt erst später.«

Fenella löste sich aus seiner Hand, stand auf und ging einige Schritte hin und her. Shaw fühlte, dass sie sich jenem Punkt näherte, der seine offenen Fragen betraf. Sie strich sich mit beiden Händen durchs Haar und setzte sich wieder neben ihn. Ihre Stimme wurde sachlicher.

»Mein Dad hatte die Pension nahezu alleine bewirtschaftet, weil meine Mum nach einem schweren Sturz seit Jahren im Rollstuhl saß. Und obwohl sie täglich viele Tabletten nahm, hatte sie trotzdem oft Schmerzen. Sie konnte nur wenige Aufgaben im Betrieb übernehmen. Alles lag nun an mir. Ich musste mich entscheiden, die Pension zu führen oder nach Glasgow zu gehen. Natürlich habe ich mich für meine Mum und gegen Glasgow entschieden. Alles andere hätte für sie bedeutet, die Pension verkaufen und in ein Heim ziehen zu müssen.«

Sie drehte ihren Kopf und sah ihm unsicher in die Augen. Er schien ihre Gedanken lesen zu können und sprach aus, was sie ihm sagen wollte.

»Und als sei das noch nicht genug, der Tod deines Vaters, die neue Verantwortung für deine Mutter und die damit verbundene Weichenstellung für dein eigenes Leben, stellt sich jetzt auch noch zusätzlich heraus, dass du mit Lucy schwanger bist, richtig?«

Fenella nickte nur schwach und vermied es, etwas zu sagen, denn sie fürchtete, dann wieder weinen zu müssen. Lucy drückte in ihrem Zimmer Oscar ganz fest an sich, während sie selbst mit den Tränen kämpfte. Dann hörte sie wieder ihren Vater.

»Fen, warum hast du mich damals nicht angerufen und meine Anrufe sogar weggedrückt? Ich verstehe das nicht. Umgekehrt hätte ich dich gebraucht in so einer Situation. Warum du nicht?«

Fast kraftlos schüttelte Fenella Wilkinson den Kopf.

»Im Gegenteil, Shaw. Du hättest alles nur noch komplizierter gemacht, und ich wusste sowieso nicht mehr ein noch aus. Was hätte ich denn tun sollen? Was hätte ich erwarten sollen? Was hätte ich *von dir* erwarten sollen, Shaw? Ich würde für den Rest meines Lebens auf dieser Insel gefangen sein. Du aber hattest gerade die langersehnte Stelle bei Ogilvy & Mather bekommen, von der du in Afrika so geschwärmt hast. Eine Traumwohnung in London. Jedes Jahr ein anderes Land bereisen. Das klang so toll. In Afrika fragte ich mich noch, wie es wäre, das mit dir zu teilen, und die Vorstellung gefiel mir gut.«

»Du warst nicht die einzige, die sich darüber Gedanken gemacht hat«, gestand Shaw und drehte sich zu ihr.

»Aber jetzt ging das alles nicht mehr.« Sie hob ihren Kopf und sah ihm in die Augen. In ihren standen Tränen. »Es gab für mich keine befriedigende Lösung des Dilemmas, Shaw. Ich habe alle Alternativen durchdacht, und die einzige, die funktionierte, hätte alles zerstört.«

Shaw nahm ihr Gesicht in seine Hände.

»Welche? Sag sie mir.«

»Hätte ich dich eingeweiht, wärst du gekommen, nicht wahr?«

»Worauf Du Gift nehmen kannst, Fen.«

»Und genau das hätte alles kaputt gemacht, verstehst du? Du hättest alles aufgeben müssen, nur um hier deine Verantwortung zu übernehmen. Hier, Shaw ...«, sie wies mit ausgestrecktem Arm um sich, »hier bei den Schafen und Fischen am Rand der Welt!«

»Vergiss die Robben nicht«, grinste Shaw sie an und fuhr sich mit der Hand durchs Haar.

»Es ist nicht zum Lachen. Du hättest immer wieder daran denken müssen, was Du aufgegeben hast.«

»Ich hätte es mit Freuden aufgegeben, willst du das nicht verstehen, Fen?«

»Darum geht es aber nicht, Shaw!«

»Worum geht es denn dann?«, schrie er sie fast an, worauf Fenella kaum hörbar antwortete:

»Dass ich das nie geglaubt hätte. Das Gift dieses Zweifels hätte mich zerfressen. Die Gewissensbisse, die ich dir gegenüber immer gehabt hätte, immer haben würde, wären stärker und stärker geworden. Ich hätte sie an dir ausgelassen, vielleicht sogar an Lucy. Dass du dein Leben für Lucy hättest aufgeben müssen, hätte ich mir selber nie verziehen. Und das hätte nicht nur unsere Beziehung zerstört, es hätte mehr und mehr

Leid auch für Lucy bedeutet. Dieses Pulverfass meiner Selbstvorwürfe erschien mir für uns alle gefährlicher. Ein radikaler Schnitt dagegen würde euch nicht schaden, denn ihr wüsstet es nicht besser. Ich glaubte an keinen anderen Ausweg, und ich war völlig verzweifelt. So habe ich ganz allein diese Entscheidung für uns alle drei getroffen, und ich war sicher, das Richtige zu tun. Auch wenn ich abends noch lange danach um dich geweint habe.«

Lucy hielt den Atem an, als Shaw sich langsam zu ihrer Mutter beugte, zuerst ihre Stirn küsste, dann ihre Wangen und schließlich, nur kurz, ihren Mund.

Danach herrschte langes Schweigen unter Lucys Fenster. Der Kopf ihrer Mutter lag auf Shaws Brust. Ihre Schultern hoben und senkten sich, während sie still weinte. Lucy schloss ganz leise das Fenster. Als sie kurz darauf die Treppenstufen knarzen hörte, schlich sie aus dem Bett und sah durch das Schlüsselloch. Ihr Vater trug ihre Mutter in ihr Zimmer. Dann, nach einer Weile, kam er alleine wieder heraus und verließ das Cottage.

»Siehst du, Oscar? Es ist alles ganz einfach«, flüsterte sie und kletterte endgültig ins Bett, in dem sie mit einem zufriedenen Lächeln einschlief.

Ein Ausflug mit Folgen

»Die MacDonalds lebten bereits im 17. Jahrhundert in zwei Farmhäusern in Armadale, aber erst 1815 wurde es ausgebaut, dann 1855 nach einem Brand noch einmal aufgebaut«, berichtete Lucy aufgeregt, während Fenella den Wagen auf dem Parkplatz des Schlosses zum Stehen brachte.

»Ich hätte dich warnen sollen, du wirst um eine Geschichtsstunde nicht herumkommen«, entschuldigte sie sich bei Shaw, der Lucy amüsiert zuhörte.

»Mir gefällt es, wie sie sich für solche Dinge begeistern kann«, versicherte er ihr und stieg aus dem Wagen.

»Heute ist das Castle vor allem für seine Gartenanlage bekannt«, fuhr Lucy fort und schnalzte mit der Zunge. »Wir müssen unbedingt einmal im Frühjahr und einmal im Sommer hierher, wenn alles blüht, dann ist es hier noch schöner, noch magischer!«

Sie spazierten durch die Gartenanlage und wanderten zwischen den Ruinen hindurch. Oscar blieb immer wieder stehen, um die ganzen fremden Gerüche zu erkunden, während Lucy noch mehr über die Geschichte des Schlosses erzählte.

»Lucy, langsamer! Wenn du so schnell redest, verstehen wir ja kein Wort.« Fenella lachte über das ungestüme Temperament ihrer Tochter, als diese gerade die verschiedenen MacDonalds aufzählte, die Armadale im Lauf der Jahrhunderte ihr Zuhause genannt hatten. Lucy hielt inne und nickte. Sie drehte sich zu ihren Eltern um, die einige Schritte hinter ihr gingen und lief einige Schritte rückwärts, während sie sie musterte. Schließlich blieb sie stehen und neigte ihren Kopf zur Seite.

»Sind wir jetzt eine richtige Familie?«

Fenella und Shaw blieben ebenfalls stehen und sahen sich an. Während Shaw einen überaus entspannten Eindruck machte, war Fenella anzusehen, wie unangenehm ihr dieses Thema trotz allem war.

»Ich würde uns sehr gern noch eine Chance geben«, erklärte Shaw. Lucy wollte schon jubeln, als Fenella den Kopf schüttelte.

»So einfach ist das nicht ...«

Lucy stampfte wütend mit dem Fuß auf und ballte die Hände zu Fäusten.

»Ich kann das nicht mehr hören!«, schrie sie ihre Mutter an. »Entweder, du liebst ihn, dann *ist* es einfach, oder du liebst ihn nicht, dann waren die letzten Wochen eine riesengroße Lüge, und du hast versprochen, nicht mehr zu lügen!«

»Lucy ...«

»Lass mich in Ruhe!«, schrie Lucy und drehte sich um. Sie lief zwischen einigen Büschen hindurch tiefer in den Garten hinein.

»Lucy!«, riefen jetzt Fenella und Shaw gleichzeitig. Oscar rannte dem Mädchen bellend hinterher und war bald ebenso verschwunden. Die Büsche, durch die Lucy und Oscar entwicht waren, hatten so dichtes

Laub, dass es für die beiden Erwachsenen kein Durchkommen gab. Sie mussten den vorgegebenen Wegen folgen, um Lucy zu finden.

»Musste das sein?«, zischte Fenella, während sie mit schnellen Schritten dem Weg folgte.

»Was meinst du? Die Wahrheit sagen? Ja, Fen! Das musste sein. Versuch es mal.«

Fenella blieb wie angewurzelt stehen und stemmte die Fäuste in die Hüften.

»Die Wahrheit? Was für eine Wahrheit? Shaw, wir können nicht einfach da weitermachen, wo wir vor elf Jahren aufgehört haben. Das funktioniert so nicht!«

»Wieso nicht?« Shaw griff nach Fenellas Armen und löste sie aus ihrer Haltung. Er öffnete ihre Fäuste zu Händen und hielt sie fest. Dann sah er sie einen Augenblick lang schweigend an.

»Als du mir von damals erzählt hast … neulich im Garten … der Kuss … wieso können wir da nicht weitermachen? Was war, ist vergessen. Lass uns von vorne anfangen.«

Ein Schatten huschte über Fenellas Gesicht, und Shaw erkannte die Angst in ihren Augen.

»Wovor hast du solche Angst, Fen? Ich bin schon lange freiberuflich. Die Werbung war nichts für mich. Ich muss schreiben. Das kann ich überall, und dass ich es auch in Balnodren bei Schafen und Fischen …«

»… und Robben …«, provozierte Fenella.

»Ich sehe, du verstehst endlich, was ich meine.«

»Shaw, lass uns später reden.« Sie drehte sich um

und schritt erneut voran. »LUCY!«

Shaw schnaubte. Enttäuscht folgte er ihr und rief ebenfalls nach Lucy. Er wusste nicht, wie lange sie schon nach ihr suchten, als Oscar plötzlich laut bellend auf sie zugelaufen kam und zwischen ihren Beinen herumsprang.

»Oscar, wo ist Lucy?«, fragte Fenella und sah sich suchend um. Der Terrier sprang wild zwischen ihnen hin und her und dann wieder weg. Sie folgten ihm durch Gestrüpp und Dornenbüsche.

Lucy saß hoch oben in einem offenen Fensterbogen der Ruine.

»Lucy, komm bitte da herunter, das ist gefährlich«, flehte Fenella, als sie völlig außer Atem näherkamen. Sie streckte die Arme nach Lucy aus, aber der Fensterbogen lag zu hoch. Shaw fragte sich, wie Lucy es geschafft hatte, dort hinauf zu klettern.

»Lucy, bitte!«, bat auch er seine Tochter. Doch Lucy klammerte sich am Steinrahmen fest und schüttelte wild den Kopf.

»Nein, ich komme nicht runter. Ich will überhaupt gar nicht mehr zu euch! Ihr lügt mich an! Ihr wollt mich nicht, ihr wollt gar nicht, dass wir wieder eine Familie sind. Geht weg!«

»Lucy, bitte, wir können über alles reden, aber komm da runter.« Die Angst in Fenellas Stimme war deutlich zu hören.

Shaw sah sich noch immer nach einem Weg um, über den er zu Lucy hinaufklettern konnte.

»Nein!«, schrie Lucy und schlug mit den Füßen gegen den Fenstersims.

»LUCY!«

Shaw hörte Fenellas entsetzten Schrei. Er sah, dass Lucy das Gleichgewicht verlor und von den Steinen rutschte. In dem Augenblick, als seine Tochter vor Schreck die Augen aufriss, sprang er unter den Fensterbogen und hielt die Arme in die Höhe, um sie aufzufangen. Die Wucht ihres Aufpralls ließ ihn den Halt verlieren und ein Stück den Hang hinunter stürzen. Beschützend hatte er die Arme um sie geschlossen und konnte seinen eigenen Fall nicht abfedern. Die Luft wich aus seinen Lungen, als er auf dem Rücken landete, und ein scharfer Schmerz durchfuhr seine Schulter. Er war mit ihr auf einen spitzen Steinbrocken geschlagen. Lucys Schrei gellte in seinem Ohr, dann wurde es still.

***

Vor dem Fenster des Wartebereiches ertönte eine Sirene. Es war die dritte, seit sie hier saßen und warteten. Die ersten beiden waren im Näherkommen lauter geworden, diese entfernte sich vom Krankenhaus. Ein Notarzteinsatz. Shaw bemühte sich, seine Gedanken davon abzulenken, dass Lucy seit einer Stunde operiert wurde und ihn diese Warterei schier in den Wahnsinn trieb. Er wollte sich nicht vorstellen, wie gerade an ihr herum geschnitten wurde und sie an

Maschinen hing, die ihr Leben überwachten.

Ein Jugendlicher in Jogginghose und mit einem Küchenhandtuch um den Knöchel wurde von einer Schwester zum Röntgen abgeholt. Als er aufstand, erkannte Shaw, dass sich unter dem Küchenhandtuch noch ein Kühlpad befand. Ihm gegenüber saß ein junges Paar. Der Mann redete leise auf die Frau ein, die mit geschlossenen Augen und schmerzverzerrtem Gesicht nur nickte oder den Kopf schüttelte. Eine ältere Dame im Rollstuhl und mit einem Gipsarm las ein Buch. Als sie es anhob, um es mit der unverletzten Hand umzublättern, erkannte Shaw eines seiner Bücher.

Es war einfacher, sich darüber Gedanken zu machen, was anderen Menschen passiert war, als ununterbrochen an Lucy denken zu müssen. Vielleicht sollte er sein Arbeitszimmer streichen? Er hatte schon immer eine Schwäche für Hellgrün gehabt, die weißen Wände war er ohnehin leid.

»Danke.«

Er zuckte zusammen und sah Fenella an, die sich zu ihm gedreht hatte.

»Wofür?«

»Dafür, dass du sie aufgefangen hast.«

»Sie ist auch meine Tochter, Fen. Ich werde sie immer auffangen. Und dich auch, wenn du mich lässt.«

Fenella lachte leise.

»Jetzt klingst du wie Keith, als er Nora auf der Plantage rettet.«

»Natürlich tue ich das«, erwiderte Shaw leise und sah Fenella erwartungsvoll an. »Du hast doch alle meine Bücher gelesen, und das hast du nicht bemerkt?«

»Was bemerkt?« Fenella wandte den Blick von ihm ab und richtete ihn auf das Buch in den Händen der alten Dame.

»Dass sie alle von uns handeln. Jede einzelne Geschichte.«

»Du kannst mir viel erzählen ...«

»Es ist wahr«, flüsterte Shaw und deutete vorsichtig auf das Buch der alten Dame. »Es sind immer wir beide. Andere Orte, andere Namen, aber in jeder Heldin steckt ein Teil von dir. Und immer gibt es ein Happy End für uns. Das, was wir nie hatten.«

»Das ist doch Unsinn, ich habe sie ja nun auch ...«

»Mr. und Mrs. Wilkinson?« Ein Arzt kam auf sie zu, und Fenella und Shaw erhoben sich von ihren Sitzen. Vergessen war der erneut aufkommende Streit.

»Wie geht es Lucy?«

»Es geht ihr den Umständen entsprechend gut«, beruhigte der Arzt sie sofort. »Sie ist jetzt im Aufwachzimmer und wenn die Narkose nachlässt, kommt sie auf ein normales Zimmer. Sie muss aber noch zur Beobachtung hierbleiben. Etwa eine Woche, eventuell mehr, wenn sich Komplikationen ergeben. Sie hatte großes Glück. Ein Sturz aus einer solchen Höhe hätte auch ganz anders ausgehen können.«

Shaw spürte Fenellas Blick auf sich. Er wusste, was sie dachte. Hätte er Lucy nicht aufgefangen ... er wagte nicht, den Gedanken zu Ende zu denken.

»Können wir zu ihr?«, erkundigte sich Shaw, und der Arzt nickte.

»Wie gesagt, sie ist noch unter Narkose, es wird noch ein wenig dauern, bis sie aufwacht, und viele Patienten erleben die Zeit nach dem Aufwachen wie einen Traum. Erwarten Sie also nicht zu viel von ihr, und sorgen Sie vor allem dafür, dass sie sich nicht aufregt. Sie wird über Nacht im Wachzimmer bleiben, wo sie die ganze Zeit unter Beobachtung ist. Morgen kommt sie auf die normale Station.«

»Vielen Dank!«

Der Arzt verabschiedete sich mit einem Nicken und deutete Fenella und Shaw den Weg zu Lucy.

***

Fenella fühlte sich um Jahre gealtert, als sie an diesem Abend zu Hause ankam. Nach einer langen, heißen Dusche setzte sie sich mit einer Tasse Tee auf die Couch und zog die Beine hoch. Sie hoffte, eine nichtssagende Komödie im Fernseher würde sie ein wenig ablenken. Lucy ging es gut. Daran musste sie sich festhalten. Sie würde in ein oder zwei Wochen wieder nach Hause kommen. Über alles andere würde sie sich danach Sorgen machen. Ihr Blick fiel auf das Bücherregal neben dem Fernseher, und sie erinnerte sich an Shaws Behauptung, dass sie in jeder weiblichen Hauptfigur seiner Bücher stecke.

»Von wegen«, murmelte sie und holte seine Bücher auf die Couch. Sie blätterte jedes von ihnen durch, um sich an die Geschichte und die Figuren zu erinnern. Da war Lily gewesen, die bei ihrem ersten Urlaub völlig allein auf den Malediven gelandet war und sich in ihren Tauchlehrer verliebte. Da war Amanda, die die ganze Welt entdecken wollte und damit in Südamerika begann. Schon bei ihrer ersten Begegnung verdrehte sie einem weiteren Mitglied ihres Ausflugs zu den Mayatempeln den Kopf. Da war Susan, eine junge und äußerst dickköpfige Frau, die es in Namibia mit Wilderern aufnehmen wollte und dabei mit dem Leiter eines Reservates zusammenarbeitete, an dem sie in den ersten Tagen kein gutes Haar ließ. So, wie sie es damals bei Shaw getan hatte, weil sie an ihrem ersten Tag aneinander geraten waren.

»Oh mein Gott, er hat Recht«, flüsterte Fenella. Oscar spitzte die Ohren und sah sie neugierig an.

»Er hat mich wirklich in jedem seiner Bücher untergebracht.«

***

»Ich finde es doof, dass du wegfährst«, beschwerte sich Lucy und verschränkte die Arme vor der Brust. *Sie sieht in diesem Krankenhausbett noch kleiner und jünger aus*, dachte Shaw.

»Du weißt doch, dass ich zurück muss, Lucy. Mein Roman ist fertig und an meinen Verlag geschickt, mein

Aufenthalt in der Pension ist vorbei. Aber ich verspreche dir, wir sehen uns bald wieder.«

»Großes Ehrenwort?«

»Ganz großes Ehrenwort!«

Lucy schlang die Arme um seinen Hals und drückte ihn fest an sich.

»Und wenn du wiederkommst, dann schreiben wir das Feenbuch zusammen?«

»Auf jeden Fall.«

»Versprich es mir.«

»Ich verspreche es dir, Lucy. Du wirst mich jetzt nie mehr los.«

Schmetterlingsliebe

Fenella half Bree in der Küche, als die Hintertür geöffnet wurde und Luke mit einer Kiste voller frischem Fisch eintrat.

»Guten Morgen, Luke«, begrüßten die beiden Frauen ihn, und Bree nahm ihm die Kiste ab, um sie kalt zu stellen.

»Ich hab hier auch die Post für dich«, erklärte Luke und reichte Fenella ein Päckchen, einige Umschläge und eine Postkarte.

»Von Amy«, erklärte Fenella erfreut und zeigte Luke die Postkarte, die die Skyline von New York zeigte. Luke nickte nur knapp.

»Ich habe noch vor zwei Wochen mit ihr telefoniert, sie war ganz aufgeregt, weil sie wohl von irgendeinem bekannten Designer entdeckt und gefördert wurde. Hat sie dir das auch erzählt?«

»Sie schrieb vor ein paar Monaten mal eine Mail, da war das aber noch nicht so sicher …«

Fenella hielt beim Durchlesen der Postkarte inne und sah Luke an.

»Ich dachte, sie würde sich regelmäßig bei dir melden.«

»In New York gibt es sicher aufregendere Leute als einen alten Kindheitsfreund, der sich mit Fischfang am Leben hält. Ich muss auch mal weiter, muss noch Fische ausliefern. Mach's gut, Fen. Tschüss, Bree.«

»Armer Junge«, meinte Bree, als sie die Tür hinter

ihm schloss. »Weiß deine Cousine eigentlich, wie verknallt er in sie ist?«

»Ich glaube nicht.«

»Vielleicht auch besser so. Ein schnelles Ende mit Schrecken ist besser, als sich lange an eine unerfüllbare Hoffnung zu klammern.«

»Ja, da hast du wohl Recht«, bestätigte Fenella und dachte dabei nicht nur an Luke. Seit Shaws Abreise versuchte sie sich selbst genau das immer wieder zu sagen. Dass es besser war, eine klare Trennung zu haben, als eine unsichere, vielleicht sogar später für Lucy belastende Beziehung. Ihre Selbstzweifel und Ängste wurden inzwischen zusätzlich noch durch Schuldgefühle und Gewissensbisse wegen der letzten zehn Jahre verstärkt. Das alles war keine gute Basis für eine neue Beziehung nach einer so langen und entfremdenden Zeit. Sie hatte Shaw abgewiesen. Wieder einmal. Aber sie hatte ihm versichert, dass er Lucy besuchen könne, wann immer er das mochte. Das einzige, das sie manchmal irritierte, war das Gefühl, seine Stimme zu hören oder sein Gesicht in dem eines der anderen Gäste zu sehen. Sie glaubte, ihr sei es nun einmal nicht vergönnt, jemals die Gewissheit zu haben, wirklich das Richtige zu tun.

»Ich bring das kurz ins Büro, dann helfe ich dir weiter mit dem Frühstück«, sagte sie und verließ die Küche.

»Lass dir Zeit. Genieße die Nebensaison, ehe der Besucherandrang losbricht.«

Insgeheim gab Fenella ihr Recht. Trotzdem beeilte sie sich, die Post ins Büro zu bringen und überflog die Absender bereits auf dem Weg. Mit dem Päckchen konnte sie zunächst gar nichts anfangen. Als sie es öffnete, starrte sie einen Augenblick lang auf den Inhalt, ohne ihn wirklich wahrzunehmen. Mit zitternden Händen griff sie nach dem Brief.

Sehr geehrte Ms. Wilkinson,
wir möchten uns auf diesem Wege, auch im Namen von Mr. MacIntosh, noch einmal sehr herzlich für Ihre Gastfreundschaft im vergangenen Herbst bedanken und übersenden Ihnen anbei ein Vorabexemplar seines neuen Romans Schmetterlingsliebe.
Mit freundlichen Grüßen

Fenella ließ den Brief sinken und legte das Buch hastig zur Seite. Sie wollte es nicht. Sie wollte es nicht sehen, es nicht besitzen und schon gar nicht lesen. Am liebsten hätte sie es direkt weggeworfen, doch das brachte sie auch wieder nicht übers Herz. Man warf einfach keine Bücher weg. Sicher gab es jemanden, dem sie es schenken konnte.

***

Es gelang Fenella, fast eine Woche lang nicht an den Roman zu denken, der noch immer unter einem Berg abzuarbeitender Post auf dem Schreibtisch in ihrem

Büro lag. Zumindest gelang es ihr, sich dies selbst einzureden. Bis zu jenem Tag Anfang Februar, an dem ihre mittlerweile mehr als deutlich schwangere Freundin Innes mit einem eigenen Exemplar dieses Buches zum Tee bei ihr vorbeikam.

»Ist das Dads Buch?«, fragte Lucy neugierig und griff sofort danach.

»Ja, ist es«, erklärte Innes und ließ sich auf die Couch fallen. »Es tut ja so gut zu sitzen.« Sie seufzte und lächelte Fenella dankbar an, als diese ihr eine Tasse Tee reichte. »Danke, und jetzt erzähl mir, wie dir das Buch gefallen hat.«

»Ich habe es nicht gelesen.«

Innes blinzelte einige Male und schüttelte den Kopf.

»Wie konntest du es nicht lesen?«

»Ich frage mich gerade eher, wieso du es schon lesen konntest, es ist doch noch gar nicht draußen.«

»Ich stehe in der Danksagung«, erklärte Innes grinsend, was Fenella nur noch mehr verwirrte.

»Das sind Hauhechel-Bläulinge und Braunfleckige Perlmutterfalter«, flüsterte Lucy ehrfurchtsvoll und strich mit den Fingern über die Schmetterlinge auf dem Cover. »Er hat sich daran erinnert.«

»Woran hat er sich erinnert?«, erkundigte sich Fenella und warf einen kurzen Blick auf die Schmetterlinge auf dem Cover. Sie runzelte die Stirn. Das Cover sah so gar nicht nach einem typischen MacIntosh-Roman aus. Wo waren die Palmen, der Strand, die exotische Szenerie? Wenn sie es nicht besser wüsste, würde sie fast sagen ...

»Dass es meine Lieblingsschmetterlinge sind«, flüsterte Lucy und drehte das Buch um, um den Klappentext zu lesen. Sie zog hörbar die Luft ein. Innes grinste übers ganze Gesicht.

»Davon hat er mir kein Wort verraten. Wie gemein.«

»Würde mir bitte jemand erklären, was hier los ist?«, erkundigte sich Fenella und griff nach dem Buch. Innes schnappte es ihr vor der Nase weg und schüttelte den Kopf.

»Vergiss es, das ist mein Exemplar. Du hast doch selber eins.«

»Ist es gut?«, erkundigte sich nun auch Lucy bei ihrer Mutter. »Darf ich es lesen? Ich blättere auch über alle Szenen drüber, die nur für Erwachsene sind.«

»Du kannst alles lesen«, beruhigte Innes sie. Fenella reichte es. Sie ging ins Büro, um ihr Exemplar zu holen. Als sie den Klappentext las, musste sie sich setzen. Die Überschrift, die den Roman als »Fergus MacIntoshs persönlichstes Buch« anpries, war nicht übertrieben. Er hatte ihre Geschichte geschrieben, ihre Namen geändert, aber sonst war alles da. Ein Mann, der bei einem Urlaub auf der Isle of Skye seine alte Liebe trifft und herausfindet, dass sie eine gemeinsame Tochter haben. Fenella glaubte, jeglichen Halt unter den Füßen zu verlieren.

»Das hat er nicht getan!«

Auf zittrigen Beinen kehrte sie zu den anderen zurück.

»Ich fasse es nicht.«

Innes kämpfte sich mit Lucys Hilfe von der Couch auf und warf Fenella einen mitleidigen Blick zu.

»Ich hab dich lieb, Fen, aber du solltest jetzt nichts mehr sagen, was du später bereuen wirst.«

»Bereuen? Er schreibt unsere Geschichte auf, damit alle Welt sie lesen kann, und ich soll etwas bereuen, was ich darüber sagen könnte? Ich werde gar nichts bereuen.«

»Lies das Buch, Fen, dann reden wir noch einmal darüber.«

Fenella sah ihrer Freundin fassungslos nach.

»Sie hat Recht, Mum, du solltest es lesen.«

Hatten denn alle den Verstand verloren?

»Du könntest es mir vorlesen«, bot Lucy an. »Es soll wieder schneien, wir könnten es uns im Wohnzimmer mit heißem Kakao gemütlich machen, und du liest mir das Buch vor.«

Schließlich ließ sich Fenella überreden.

Während der ersten einhundert Seiten überlegte sie noch, ob sie nach London fliegen und Shaw zur Rede stellen sollte, oder ob sie warten könne, bis er Lucy besuchte. Doch je weiter sie in dem Buch kam, desto mehr fing diese Geschichte, ihre Geschichte, sie ein. Sie wusste ja, dass Shaw gut erzählen konnte, doch mit diesem Buch hatte er sein Meisterstück abgeliefert. Mehr als einmal kamen ihr beim Lesen die Tränen, sowohl, als sie seine Sicht auf die Dinge erfuhr, aber auch wenn sie las, wie gut er ihre eigenen Ängste und

Unsicherheiten beschrieb. Er verstand sie besser, als sie geglaubt hatte. Viel besser, als sie ihm zugetraut hatte.

Es war alles da, von seiner Ankunft auf Skye, ihrem ersten Wiedersehen, bis hin zu Lucys Sturz und ihrem Krankenhausaufenthalt. Lucy war eingeschlafen, doch Fenella konnte das Buch nicht aus der Hand legen. Sie musste wissen, was für ein Ende er ihrer Geschichte gab. Würde es ihm auch hier gelingen, den Lesern ein Happy End zu verkaufen, das es nie gegeben hatte?

Tatsächlich trafen sich Buch-Shaw und Buch-Fenella, oder Stuart und Rose, wie er sie genannt hatte, am Ende in den Gärten von Armadale Castle und fielen sich in die Arme, ehe sie gemeinsam zu ihrer Tochter zurückkehrten.

Als Lucy am nächsten Morgen die Augen aufschlug, hielt ihre Mutter das Buch fest an sich gedrückt. Fenella hatte kein Auge zugetan.

»Mum, was ist los?«

Fenella wischte sich über die roten Augen und lächelte sie an.

»Hast du Lust auf einen Ausflug?«

»Wo willst du denn hin?«, fragte Lucy und neigte den Kopf zur Seite.

»Ich dachte ans Armadale Castle?«

Lucy war zwar überrascht, stimmte aber freudig zu.

Eine halbe Stunde später machten sie sich über die verschneiten Straßen auf den Weg zum Armadale Castle. Als sie ausstiegen, lachte Lucy, weil Oscar kaum über den Schnee hinwegsehen konnte und sein Fell es schwierig machte, ihn inmitten des Weiß zu entdecken.

»Ich glaube nicht, dass wir heute viel vom Garten sehen«, gab Lucy zu bedenken, doch Fenella ergriff lächelnd ihre Hand.

»Heute suchen wir Schmetterlinge, Lucy.«

»Mum, ich glaube, du hättest heute Nacht mehr schlafen sollen«, gab Lucy altklug von sich, doch sie folgte ihrer Mutter in den Garten.

Fenella sah ihn schon von Weitem. Auf einer Steintreppe, die als Ruine inmitten des Gartens stand, wartete er.

»Dad!«, rief Lucy aus und rannte auf ihn zu. Oscar bemühte sich, ihr im Schnee zu folgen. Shaw kam bereits auf sie zu und hob Lucy in seine Arme. Er drehte sich mit ihr und lachte, als er sie wieder absetzte.

»Hey«, begrüßte er Fenella, als sie zu ihnen aufgeschlossen hatte.

»Hey …«, erwiderte diese und lächelte unsicher.

»Ich habe dein Buch gelesen«, erklärte sie, obwohl er das durch ihr Auftauchen hier bereits wissen musste.

»Du hast dir Zeit gelassen. Ich warte hier seit über einer Woche jeden Tag.«

»Ich brauche manchmal etwas länger, um einzusehen, was das Beste für mich ist. Die richtigen Entscheidungen zu treffen, ist nicht so meine Stärke«, gestand Fenella leise. Lucy griff nach ihrer Hand. Als Fenella zu ihrer Tochter blickte, sah sie, dass diese auch

Shaws Hand hielt und die Lücke zwischen ihren Eltern schloss.

»Sind wir *jetzt* eine richtige Familie?«

»Ja«, antwortete Fenella ohne Zögern. Sie spürte, wir ihr die Tränen in die Augen schossen, doch bevor auch nur eine davon ihren Weg über ihre Wange finden konnte, hatte Shaw die Arme um sie geschlungen und hielt sie fest. Als er sie küsste, dachte Fenella an all die Jahre, die sie ihnen mit ihrer Angst genommen hatte. *Nie mehr*, schwor sie sich. Sie würde nie mehr zulassen, dass ihre Angst sie zu solchen Fehlern verleiten würde. Shaw hob Lucy hoch, und die Arme ihrer Tochter schlangen sich um ihrer beider Hälse. Lucy brachte ihre Köpfe dicht zusammen, bis sie zu dritt Stirn an Stirn im verschneiten Garten des Armadale Castle standen.

»Ist das jetzt ein Happy End?«

»Nein«, flüsterte Shaw.

»Das ist kein Ende. Das ist der Anfang.«

Lovely Skye
Ein Frühling in Balnodren

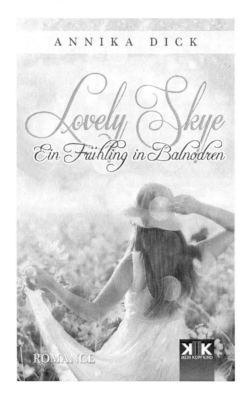

Rückkehr nach Balnodren

»Meine Damen und Herren, bitte nehmen Sie Ihre Sitze ein, richten Sie die Rückenlehne auf und schnallen sich an. Wir bitten Sie außerdem, die Blenden der Fenster hochzufahren, wir leiten in Kürze den Sinkflug auf den Glasgow International Airport ein.«

Amy atmete tief durch. Bis jetzt hatte sie sich geweigert, die Blende ihres Fensters zu öffnen. Sie schob sie hoch und wandte sich Maddox zu, der den sechsstündigen Flug von New York nach Glasgow gänzlich verschlafen hatte. Amy beneidete ihren Verlobten um die Fähigkeit, überall schlafen zu können. Das brachte der Job als Footballprofi wohl mit sich, weil man jedes Wochenende unterwegs war. Busfahrten und Flugreisen quer durch die USA gehörten zur Tagesordnung. Sie selbst konnte die letzten sechs Stunden kein Auge zumachen. Sie hatte stattdessen versucht, sich mit den Filmen abzulenken, die die Fluggesellschaft als Unterhaltungsprogramm für den Transatlantikflug anbot. Wirklich gelungen war es ihr jedoch nicht.

Ihren Umzug in die Staaten, vor fünf Jahren ohne einen Blick zurück, bereute sie keinen Tag. Der amerikanische Traum erfüllte sich für sie. »*Amy W.*«, mittlerweile eine Modemarke in der Szene, die kurz davorstand, die internationalen Laufstege zu erobern. Sie hatte sogar schon einen festen Platz auf der New York Fashion Week. Mailand sollte nächstes Jahr folgen.

Es war ein hartes Stück Arbeit, diesen Traum wahr werden zu lassen. Ihre Heimat empfand Amy als Blockade, als Behinderung bei der Erfüllung ihres Traumes. Nun dorthin zurückzukehren, wenn auch nur für wenige Tage, fühlte sich so an, als gäbe sie sich geschlagen. Amy wusste natürlich, dass das Unsinn war. Sie verkörperte eine aufstrebende Jungdesignerin, die drei Schauspielerinnen zur Oscarverleihung vor einem Monat einkleiden durfte. Sie führte sich das wieder und wieder vor Augen. Trotzdem dachte sie an ihre Klassenkameraden. Hörte auch jetzt noch deren Lachen, beim Erzählen ihres Wunsches, Modedesignerin in den USA zu werden.

Amy schüttelte diese Gedanken von sich und legte eine Hand auf Maddox' Oberarm.

»Wir sind da«, flüsterte sie, um die übrigen Passagiere nicht zu stören. So ganz war sie an das Leben der Reichen noch nicht gewöhnt. Bei ihrem ersten Flug erster Klasse wollte sie nicht unangenehm auffallen. Maddox murmelte etwas vor sich hin, während er ihre Hand zur Seite schob. Amy legte sie erneut auf Maddox' Arm und schüttelte ihn fester.

»Maddox, aufwachen! Wir landen jeden Moment«, sagte sie jetzt eindringlicher. Maddox blinzelte und sah an Amy vorbei aus dem Fenster. Das Flugzeug senkte bereits seine Nase. Amy ahnte, dass Maddox Glasgow unter ihnen schon sehen konnte.

Er streckte sich, bog den Kopf von links nach rechts, bis es knackte. Amy schüttelte sich. Sie hasste es, wenn er das tat. Als sie kurz darauf das Flughafengebäude betraten, trennten sie sich für die Kontrolle, die Amy schneller hinter sich brachte als ihr Verlobter. Sie hatte zwar schon oft mit dem Gedanken gespielt, die amerikanische Staatsbürgerschaft zu beantragen, konnte sich jedoch nicht dazu durchringen.

Sie saß mit ihrem Gepäck bereits in einem Café, als Maddox sie fand.

»Bloody Brits, man sollte meinen, die wissen, wen sie vor sich haben. Stattdessen überprüfen die mich wie einen gewöhnlichen Touristen.«

»Ich weiß, es ist schwer zu glauben, aber sie werden dich wirklich nicht erkannt haben. American Football ist hier nicht sehr verbreitet. Wärst du Rugby- oder Fußballspieler ...«

»Weibersport«, schnaubte Maddox und ließ sich neben Amy auf einen Stuhl fallen. Amy hob ihre Kaffeetasse an die Lippen. Sie wies ihn nicht darauf hin, dass er in seinem Sport mehr Schutz am Körper trug, als Rugby- und Fußballspieler zusammen.

»So, wie lange ist es noch bis zu diesem Balkrotan?«

»Balnodren«, korrigierte Amy ihn automatisch. »Es dauert etwa fünfeinhalb Stunden mit dem Wagen.«

Maddox schloss für einen Moment die Augen.

»Du warst derjenige, der keinen Zwischenstopp beim Flug haben wollte, sonst hätten wir nach Inverness fliegen und von dort aus weiterfahren können. Dann blieben uns zwei Stunden Autofahrt erspart.«

»Aber dafür drei Stunden Aufenthalt in Amsterdam.

Nein danke. Ich hoffe, Jones hat wenigstens einen anständigen Wagen bestellt. Wann ist er hier?«

Amy warf einen Blick auf ihre Uhr.

»Wir haben noch eine halbe Stunde.«

Sechs Stunden trennten sie von Balnodren, ihr Magen krampfte sich allein beim Gedanken daran zusammen.

»Ich bin hungrig«, erklärte Maddox und stand auf. Er sah Amy fragend an, diese schüttelte nur den Kopf. Sie wollte gar nicht an Essen denken. Noch fünf Stunden und neunundfünfzig Minuten. Die Ziffern ihrer Uhr starrten sie an.

***

Luke wuchtete die Kiste fangfrischer Fische aus dem Kofferraum. Fenella hielt ihm mit einem Fuß die Küchentür des Wilkinson Manor auf und winkte ihm zu. Luke nickte zur Begrüßung, er sah, dass sie ein Handy am Ohr hatte. Ihrem Gesichtsausdruck nach zu urteilen, wollte sie diese Unterhaltung schnell beenden.

»Ja, Olivia, selbstverständlich. Ich …«

Luke hörte Fenella seufzen, während er die Kiste auf der Arbeitsfläche in der Küche abstellte. Über die Schulter warf er ihr einen raschen Blick zu und sah, dass Fenella mit den Augen rollte.

»Ja, Olivia, ich weiß … Ja, natürlich. Ja, wird alles erledigt. Bis übermorgen.«

Fenella schien die Taste zum Beenden des Anrufs gar nicht schnell genug drücken zu können.

»Anspruchsvoller Gast?«, erkundigte sich Luke, als Fenella zu ihm trat und seinen Fang begutachtete.

»Schlimmer! Amys Hochzeitsplanerin. Sie hat mir extra dieses Handy besorgt, damit ich immer für sie erreichbar bin. Ich hatte ja keine Ahnung, dass sie das so wörtlich nehmen würde. Gestern klingelte sie mich um zwei Uhr in der Nacht aus dem Bett, weil sie die Speisekarte noch einmal mit mir durchgehen wollte! Glaube mir, ich mache drei Kreuze, wenn diese Hochzeit vorbei ist. So gern ich Amy auch habe, aber das ist die reinste Tortur!«

»Sie lebt jetzt ein extravagantes Leben, da muss man wohl solche Ansprüche stellen. Mich wundert nur, dass sie überhaupt hier heiraten will. Ich dachte, sie habe die Insel erfolgreich aus ihrem Gedächtnis verbannt.«

Luke hörte selbst, wie verbittert er klang und wandte hastig den Blick ab. Er wollte nicht das Mitleid in Fenellas Augen sehen, das sich bereits abzeichnete. Er vergrub die Hände in den Hosentaschen und ballte sie zu Fäusten.

»Ich nehme an, der Fisch ist in Ordnung? Dann setze ich ihn mit auf die Rechnung. Wir sehen uns.«

Er ließ Fenella keine Zeit zu antworten. Der Fisch war fangfrisch und genau der, den sie bestellt hatte. Jedes weitere Wort, das sie nun noch wechselten, würde sich doch nur um Amy drehen, und es gab nichts, worüber Luke weniger reden wollte. Er trat einen Stein weg, als er aus der Pensionsküche kam und sah zu, wie dieser haarscharf am Spiegel seines Wagens vorbei sauste. Es wunderte Luke, dass er ihn nicht getroffen hatte. Die sieben Jahre Unglück, die ein zerbrochener Spiegel versprach, wären die passende Krönung für seine augenblickliche Stimmung. »Reiß dich zusammen, Mann«, raunte er und fuhr sich mit der Hand durchs Haar. Er wusste, dass er sich wie ein bockiges Kind benahm, doch das hinderte ihn nicht daran, sich so zu verhalten. Luke konnte es nicht mehr hören. Amy hier und Amy da. Seit Wochen gab es kein anderes Thema mehr in der Stadt. Vor fünf Jahren war Amy Wilkinson gegangen. Sie wollte nie wieder zurückkehren. Seitdem hatte er wenig von ihr gehört – oder über sie. Jetzt sprachen alle im Ort dauernd über sie.

Von ihrer aufstrebenden Designerkarriere, ihrem Superstarfreund und natürlich von der bevorstehenden Hochzeit. Für Lukes Geschmack konnte das Ereignis gar nicht schnell genug vorbei sein. Nicht, dass er glaubte, seine Laune würde sich danach verbessern. Er hatte Bilder des Football-Wunderknaben gesehen. Wenn Amy unbedingt diesen Gorilla heiraten wollte, sollte sie es eben tun. Aber dann wenigstens in irgendeiner hippen Location in New York und nicht in der kleinen Kirche von Balnodren.

Zum ersten Mal fühlte Luke sich durch seine Heimat beengt. Als er den Wagen vor seinem Elternhaus anhielt und den Schlüssel zog, wäre er am liebsten noch weitergefahren. Kurz überlegte er, genau das zu tun: Weiterzufahren. Bis Portree, danach über die Skye

Bridge hinüber auf die britische Hauptinsel. Er hätte ganz Schottland und England durchqueren, durch den Eurotunnel nach Frankreich fahren können.

Luke stieg kopfschüttelnd aus. Er konnte noch so weit fahren, er würde seinem Schmerz nicht entkommen. Den würde er mitnehmen, wohin er auch fuhr.

»Ah, guten Morgen Luke, kommst du vom Manor?«

Luke schloss für einen Moment die Augen, zählte in Gedanken bis drei, ehe er sich zu seiner Nachbarin umdrehte.

»Guten Morgen, Hattie. Ja, Fen hat Fisch bestellt.«

»Oh, für die Hochzeitsgesellschaft?«

Hattie Stevens zog ihren Schal ein wenig fester um den Hals, während sie an den Gartenzaun trat, der ihr Grundstück von dem der MacHutchens trennte. Ihre blauen Augen funkelten geradezu, als sie ihre Hände auf dem weißen Zaunpfosten abstützte und sich verschwörerisch darüber hinweg beugte.

»Sind sie schon da? Hast du sie gesehen? Hat sich Amy sehr verändert? Ich wette, sie ist jetzt eine richtig piekfeine Dame. Hat sie einen amerikanischen Akzent bekommen? Und dieser Rugbyspieler? Wie sieht er aus?«

»Sie sind noch nicht da«, brachte Luke zwischen aufeinander gepressten Zähnen hervor.

»Oh.«

Hattie lehnte sich zurück, verzog enttäuscht den Mund. »Schade, ich dachte, es gäbe Neuigkeiten.«

»Hattie, ich bin sicher, wenn es welche gibt, erfährst du sie als erste.«

»Nicht so vorlaut, junger Mann! Ich bin schließlich nicht die einzige, die sich für diese Hochzeit interessiert. Gestern habe ich zwei Männer am Hafen gesehen, die diese großen Kameras hatten. Das waren bestimmt Pizza-irgendwas.«

»Paparazzi«

Hattie winkte ab. »Wie dem auch sei, Balnodren wird durch diese Hochzeit berühmt! Das verdanken wir alles nur unserer kleinen Amy! Hach ja, ich sagte ja schon immer, dass sie ein hübsches Kind ist.«

Luke erwiderte nichts, erinnerte sich allerdings noch gut daran, wie Hattie einst über das ungelenke, unwirsche Ding, das bei den Wilkinsons im Urlaub war, schimpfte. Amy und er hatten ein paar Kekse stibitzt, die zum Abkühlen in Hatties offenem Küchenfenster lagen.

Hattie zog ihre Augen zu Schlitzen und musterte Luke eindringlich.

»Weißt du, ich dachte ja früher, dass aus euch beiden irgendwann ein Paar werden würde. Hübsch ausgesehen habt ihr zusammen immer. Aber jetzt ist sie wohl zu berühmt für einen Fischer von Skye. Wenn man einen Rugbyspieler haben kann …«

»Footballspieler, Hattie, in Amerika spielen sie Football, nicht Rugby.«

Als Hattie den Mund zu einer Erwiderung öffnete, wandte Luke sich ab und ging auf die Haustür zu. »Der

Unterschied ist, dass Footballer mit zwanzig Kilogramm Schutzkleidung herumlaufen. Aber Fußball nennen sie einen Mädchensport«, rief er ihr über seine Schulter zu. Er hörte ihre Antwort nicht mehr, zog die Haustür bereits hinter sich ins Schloss.

»War das Hattie?«, fragte seine Mutter, als er in die Küche trat.

»Ja. Sie wird sich bestimmt ausgiebig bei dir über deinen ungezogenen Sohn beschweren«, gestand Luke und nahm sich eine Tasse Kaffee.

»Ach Luke, du weißt doch, wie sie ist. Um was ging es denn dieses Mal?«

»Die Hochzeit des Jahres.«

Luke nahm einen großen Schluck und ignorierte den Blick, den seine Eltern sich zuwarfen.

***

»Wir sind da«, flüsterte Amy und sah aus dem Fenster der Limousine, als sie die ersten Häuser Balnodrens passierten. Maddox folgte ihren Augen mit hochgezogenen Brauen.

»Sagtest du nicht, der Ort wäre eine Stadt?«

»Eine Kleinstadt, ja«, bestätigte Amy und wischte sich die schweißnassen Hände an ihrer Jeans ab.

»Das sieht mir mehr wie ein Dorf aus. Ich sehe kein Diner, kein Kino …«

»So was gibt es hier alles nicht. Na ja, es gibt ein kleines Restaurant am Hafen, aber kein Kino.«

Maddox sah Amy konsterniert an.

»Ich sagte dir ja, wir hätten in New York heiraten sollen. Es war deine Idee, hierher zu kommen.«

»Es ist gute Publicity«, erinnerte er sie. Amy rang sich ein Lächeln ab und wandte sich den vorbeiziehenden Gebäuden zu. Sie erschrak bei der Feststellung, wie wenig sich hier verändert hatte. Sie würde sich sofort wieder blind zurechtfinden. Doch Amy wollte sich nicht blind zurechtfinden, sie wollte sich überhaupt nicht zurechtfinden, sie wollte gar nicht hier sein.

»Honey«, Maddox ergriff ihre Hand und küsste sie, »du machst dir zu viele Sorgen. Du wirst sehen, Olivia gestaltet das hier schon zu der Hochzeit, die wir verdienen.«

Amy nickte schweigend. Der Kloß in ihrem Hals wuchs mit jeder Sekunde, und als sie vor Wilkinson Manor anhielten, fühlte sie sich wie am Autositz festgewachsen. Sie war wieder hier. Nach fünf viel zu kurzen Jahren. Dort, wohin sie nicht hatte zurückkehren wollen.

»Miss Wilkinson?«

Erschrocken blickte sie in das Gesicht des Fahrers, der die Tür aufhielt und ihr eine Hand entgegenstreckte, um ihr beim Aussteigen zu helfen. Ihr blieb keine andere Wahl, sie musste den ersten Schritt nach fünf Jahren auf vertraute Erde machen.

Ein Sturm zieht auf

Amy blieb keine Zeit, sich weitere Gedanken darüber zu machen, wie ungern sie hier war. Kaum aus der Limousine gestiegen, öffnete sich die Eingangstür des Wilkinson Manor, und Fenella trat ihr lächelnd entgegen.

»Amy, wie schön, dich wieder zu sehen«, begrüßte ihre Cousine sie und umarmte Amy. »Schöne Frisur.«

Amy fuhr sich mit der Hand durch das lange, hellbraune Haar. »Ja, schwarz ist doch nur etwas für überemotionale Teenager.«

Fenella zögerte einen Moment, dann nickte sie.

»Mir gefällt es.«

»Honey?« Die beiden Frauen drehten sich zu Maddox um, der neben dem ausgeräumten Gepäck stand und Amy erwartungsvoll ansah.

»Oh, ja, natürlich. Fen, darf ich dir Maddox vorstellen? Maddox, meine Cousine Fenella. Ihr gehört das Wilkinson Manor.«

»Es freut mich, dich kennenzulernen, Maddox. Ich hoffe, dir gefällt Skye.«

»Es ist etwas … provinziell.«

»Maddox!«, schalt Amy ihren Verlobten und legte ihm eine Hand auf den Arm. Fenellas Lächeln ließ kein bißchen nach, und erst jetzt erkannte Amy, dass sie sich Fenellas Kundengesicht gegenübersah. Maddox hätte ihr sagen können, wie heruntergekommen das Manor sei, wie unmöglich es sei, hier eine Hochzeit für einen der größten Footballstars überhaupt abzuhalten. Fenella hätte trotzdem gelächelt. Der Drang, in die Limousine zu steigen und zum nächsten Flughafen zu fahren, wurde größer und größer.

»Nun, Olivia erklärte mir, ihr wolltet eine ländliche Hochzeit. Zurück zu den Wurzeln oder etwas in der Art«, sagte Fenella fröhlich und hakte sich bei Amy ein.

»Kommt, ich zeige euch euer Zimmer. Maddox kann die Koffer allein tragen, oder? Es ist einfach schon viel zu lange her, dass ich meine kleine Cousine gesehen habe, und wir haben so viel zu bequatschen. Frauengespräche, du weißt schon.«

***

Eine halbe Stunde später saß Amy im Aufenthaltsraum des Manors, eingerahmt von Fenella und Lucy, die ihre kleine Schwester auf dem Arm hielt.

»Also, erzähl«, forderte Fenella Amy auf und sah ihre Cousine erwartungsvoll an.

»Was soll ich denn erzählen?«, fragte Amy und rutschte unruhig auf der Couch herum.

»Du warst fünf Jahre nicht hier. Da sollte es einiges zu erzählen geben. Das, was wir von deinen Postkarten und den Anrufen an Weihnachten wissen, kannst du auslassen.« Amy zuckte zusammen. Lucy war mittlerweile zwölf, doch sie hätte nie geglaubt, dass sich dieses liebenswerte Mädchen auch in ein Pubertätsmonster verwandeln würde.

»Wie läuft es denn mit der Arbeit? Deine Mutter erzählte letztens am Telefonat, dass du bei der New York Fashion Show dabei sein wirst?«

Amy spürte, wie die Anspannung langsam nachließ. Mode war ein Thema, über das sie stundenlang reden konnte. Als sie sich Fenella zuwandte, bemerkte sie, dass Lucy mit den Augen rollte. Amy versuchte zu ignorieren, dass Lucys Ablehnung sie verletzte.

»Ja, ich kann es selbst kaum fassen. Es ist so unglaublich! Und es gibt so viel Arbeit, ich weiß nicht, wo mir der Kopf steht!«

»Na, erst einmal hast du ja ein wenig mit der Hochzeit zu tun. Erzähl mir vom Kleid! Hast du es designt?«

»Nein … ich … Olivia hat ein Kleid von einem der Top-Designer der Staaten für mich beschafft.«

»Oh.« Fenella räusperte sich. »Nun, ich bin schon gespannt darauf, wie es aussieht.«

»Es ist sehr modern, knielang, mit asymmetrischen Elementen.«

»Ach …« Einen Augenblick geriet Fenellas perfekte Maske ins Wanken. »Das klingt … interessant.«

»Es muss dir nicht gefallen«, erklärte Amy und verschränkte die Hände im Schoß. »Du kennst dich eben nicht damit aus. Das ist gerade der letzte Schrei, und es ist eine große Ehre, ein Ken Stanbrook Kleid tragen zu dürfen.«

Wenn sie es oft genug sagte, glaubte sie es bis zu ihrer Hochzeit selbst. Davon versuchte sich Amy seit

Wochen zu überzeugen. Bisher war ihr das jedoch nicht wirklich geglückt.

»Bestimmt«, Fenella erhob sich von ihrem Platz. Sie nahm Lucy das Baby ab und rang sich ein weiteres ihrer einstudierten Lächeln ab. »Ich muss Tess wickeln, entschuldige mich bitte.«

Ehe Amy etwas sagen konnte, war Fenella auch schon verschwunden, und Lucy folgte ihr ohne ein Wort. Mit einem Seufzen ließ Amy sich in die Kissen der Couch zurückfallen und schloss die Augen. Sie hatte gewusst, dass sie nicht zurückkommen sollte. Niemand hier verstand sie. Wie auch? Wie sollten sie verstehen, wie beengend und altmodisch Balnodren war, wenn man New York haben konnte?

»Honey?« Sie öffnete die Augen und sah Maddox vor sich stehen. »Geht es dir nicht gut? Du siehst sehr blass aus.«

Er setzte sich neben sie und legte ihr eine Hand auf die Stirn.

»Ich bin nur müde. Jetlag«, Amy ergriff Maddox' Hand. Sie verschränkte ihre Finger mit den seinen und zwang sich ein Lächeln ab. »Ich glaube, ich muss mich einfach nur ein wenig ausruhen. Vor allem, bevor Olivia mich hier in Beschlag nimmt.«

Maddox lachte leise. Er zog Amy näher an sich heran. Sie lehnte den Kopf an seine Schulter und schloss erneut die Augen. Langsam breitete sich ein dumpfer Schmerz hinter ihren Schläfen aus. Sie fürchtete, dieser würde sich als äußerst hartnäckig erweisen. »Du weißt, dass Olivia es nur gut meint. Sie will, dass unsere Hochzeit perfekt wird, das ist alles.«

»Bei dir klingt das so einfach.«

»Das liegt daran, dass ich ihr vertraue, dass sie weiß, was sie tut und ich nicht alles hinterfrage.«

»Ich hinterfrage nicht alles.«

»Nur fast alles, und du machst dir ständig Sorgen darüber, dass die Feier nicht gut genug werden könnte.«

Amy erwiderte nichts. Maddox hatte Recht, sie zweifelte an vielen Entscheidungen, die Olivia bezüglich ihrer Hochzeit traf. Am meisten an jener, die Hochzeit hier in Balnodren stattfinden zu lassen.

»Komm, wir sollten dich wirklich ins Bett bringen, bevor du hier einschläfst.«

»Ein Bett klingt nach einer hervorragenden Idee«, stimmte Amy zu und ließ sich von Maddox die Treppe hinauf führen. Fenella hatte ihnen ein gemütliches Zimmer vorbereitet.

***

Ein lang gezogenes »Haaallooo« tönte durch den Eingangsbereich des Manors, gefolgt von einem energischen Läuten der Glocke, die auf dem Empfangstresen stand.

»Was denn, was denn, schlafen hier noch alle? Ich habe meine Ankunft für neun Uhr heute Morgen ankündigen lassen. Hallo?«

Fenella kam aus dem Büro und zählte innerlich bereits bis zehn. Diese Stimme hatte sie in den letzten Wochen fürchten gelernt.

»Olivia, wie schön, dass wir uns endlich einmal kennenlernen«, begrüßte sie Amys Hochzeitsplanerin und setzte ihr strahlendes Lächeln auf.

»Fenella-Schätzchen, bist du das? Oh, was für eine Freude.« Olivia, die Fenella auch ohne ihre Highheels um einen Kopf überragt hätte, beugte sich vor und hauchte Küsschen links und rechts neben Fenellas Gesicht. »Ich muss zugeben, ich habe mir das Hotel … anders vorgestellt. Ein wenig größer vielleicht?«

»Das Wilkinson Manor ist eine Pension, Olivia, kein Hotel. Es ist ein altes Herrenhaus und für diese Gegend groß genug.«

»Ja, ja, wie dem auch sei«, Olivia winkte ab und sah sich in der Eingangshalle um. »Nein, nein, das wird überhaupt nicht passen. Viel zu dunkel. Wie lange wird es dauern, hier alles weiß zu streichen?«

Fenella glaubte, sich verhört zu haben.

»Weiß streichen?«

»Ja, natürlich. Dieses Dunkelbraun ist doch sehr bedrückend.«

Olivia legte die rechte Hand auf ihre Brust und fächelte sich mit der linken Luft zu. »Es ist viel zu melancholisch für eine Hochzeit. Es muss heller, freundlicher werden. Weiß, Rosé, Pastell, das ist es, was wir hier brauchen.«

»Hier wird nichts gestrichen«, unterbrach Fenella,

und ihr Lächeln verschwand augenblicklich. Olivia musterte sie einen Moment lang schweigend, dann schürzte sie die Lippen und wandte Fenella den Rücken zu.

»Ich werde sehen, was sich machen lässt. Wo ist die Braut?«

»Schläft noch.«

»Was? Wir haben keine Zeit zu verlieren! Es gibt so viel zu tun. Sei ein Schatz, geh sie wecken, ja?«

Sie ließ Fenella stehen und zog ein Maßband aus der Jackentasche, mit dem sie sich an der Treppe zu schaffen machte. Als ihr auffiel, dass Fenella wie angewurzelt dastand, sah sie von ihrer Maßarbeit auf.

»Na, worauf wartest du, Schätzchen? Husch, husch. Zeit ist Geld!«

»Hier bezahlt eindeutig jemand zu wenig für dieses Verhalten«, murmelte Fenella, als sie losging, Amy zu wecken. Wenn sie eines aus ihren Telefonaten mit Olivia gelernt hatte, dann war es das, dass man Olivia nur bis zu einem gewissen Grad widersprechen konnte. Sie war sich noch nicht ganz sicher, ob es ihr gelang, ihre Eingangshalle vor einer Renovierung zu bewahren.

***

Amy massierte ihre Schläfen, doch das Pochen dahinter wurde nur stärker. Seit einer Stunde hörte sie nun schon der Diskussion zwischen Olivia und Fenella zu. Hatte Fenella zunächst noch Olivias Pläne stillschweigend angehört, so stritten sie gerade über jedes einzelne Detail.

»Du kannst keine Lilien in den Brautstrauß stecken, das sind Grabblumen!«

»Wer glaubt denn an dieses alte Geschwätz?«, winkte Olivia den Einwand beiseite. Amy dachte kurz daran, wie entsetzt ihre Mutter sein würde, wenn sie mit den gleichen Blumen zum Altar schritt, die auf dem Grab ihrer Großeltern lagen. Außerdem bereitete ihr deren Duft seit Kindesbeinen an schreckliche Kopfschmerzen. Sie sagte jedoch nichts, sondern massierte weiterhin ihre Schläfen.

»Ich habe ein paar Maler aus …« Olivia schaute kurz auf ihr Smartphone, »... Portree engagiert, die die Eingangshalle streichen, sie sind morgen früh um zehn Uhr hier und haben versprochen, bis drei Uhr …«

»Hier wird nichts gestrichen, das sagte ich dir bereits!«

»Ach, Schätzchen, natürlich wird gestrichen. Ich hatte dir doch erklärt, dass dieses dunkle Holz gar nicht geht. Viel zu depressiv, das passt zu einer Beerdigung.«

»Olivia, hier wird nichts gestrichen, hörst du?«

Olivia winkte erneut ab und schaute auf ihr vibrierendes Smartphone. Als Fenella den Mund öffnete, um noch etwas zu erwidern, bedeutete Olivia ihr mit einer Hand still zu sein und nahm den Anruf an.

»James, Schätzchen, wie schön von dir zu hören. Es

gibt hoffentlich kein Problem mit der Torte? Das Rosendesign ist fertig? Oh, wunderbar. Perfekt für eine englische Hochzeit.«

»Wir sind in Schottland«, zischte Fenella. Ungerührt drehte Olivia ihr den Rücken zu und ging aus dem Zimmer, während sie lautstark weiter telefonierte. Amy hoffte auf das Nachlassen ihrer Kopfschmerzen. Fenella belehrte sie bald eines Besseren.

»Wie wäre es, wenn du auch mal etwas dazu sagst?«

Amy öffnete gequält die Augen. Sie wartete einen Moment, bis Fenellas verschwommene Gestalt sich vor ihr beruhigte und sie das wütende Gesicht ihrer Cousine klar vor sich sah.

»Was soll ich denn sagen?«

Fenella warf die Arme in die Luft und schnaubte. »Na, zum Beispiel, dass sie nicht einfach meine Pension renovieren kann? Außerdem, Rosendesign für eine englische Hochzeit? Was soll das denn?«

»Sorry, das musst du mit Olivia bereden, sie ist der Profi in dieser Angelegenheit.«

Fenella sah Amy fassungslos an.

Kopfschüttelnd machte sie sich auf den Weg, Olivia zu folgen. Vor der Tür drehte sie sich noch einmal um.

»Ich dachte ja, du wärst diejenige, die hier heiratet, nicht Olivia. Aber vielleicht bin ich auch einfach nicht hip, nicht amerikanisch genug, um das zu verstehen.«

Als sie das Zimmer verließ, stützte Amy die Ellbogen auf die Knie und ließ den Kopf in ihre Hände sinken.

»Olivia ist genervt, Fen wütend, und Lucy hasst

mich. Willst du mir nicht auch noch Vorwürfe machen?«, fragte sie durch ihre Finger hindurch. Als sie keine Antwort erhielt, hob sie den Kopf und sah die bisher schweigsame Innes erwartungsvoll an. Es war schwer zu sagen, ob diese gerade ein Lachen unterdrückte oder ähnliche Kopfschmerzen hatte wie Amy selbst. Ihr Gesichtsausdruck wirkte jedenfalls sehr angespannt.

»Lucy hasst dich nicht«, erklärte Innes ruhig. »Sie ist wütend, enttäuscht, womöglich auch eingeschnappt.«

»Aber wieso?«

»Vielleicht, weil sie fühlt, dass ihre große Cousine, zu der sie immer aufblicken konnte, sie fallengelassen hat.«

»Ich habe was?«

Innes seufzte und erhob sich von ihrem Platz auf einem der großen Ohrensessel, um sich neben Amy auf die Couch zu setzen.

»Wann hast du das letzte Mal mit Lucy gesprochen?«

»Wir haben an Weihnachten telefoniert.«

»Und davor?«

Amy dachte kurz nach. »Ich … ich wollte sie an ihrem Geburtstag anrufen, aber dann war da dieser Auftrag und …« Sie brach mitten im Satz ab, als Innes die Brauen hochzog.

»Du warst nicht auf Fenellas und Shaws Hochzeit, du warst nicht auf Tess' Taufe.«

»Ich wollte ja, aber …«

»Fen wollte dich zu ihrer zweiten Patin ernennen.«

Ein Kloß bildete sich in Amys Hals. Sie schluckte krampfhaft dagegen an, doch er saß fest.

»Ich weiß, dass du das nicht wusstest. Fen wollte dir kein schlechtes Gewissen bereiten.«

»Dafür macht sie mir jetzt eins.«

Amy begriff, dass sie sich wie ein trotziges Kind aufführte, und der Blick, mit dem Innes sie bedachte, bestätigte dies.

»Sie hat Recht, und das weißt du. Du bist die erste Braut, die ich erlebe, die ihre Hochzeit vollkommen aus der Hand gibt. Ganz zu schweigen davon, dass du diesen Riesenklunker am Finger trägst und nicht ständig damit herum wedelst. Man könnte glauben, du versteckst ihn.«

Amy spürte, wie ihr die Röte ins Gesicht schoss. Sie schnaubte und verschränkte die Arme vor der Brust. »Unsinn. Wieso sollte ich meinen Verlobungsring denn verstecken?«

Weil er sie zu erschlagen drohte. Weil er ihr Magenschmerzen bereitete, seitdem sie ihn trug. Weil er sich nicht wie ein Teil von ihr anfühlte. Weil sie sich nicht mehr wie Amy anfühlte.

Innes' Blick wurde milder, aber das Mitleid, das Amy in ihren Augen las, machte sie wütend. Es war, als könne Innes ihre Gedanken lesen.

»Ich habe einfach zu viel um die Ohren, um mich um alles selbst zu kümmern. Olivia weiß, was angesagt ist, ich vertraue ihr.«

Ihr Magen zog sich erneut zusammen, der Kloß in

ihrem Hals wuchs, und das Pochen hinter ihren Schläfen wurde stärker. *Lügnerin*, schallte es in ihrem Kopf wieder. Abrupt stand sie auf und wischte sich ihre schweißnassen Hände an den Jeans ab. »Ich gehe spazieren, ehe Olivia und Fen den nächsten Krieg beginnen.«

Beim Verlassen des Manor, spürte sie Innes' Blick in ihrem Rücken. Wieso tat sie so, als wisse sie etwas, das Amy niemandem sagte? Sie war es doch gewesen, die sie dazu ermutigt hatte, ihren Traum wahr zu machen. Ihr klangen noch Innes' Worte im Ohr, dass manche Menschen nicht wissen, was sie wollten und man sie mit der Nase darauf stoßen müsse. Amy war nach New York gezogen, sie hatte ihren Traum wahr gemacht. Ihr Leben war perfekt. Sie musste nur dieses flaue Gefühl im Magen, den brennenden Kloß im Hals, sowie die pochenden Schmerzen im Kopf überwinden.

Sehnsucht nach Damals

Auf halbem Weg durch die Stadt fiel Amy auf, dass sie ihr Handy in der Pension vergessen hatte. Sie überlegte kurz, zurückzugehen, um es zu holen, verwarf den Gedanken dann aber schnell. Sie wollte nicht in eine weitere Diskussion zwischen Olivia und Fenella geraten. Sie wollte auch nicht Innes' Blick begegnen, in dem so viel Wissen zu liegen schien, das sie nicht haben sollte. Ebenso wenig wollte sie Maddox in die Arme laufen, der jeden Augenblick von seiner Joggingrunde zurückkehren musste.

Amy näherte sich einer Gruppe älterer Frauen. Sie grüßte freundlich, aber der Gruß wurde nicht erwidert. So sehr waren die Frauen in ihre Unterhaltung vertieft. Doch als Amy sie hinter sich ließ, glaubte sie, die Blicke in ihrem Rücken zu spüren und zu hören, dass aus dem vormals ruhigen Gespräch ein aufgeregtes Tuscheln wurde. Vor fünf Jahren hätten sie sie gegrüßt, schoss es ihr durch den Kopf. Sie hätten ihren Namen gerufen, sie gefragt, wie es ihren Eltern ginge. Amys Vater stammte aus Balnodren, war aber lange nicht mehr hier gewesen. Jetzt kam es ihr so vor, als fürchteten sie sich davor, sie anzusprechen.

Amy folgte dem vertrauten Weg hinunter zum Hafen, bog aber vorher links ab und ging durch eine verwinkelte Gasse. Die war so schmal war, dass kaum zwei Menschen aneinander vorbeigehen konnten. Das Ende dieses kleinen Sträßchens mündete in Obstgärten, in denen die Apfelbäume ihr frühlingsweißes Blütenkleid trugen. Es duftete nach Gras und Blumen und überhaupt nicht wie irgendetwas, das Amy in den vergangenen fünf Jahren gerochen hatte. Es lag nur hundert Meter abseits der Hauptstraße, die durch Balnodren führte, doch kein einziges Auto konnte man bis hierher hören. Vielleicht war es die Abwesenheit von Verkehr und Lärm, die sie in den letzten Tagen so nervös machte, versuchte Amy sich zu beruhigen. Diese Ruhe schien sie einfach nicht mehr gewohnt zu sein.

Sie ließ die Gärten hinter sich und folgte dem angrenzenden Feldweg hinab zum Strand. Ihre rechte Hand hob sich automatisch, wie in alter Gewohnheit strich sie an den Felsen entlang, die sich neben ihr aufbäumten. Die Felsenkette zu ihrer Rechten reichte bis ins Meer. Sie musste einige Schritte durch das Wasser zu einer Stelle gehen, an der man selbst bei Flut noch stehen konnte. Dort endete der Ausläufer der großen, steinigen Wand. Hier ließ sie sich umrunden.

In Kindertagen war Amy diesen Weg fast täglich gegangen. Mit Luke, dachte sie lächelnd. Es schien ihnen so, als wisse niemand von diesem Platz hinter den Felsen. Eine kleine verschlafene Bucht, ein kleines Fleckchen Strand, das noch geschützter vor lärmender Hektik verborgen lag, als Balnodren selbst es schon tat.

Kaum hatte sie den Strand erreicht, zog Amy sich Schuhe und Strümpfe aus, rollte die Beine ihrer Jeans hoch. Ihre Strümpfe stopfte sie in die Schuhe und band die Schnürsenkel zusammen, um die Schuhe besser tragen zu können. Einen Augenblick blieb sie stehen, genoss das Gefühl, ihre nackten Zehen im kühlen Sand zu vergraben. Dann ging sie ins Meer, ließ die Wellen über ihre Füße schlagen. Sie musste bis zu den Knien ins Wasser, ehe sie den Fels umrunden konnte. Doch der Anblick ihres Paradieses aus Kinderzeiten ließ sie die nass werdende Jeans nicht spüren.

Da lag sie, ihre Bucht, so unberührt, wie eh und je. Allein, wie sie es erwartet hatte, war sie jedoch nicht. Da saß jemand am Strand. Amy erkannte erst nach einigen Schritten, wer sich hierher zurückgezogen hatte.

»Luke!«

Luke sah überrascht auf. Er kam hierher, um Ruhe zu haben. Dafür war die Bucht ideal. Er konnte an einer Hand abzählen, wie oft er hier einen Menschen in den letzten Jahren gesehen hatte. Kaum einer verirrte sich hierher.

»Luke! Oh mein Gott, es ist so lange her!«

Luke erhob sich, klopfte sich den Sand von seiner Jeans. Amy kam ihm lachend und winkend entgegen. Er wollte dem ganzen Trubel um ihre Person entkommen, sie erst recht nicht hier treffen.

»Was tust du hier? Ich hätte erwartet, dass du viel zu viel mit deiner Hochzeit um die Ohren hast, um dich unters gemeine Volk zu mischen«, blaffte Luke sie an. Amy blieb mit einem konsternierten Ausdruck im Gesicht stehen.

»Was … was soll das denn heißen? Hey, wir haben

uns seit fünf Jahren nicht gesehen, und das ist das Erste, was du mir sagst?«

Sie zwang sich zu einem Lächeln, das jedoch die Unsicherheit in ihrer Stimme nicht kaschieren konnte. *Gut*, dachte Luke. Wieso sollte er auch der einzige sein, der sich hundeelend fühlte?

»Mir fällt noch einiges ein, aber nichts davon möchtest du hören, Amy. Also, was willst du hier?« Er sah sie schlucken und wie sich ihre Stirn in Falten legte. Sie war sichtlich überrascht von seiner ablehnenden Art. Luke stieß ein humorloses Lachen aus, während er die Hände in den Taschen seiner Jeans verbarg. »Was hast du erwartet, Amy? Du tauchst hier auf und alles ist wie damals? Du meldest dich jahrelang nicht, kommst dann mit deinem Superstar-Verlobten an, und ich werde Blumenjunge bei deiner Hochzeit?«

»Das ist Unsinn, Luke. Ich … ich habe mich gemeldet … immer wieder, aber von dir … von dir kam nichts zurück.«

»Was soll ich denn auf *hier ist alles super und so viel besser als in Balnodren* antworten? Herzlichen Glückwunsch, du hast deinen Traum wahrgemacht. Ist es dir ganz egal, auf wessen Gefühlen du herumtrampelst? Weißt du, für dich mag Balnodren klein, eng und rückständig sein. Für andere ist es der einzige Ort, an dem sie sein wollen. Aber was einem Heimat bedeuten kann, wirst du wohl nie verstehen.«

»Das ist nicht fair, Luke!«

»Nein? Ich habe Neuigkeiten für dich,

Traumtänzerin: Das Leben ist nicht fair.«

Amy trat einen Schritt zurück und verschränkte die Arme vor der Brust.

»Wann bist du so gemein geworden?«

»Ich weiß nicht, Amy. Ich hatte fünf Jahre Zeit, such's dir aus.« Luke ging kopfschüttelnd an ihr vorbei. Er spürte, wie sie ihre Hand nach seinem Arm ausstreckte, hörte, wie sie seinen Namen flüsterte. Er ignorierte beides und ließ sie stehen.

Luke ging, ohne auf das Wasser zu achten, den Weg zurück. Er erinnerte sich an all die Male, die er hier mit ihr gewesen war. Nur sie beide gegen den Rest der Welt. Damals glaubte er noch, ihre Träume von den Vereinigten Staaten würden mit den Jahren verfliegen. Sie würde erkennen, dass Balnodren nicht nur während der Sommerferien ihre Heimat hätte sein können. Dass diese kleine Stadt für immer ihre Heimat hätte sein können. Dass *er* ihre Heimat hätte sein können.

Luke war sich sehr wohl bewusst, dass er selbst der größere Traumtänzer gewesen sein musste. Er hatte nie ein Wort von seinen Gefühlen zu ihr gesagt, aus Angst, eine gute Freundschaft zu zerstören. Natürlich hatte er gehofft, sie würde dasselbe für ihn empfinden, wie er für sie. Allerdings hatte er es ihr überlassen, den ersten Schritt zu tun. Ihr Abschied, besser ihre Flucht aus Balnodren und Schottland, zeigte ihm nur zu deutlich, wie dumm und naiv er gewesen war. Balnodren konnte nicht ihre Heimat sein, Amy sehnte sich nach Größerem. Aus demselben Grund konnte *er* nicht ihre

Heimat sein. Die Hände in seinen Jeanstaschen ballten sich zu Fäusten. Kalte Wellen schlugen ihm gegen die Beine, als er tiefer ins Meer watete, um die Felsen zu umrunden.

Luke war kein guter Verlierer, war es nie gewesen. Und jetzt war es auch zu spät, sich noch zu ändern. Er wollte auch gar kein guter Verlierer sein, nicht lachend danebenstehen und zusehen, wie sie diesen Footballspieler heiratete. Ausgerechnet hier, ausgerechnet an dem Ort, an dem er sich in sie verliebt hatte.

***

Amy zögerte ihre Rückkehr ins Wilkinson Manor hinaus. Sie blieb noch fast zwei Stunden allein in der Bucht sitzen, dachte über Lukes Worte nach und versuchte gleichzeitig, sie aus ihren Gedanken zu verbannen. Als die Frühlingssonne sie nicht mehr wärmen konnte, machte sie sich langsam auf den Rückweg. Sie hatte es nicht eilig, zu den beiden Streithähnen zurückzukehren, die im Manor auf sie warteten. Sie überlegte kurz, noch einen Spaziergang über die Felder anzuschließen. Als ihr erneut die neugierigen Blicke und das Getuschel der Menschen auffiel, die ihr auf dem Weg begegneten, entschied sie sich dagegen.

Sämtliche Gesichter waren ihr vertraut, sie kannte alle Namen, wusste, wo jeder einzelne von ihnen wohnte, welcher Arbeit er nachging, mit wem er verheiratet und wer seine Kinder waren. Sie kannte diese Stadt und ihre Bewohner wie ihre Westentasche. Trotzdem fühlte sie sich jetzt fremd, als habe sie nie zuvor einen Fuß nach Balnodren gesetzt.

Schon im Eingangsbereich des Wilkinson Manor kam ihr Olivia entgegen, das Smartphone ans Ohr gepresst. Sie ergriff Amys Ellbogen und zog sie mit sich in den Aufenthaltsraum, wo sie sich an zwei Tischen ausgebreitet hatte.

»Aber natürlich, Darling, das verspreche ich dir! Ein todsicherer Tipp. Hör nur auf mich, das wird die Sensation des Jahres.«

Sie drückte Amy auf die Couch und hielt ihr einen Ordner entgegen, in dem sich Tortendesigns und Blumengestecke abwechselten.

»Aber sicher doch, Schätzchen. Wir sehen uns dann in ein paar Tagen. Bye.«

Olivia beendete das Telefonat mit drei Küsschen, ehe sie auflegte. »Sooo«, sie zog das Wort in die Länge, ließ sich auf der Armlehne der Couch nieder und nahm Amy den Ordner wieder aus der Hand. »Das war Mildred. Habe ich dir von ihr erzählt? Mildred Plumstroke von der britischen Vogue. Sie hat für die Hochzeit zugesagt und ist sehr gespannt auf dein Kleid! Welches morgen ankommen wird. Du solltest also weder heute Abend noch morgen früh viel essen, am besten hältst du ab jetzt generell eine strikte Diät. Kaum auszudenken, dass dir das Brautkleid nicht mehr passen könnte.« Olivias Augen weiteten sich beim bloßen Gedanken daran. Sie fächerte sich mit der Hand Luft zu. »Nein, wirklich, so ein Drama kann ich gar nicht gebrauchen.«

Für einen Augenblick dachte Amy daran, Olivia darauf hinzuweisen, dass sie selbst es noch viel weniger gebrauchen könne, nicht in ihr Hochzeitskleid zu passen. Doch noch ehe sie den Mund öffnen konnte, blätterte Olivia auch schon geschäftig in dem Ordner herum.

»Wo hab ich denn … es war sicherlich hier … ah, da ist es ja!«

Ihre perfekt manikürten Fingernägel tippten auf eine Schachtelkonstruktion in verschiedenen Beige- und Brauntönen. Amy konnte nicht genau sagen, um was es sich dabei eigentlich handelte.

»Atemberaubend, nicht wahr? Ich weiß, ich war selbst ganz sprachlos! Du kannst übrigens wirklich froh sein, dass du mich hast. Du glaubst ja gar nicht, was für ein Trara der Konditor darum gemacht hat, als ich ihm diese Bilder geschickt habe. Also nein, im Ernst, ich habe noch nie jemanden gesehen, der sich derart angestellt hat. Zu wenig Zeit, zu viele Extrawünsche, zu ausgefallen.« Olivia machte eine wegwerfende Handbewegung, während Amy leicht den Kopf zur Seite neigte. Die aufeinander gestülpten Rechtecke sollten eine Torte sein? Das war für sie schwer zu glauben.

»Nun, wie dem auch sei, er hat schließlich doch

eingesehen, dass er im Unrecht ist. Ach, ich wünschte, wir hätten Jean-Pierre herkommen lassen. Für den entstünde kein Problem. Aber leider ist er immer auf Monate ausgebucht. Du hast wirklich Glück, dass ich das alles überhaupt so kurzfristig arrangieren konnte.«

»Du wolltest, dass die Hochzeit im Frühjahr stattfindet. Maddox und ich hätten noch warten können.«

»Papperlapapp«, unterbrach Olivia. »Wann willst du denn heiraten? Im Hochsommer vielleicht? Im Herbst? Nein, kommt gar nicht in Frage. Jetzt ist genau der richtige Augenblick. Die Nach-Oscar-Welle der Schlagzeilen ebbt so langsam ab, und die Zeitschriften sind hungrig nach neuen Themen. Da ist eine Hochzeit richtig platziert. Wir werden die Trends des nächsten Jahres setzen.«

Amy spürte, wie die inzwischen vertrauten Kopfschmerzen sich erneut hinter ihren Schläfen ausbreiteten. Das Blut rauschte in ihren Ohren, und schon bald hörte sie gar nicht mehr, was Olivia sagte. Deren Gesichtsausdruck nach bemerkte sie dies jedoch gar nicht.

Amy massierte sich ihre pochenden Schläfen. Es schien zu einer Lieblingsbeschäftigung zu werden. Sonst hatte sie sich damit abgelenkt, neue Entwürfe auf ihrem Block zu skizzieren oder einfach vor sich hin zu kritzeln. Doch in den letzten Wochen war sie kaum dazu gekommen, auch nur einen Strich zu machen. Es sah aus, als habe ihre Hand einen eigenen Willen entwickelt, seit Maddox' Verlobungsring daran prangte. Wie glücklich war sie über seinen Antrag gewesen und wie unsicher über ihre Entscheidung am Tag danach. Sie hatte sich versichert, dass es nur Nervosität war, die sie zweifeln ließ, doch so ganz hatte sie die Unsicherheit bisher nicht abschütteln können. Was, wenn sie einen Fehler beging? Sie hatte Balnodren verlassen, um nicht auf ewig im immer gleichen Kleinstadttrott gefangen zu sein. Um ihren Traum von einer Designerkarriere und der großen Welt wahrzumachen. Jetzt stand sie kurz davor zu heiraten und fürchtete, den einen Trott für einen anderen einzutauschen.

Während Olivia unbeirrt weiter redete, sehnte Amy sich zurück an die kleine Bucht am Strand, in der es nichts außer dem Meeresrauschen, dem Wind und den Möwen gab. Sie erinnerte sich, wie viele Stunden sie früher dort verbracht hatte. Oder im nahe gelegenen Wald, der ihr besonders im Herbst mit seinem Überfluss an Farben so gut gefiel. Am liebsten wäre sie aufgestanden, zum Hafen gerannt, um sich bei George ein Eis zu kaufen. Sie wollte sich an die Kaimauer setzen und den Fischern beim Flicken ihrer Netze zusehen, während die Sonne im Meer versank. Amy seufzte leise. Wenn sie jetzt losging, könnte sie gleich diese Szene am Hafen sehen. Es würden dieselben Männer sein, die seit Jahren am Hafen saßen. Fünf Jahre älter, aber dieselben Männer. Sie würde unterwegs an den Häusern vorbeilaufen, in denen

Menschen lebten, die dort immer schon gelebt hatten. Zum ersten Mal kam ihr dieser Gedanke gar nicht so einengend vor.

Hinterwäldlerstolz

»Du bist dir sicher, dass du nicht eine Runde mit mir joggen gehen willst, Darling?«

Amy schüttelte schwach den Kopf und presste einen nassen Waschlappen gegen die Stirn.

»Nein, wirklich nicht. Mein Kopf fühlt sich an, als möchte er jeden Augenblick zerspringen.«

Sie spürte, wie Maddox' Lippen ihre berührten. Kurz und flüchtig, geradezu automatisch. Amy wartete auf ein Kribbeln im Bauch, darauf, dass ihr Herzschlag sich beschleunigen würde, auf irgendetwas, das ihr sagte, dass dieser Kuss etwas bedeutete. Sie empfand nichts.

»Dann schlaf ein wenig, Darling. In zwei Stunden bin ich wieder da.«

Amy stöhnte auf, als Maddox die Tür laut hinter sich ins Schloss schmiss, und drehte sich auf die Seite. Sie verbarg das Gesicht im Kopfkissen und hoffte inständig, dass die Kopfschmerzen sich endlich legen würden. Sie waren von Tag zu Tag schlimmer geworden. Genauso, wie die Diskussionen zwischen Olivia und Fenella. Amy versuchte, sich herauszuhalten, doch das ließen die beiden nicht zu. Vor allem Fenella drängte ihre Cousine stets dazu, selbst Stellung zu beziehen, und musterte sie dann wütend, wenn Amy Olivia Recht gab. Kaum dachte sie an den letzten Streit beim Frühstück, wurden Amys Kopfschmerzen erneut stärker. Sie drückte den Waschlappen fester gegen die Stirn.

Sie wollte nur noch, dass diese ganze Hochzeit endlich vorbei war und sie wieder in die Staaten fliegen konnte. Weg von den dauernden Streitereien, weg von den vorwurfsvollen Blicken Fenellas und Lucys, weg von Balnodren, weg von ... Luke.

Ungebeten kam ihr die Erinnerung an die Begegnung in der Bucht in den Sinn. Sie spürte einen Stich in der Brust, als sie daran dachte, wie abweisend er sich ihr gegenüber zeigte. Es tat weh, sich einzugestehen, dass ihre Freundschaft nur noch ein Abschnitt in ihrer Vergangenheit sein sollte. In all den Jahren, in denen ihre Kommunikation eingeschlafen war, hatte sie solche Gedanken weggeschoben, es nicht wahr haben wollen.

Sie wusste, dass Jugendfreundschaften oft im Sande verliefen. Sie hielt mit keinem aus ihrer Schule noch Kontakt, und so sehr sie dies auch bedauerte, sie konnte damit leben und es akzeptieren. Bei Luke war es anders. Sie hatte insgeheim die Hoffnung gehegt, dass alles nur ein Missverständnis war und sich klären würde, wenn sie sich wiedersähen. Luke war ihr zu wichtig, als dass sie ihn einfach so ziehen lassen wollte. Auf alles und jeden könne sie leichter verzichten, als auf die mit so vielen Erinnerungen reiche Freundschaft zu Luke.

Während ihre Gedanken sie zu unzähligen Sommern zurücktrugen, die sie in ihrer Kindheit und Jugend hier mit Luke verbracht hatte, schlief sie schließlich ein.

***

Ein Klopfen an der Tür riss Amy aus ihren Träumen. Verschlafen rieb sie sich die Augen und warf einen Blick auf die Uhr. Es musste etwa zwei Stunden her sein, seit Maddox zum Joggen aufgebrochen war. Aber wieso klopfte er und kam nicht einfach ins Zimmer?

»Überraschung!«

Amy stand auf. Ihre Mutter zog sie in eine feste Umarmung, bevor sie ihre Tochter an den Schultern packte und sie von sich schob, um sie genau zu betrachten. »Mir gefällt die neue Frisur«, erklärte sie lächelnd und umarmte Amy erneut.

»Mum, du erdrückst mich.«

»Das müsste ich nicht, wenn ich dich in den letzten fünf Jahren auch nur einmal gesehen hätte.«

»Was ist mit meiner Einladung zu Weihnachten. Hast du die vergessen?«

»Du weißt, dass dein Vater unter Flugangst leidet.«

»Wo ist Dad eigentlich?«

»Er wartet bei Fen. Sie meinte, dir wäre es nicht gut und du hättest dich hingelegt, da wollte er nicht stören. Ist alles okay?«

Silvia Wilkinson fuhr ihrer Tochter besorgt über die Wange.

»Mir geht es gut, nur ein wenig Kopfschmerzen.«

»Na, dann lass uns runter gehen. Ich habe nämlich noch eine Überraschung für dich im Auto.«

Amy rang sich ein Lächeln ab, als ihre Mutter ungeduldig von einem Fuß auf den anderen wippte. Sie fuhr sich mit den Händen durchs Haar und schlüpfte hastig in ein paar Sandalen. Ihre Mutter drängelte hektisch, zum Glück hatte sie nur ihre Schuhe ausgezogen, bevor sie eingeschlafen war. Die Begrüßung ihres Vaters fiel ähnlich überschwänglich aus.

»Fen, hilfst du mir bitte mal am Auto?«, rief Silvia Fenella zu und winkte sie aufgeregt zu sich. Amy beobachtete Fen und sah, wie deren Stirn sich in tiefe Falten legte, als ihre Mutter ihr etwas zuflüsterte.

»Was habt ihr denn mitgebracht?«, versuchte Amy ihrem Vater das Geheimnis zu entlocken, doch dieser schüttelte nur den Kopf.

»Ich musste deiner Mutter hoch und heilig versprechen, dir kein Sterbenswörtchen zu verraten. Sie wollte dein Gesicht sehen, wenn du … nein, ich sage kein Stück.«

George Wilkinson schmunzelte und legte seiner Tochter einen Arm um die Schultern, um sie daran zu hindern, zum Auto zu schauen.

»Du darfst auf keinen Fall hinsehen, Amy«, ermahnte er sie, als sie versuchte, sich umzudrehen. So blieb Amy nichts weiter übrig, als still zu stehen. Sie hörte, wie eine Tür zuschlug, und auch das aufgeregte Kichern ihrer Mutter konnte sie deutlich hören.

»Jetzt darfst du«, erklärte ihr Vater und drehte sich mit Amy gemeinsam um.

»Tadaaa! Das Hochzeitskleid deiner Urgroßmutter! Ich weiß doch, wie sehr du es liebst.«

Sprachlos sah Amy auf den Spitzenstoff, den ihre

Mutter und Fenella zwischen sich hielten. Amy wagte nicht, Fenella anzusehen. Sie spürte den vorwurfsvollen Blick der Cousine nur zu gut.

»Ich … habe schon ein Hochzeitskleid«, murmelte Amy leise. Ihr Vater drückte ihre Schulter fester. Ein Zeichen, dass er sie gehört hatte. Aus dem Augenwinkel sah Amy, wie sein Lächeln langsam verblasste. Ihre Mutter hatte sie jedoch offensichtlich nicht gehört. Mit einer Hand strich sie über den Spitzenstoff, während sie Fenella erzählte, dass Amy als Kind darum bettelte, das Kleid einst tragen zu dürfen.

»Mum, ich habe schon ein Kleid«, erklärte Amy diesmal lauter. Ihre Mutter hielt mitten in der Bewegung inne und sah von Fenella zu Amy. Für einen einzigen Augenblick verschwand ihr Lächeln, doch es reichte, um Amy das Herz schwer zu machen. Silvia räusperte sich, und ihr Lächeln war wieder da.

»Oh, natürlich. Wie dumm von mir, dich ein paar Tage vor der Hochzeit damit zu überfallen. Ich dachte nur, es sei eine nette Idee … aber freilich hast du schon ein Kleid. Bestimmt sogar selbst gemacht, nicht wahr?«

»Nein, es ist … es ist ein Kleid eines großen Designers. Ich kann mich wirklich glücklich schätzen, es tragen zu dürfen.«

Amy wusste genau, dass weder ihre Eltern, noch Fenella verstanden, was sie gerade sagte. Mode war für keinen der drei so wichtig wie für sie. Niemand von ihnen kannte sich so bei den neuesten Trends aus, wie

Olivia es tat. »Nun, dann ... bringen wir es wieder ins Auto.«

»Wir können es ins Büro hängen, da stört es nicht, und es muss nicht in der Sonne im Auto liegen«, schlug Fenella vor. Ehe sie mit Silvia ins Büro gehen konnte, öffnete sich die Eingangstür des Manors erneut, als Maddox vom Joggen zurückkam. Er nahm die Kopfhörer aus den Ohren und sah neugierig in die Runde.

»Die ersten Gäste?«, fragte er Amy und kam auf sie zu, um sie mit einem flüchtigen Kuss zu begrüßen.

»Maddox, das sind meine Eltern. Mein Vater George«, Amy wartete darauf, dass Maddox und ihr Vater sich die Hände schüttelten, »und meine Mutter Silvia.« Nachdem Maddox auch ihre Mutter begrüßt hatte, fiel sein Blick auf das alte Kleid in Fenellas Armen.

»Wow, aus welcher Mottenkiste ist das denn?«

Amy sah ihn fassungslos an.

»Stell dir nur vor, du würdest in so etwas heiraten.« Maddox schien die Vorstellung ausgesprochen amüsant zu finden, bemerkte dabei allerdings nicht, dass er damit der einzige war. Amy erkannte, wie ihre Mutter mehrmals blinzelte und mit den Tränen kämpfte. Auch der missmutige Blick, den ihr Vater Maddox zuwarf, entging ihr nicht. Amy wäre am liebsten im Erdboden versunken.

»Maddox, hör auf«, zischte sie, doch ihr Verlobter sah sie nur verständnislos an.

»Ich bringe es wirklich besser ins Auto …«

»Auf keinen Fall Silvia, wie gesagt, im Büro ist es gut aufgehoben, bis ihr wieder abreist.«

Fenella führte Silvia nachdrücklich Richtung Büro.

»Was stellst du dich denn so an?«

»Du redest hier vom Kleid meiner Urgroßmutter!«

»Ach komm, der Fetzen ist hässlich. Sag mir nicht, dass er dir gefällt. Stell dir vor, jemand würde dich in dem Kleid sehen. Denk an die Fotos, die ganze Welt wird sie betrachten! Mein Ruf wäre ruiniert.«

»Ich heirate ja nicht darin, trotzdem darfst du nicht so über das Kleid sprechen.«

»Darling, du machst dir wieder mal zu viele Gedanken.« Maddox hauchte Amy einen Kuss auf die Schläfe und ging zur Treppe.

Besser, als sich gar keine zu machen, dachte Amy, schluckte diese Erwiderung aber hinunter.

***

Luke sah kopfschüttelnd zu, wie Jack bereits dem dritten Wagen den Weg nach Balnodren erklärte.

»Du solltest ihnen allen die falsche Richtung zeigen«, raunte er, als Jack zum Auto zurückkehrte und seine Tasche von der Ladefläche nahm.

»Damit sie im Meer landen?«

»Besser als vor unserer Haustür.«

Jack schlug ihm gutmütig mit der Hand auf die Schulter und bedeutete Luke, ihm zu folgen.

Gemeinsam gingen sie den steinigen Pfad zum Strand hinab, an dem sie häufig die örtliche Robbenkolonie antrafen. Eines der Tiere hatte sich beim letzten Sturm verletzt. Sie wollten nach ihm sehen.

»Es sind wenige«, stellte Luke besorgt fest.

Jack nickte, presste die Lippen aufeinander.

»Zu viel Trubel«, murmelte er, als sie sich den Tieren näherten.

»Nur wegen dieser dämlichen Hochzeit.«

Jack warf Luke einen schnellen Blick zu, ehe er den verletzten Seehund suchte.

»Da«, er deutete auf eine kleine Robbe, die sich in Ufernähe aufhielt.

***

Lukes Laune verschlechterte sich, als er bei der Rückkehr einen Leihwagen vor dem Haus der Eltern stehen sah. Sein Vater stand vor der Tür und unterhielt sich mit zwei Männern, von denen einer eine Kamera gut sichtbar um den Hals trug.

»Ah, da ist er ja, Luke, komm mal her«, hörte er, sobald sein Vater ihn auf der Straße entdeckte. »Luke, das sind Cliff Summers und Vincent Steelbrooke. Sie haben morgen einen Interviewtermin mit Amy und ihrem Verlobten.«

»Schön«, brummte Luke und wollte an den Männern vorbei gehen. Sein Vater hielt ihn jedoch am Ellenbogen zurück. »Das Interview soll auf dem Meer stattfinden, dazu brauchen die Herren ein Schiff. Wenn wir vom Fischen zurück sind, fährst du also mit den Vieren raus, okay? Ich würde sie ja selber schippern, aber ich muss mit deiner Mutter morgen Mittag nach Portree fahren.«

Luke sah seinem Vater an, dass dieser keine Widerrede duldete. Vor den beiden Fremden biss Luke die Zähne zusammen und nickte knapp, ehe er ins Haus verschwand. Doch sobald sein Vater ihm folgte, brach es aus ihm heraus: »Bist du übergeschnappt? Diese Reporterscharen, die hier in den letzten Tagen aufgelaufen sind, zerstören ohnehin schon alles. Sie müllen die Straßen zu, sie verschrecken die Tiere, sie bringen nur Unruhe her. Und jetzt soll ich mit denen eine Bootstour machen? Darf ich noch den Fremdenführer spielen oder was?«

»Pass auf deine Wortwahl auf, Luke«, ermahnte ihn sein Vater. »Die Zeitung zahlt gutes Geld dafür, dass sie das Interview auf dem Boot durchführen können, und du weißt genau, dass wir das brauchen.«

»Geld, ja? Was nützt das Geld, wenn keine Fische mehr da sein werden, weil sie alle vertrieben sind?«

»Glaubst du, ich wäre der einzige, der das Angebot annimmt? Jeder mit einem Boot leckt sich die Finger danach. Verdammt, Luke, sie zahlen eintausend Pfund dafür, dass du sie zwei Stunden da draußen chauffierst. Du willst vermeiden, dass es die Tiere aufregt? Gut, dann fahr halt nirgendwo hin, wo du sie störst. Problem gelöst.«

Für Luke war damit kein bisschen gelöst, sein Vater

würde jedoch unter keinen Umständen mehr mit sich reden lassen, das wusste er aus Erfahrung. Ihm blieb also nichts weiter übrig, als sich in sein Schicksal zu fügen.

***

Nach dem morgendlichen Fischfang duschte er wie immer. Doch dann riet sein Vater ihm, das Boot ein wenig sauber zu machen, ehe die Reporter, Amy und ihr Verlobter eintreffen würden. Als seine Eltern nach Portree aufbrachen, sah Luke keinen Grund, dem Vorschlag nachzukommen. Wenn sie ein Interview auf einem Fischerboot wollten, sollten sie auch ein Fischerboot bekommen.

Insgeheim genoss er es, wie der Footballspieler und die Großstadtreporter die Nase rümpften, als ihnen der Fischgeruch entgegen stieg. In Gedanken führte er eine Strichliste darüber und war nach dreißig Minuten Fahrt bereits bei zehn angelangt. Zehn Mal schon hatte sich der Footballspieler über den Geruch beschwert. Langsam machte ihm die Sache Spaß. Mehrmals rollte aus Versehen ein leerer Fischeimer in Richtung des selbsternannten Starquarterbacks und entfaltete seinen Geruch unter dessen Nase.

Dem Interview, das die Reporter mit dem Brautpaar in Spe führten, folgte er nur mit einem halben Ohr. Ihm fiel jedoch auf, dass Amy selbst kaum ein Wort sagte und ihr Verlobter dafür umso mehr redete. Schon deshalb bemühte Luke sich, das Gespräch auszublenden, die Fragen taten ihr Übriges. Es interessierte ihn nicht, wann sie sich kennenlernten, wo ihr erstes Date war, wie der Antrag ausgesehen hatte. Er wollte so schnell wie möglich vom Schiff runter.

»Warum haben Sie sich entschlossen, hier in … Balnodren zu heiraten?«, fragte Vincent nach einem kurzen Blick auf seine Notizen.

»Amy kommt von hier«, antwortete der Footballspieler direkt. »Die Hochzeit wird zeigen, wie weit sie es geschafft hat. Sie ist in New York angekommen, ist dort ein bekanntes Gesicht geworden. Nichts mehr mit Feldern, Wiesen und Schafen. Oder stinkenden Fischen.«

»So schlimm ist es doch gar nicht«, erwiderte Amy halbherzig.

»Da hört ihr es, das kann nur jemand sagen, der von hier kommt. Aber das legt sie auch noch ab.«

Maddox schlang seinen Arm um Amy und zog sie an sich. Luke rollte mit den Augen, wandte den Blick ab. Er wünschte sich, er hätte ein oder zwei alte Fische an Bord vergessen.

»Hey, Vince, sieh mal da.« Der Fotograf lief elektrisiert zur Leeseite des Schiffes. Jetzt sah auch der Reporter die Robben in einiger Entfernung auf den Felsen liegen. »Hey, Seemann, können wir da rüber? Das ist der perfekte Hintergrund für ein Foto. Hochzeit in Balnodren: Amy Wilkinson kehrt zu ihren Wurzeln zurück.«

»Nein«, erwiderte Luke knapp.

»Was soll das heißen, nein?«

»Nein heißt, ich fahre nicht näher an die Felsen. Hier herrscht genug Trubel durch diesen Hochzeitszirkus, da werde ich den Tieren nicht noch mehr davon zumuten.«

Der Footballspieler murmelte etwas, und die Reporter lachten. Amy lachte nicht. Luke sah sie an, ihre Blicke trafen sich. Einen Augenblick fühlte es sich an wie früher. Sie beide gegen den Rest der Welt. Dann senkte Amy den Blick, und auch Luke war wieder in der Realität angekommen.

Meeresrauschen und Sternennacht

Auf dem Rückweg vom Hafen zum Wilkinson Manor bedachte Amy Maddox mit eisigem Schweigen. Mehrmals versuchte er, eine Unterhaltung zu beginnen, doch sie ging nie darauf ein. Er griff nach ihrer Hand und verlangsamte den Schritt.

»Amy, warum redest du nicht mit mir?«

Sie riss sich los, ließ ihn einfach stehen.

»Amy, was soll das? Du benimmst dich kindisch!«

Sie warf ihm einen kurzen Blick über ihre Schulter zu, dann marschierte sie schweigend weiter in Richtung des Manors. Sie kochte vor Wut, doch sie würde niemanden, weder die Reporter, noch die Bewohner Balnodrens zu Zeugen einer Vor-Ehe-Szene machen. Erst, als Maddox die Tür zu ihrem Schlafzimmer hinter sich schloss, wirbelte sie herum und fuhr ihn an:

»Hinterwäldler?«

Maddox sah sie einen Augenblick schweigend an, dann brach er in schallendes Gelächter aus.

»Deswegen regst du dich so auf? Ach, Darling, ich sage es ja immer wieder, du machst dir zu viele Gedanken.«

Maddox streckte die Arme nach ihr aus und wollte sie an sich ziehen, doch Amy stieß ihn von sich. »Das ist kein Witz, Maddox!«

Er verstand ihren Ärger nicht. »Komm schon, was stellst du dich denn so an? Hast du Angst, ich könnte die empfindsamen Gefühle dieses Fischers verletzt haben? *Die armen Tiere regen sich auf*«, äffte Maddox Luke nach und lachte über seinen eigenen Scherz.

»Wenn du es hier so schrecklich findest und die Leute hier alle Hinterwäldler sind, weshalb wolltest du dann überhaupt hier heiraten? Die Hochzeit hätte genauso gut in New York stattfinden können.«

»Darling, das weißt du doch. Es ist prima Publicity. Ich meine, sieh dir dieses Kaff an, aus dem du entkommen bist. Hier gibt es nichts, absolut gar nichts, was auch nur eine Erwähnung wert wäre. Du hast den Absprung geschafft, endlich das Nest hier hinter dir gelassen. Die Hochzeit wird zeigen, wie weit gekommen bist. Niemand glaubt, wie rückständig deine Heimat ist, der es nicht mit eigenen Augen gesehen hat.«

»Balnodren ist nicht rückständig.«

Maddox zog eine Braue in die Höhe.

»Ich bin überrascht, dass es hier Strom und fließendes Wasser gibt.«

»Wie kann man nur so ... so ...«

»So was?«

»... so ein affektierter, arroganter Affe sein?«, schrie Amy ihm entgegen. Eine Antwort wollte sie nicht mehr hören. Sie stürmte los, riss die Tür des Zimmers auf und zog sie lautstark hinter sich ins Schloss. Tränen der Wut brannten in ihren Augen, als sie die Treppe hinab rannte. Sie war froh, dass sie niemandem begegnete. Aus Angst, Maddox würde ihr folgen, verließ sie

Balnodren auf einem kleinen Feldweg, der sie an Büschen und Hecken vorbei zu einem Waldstück führte. Ein schmaler Trampelpfad, zu eng für einen Wagen. Darüber hinaus nutzte Maddox selbst zum Joggen nur befestigte Wege. Dennoch erlaubte sie sich erst nach einer halben Stunde in der Einsamkeit ein erleichtertes Aufatmen.

Der Wald wurde lichter. Bald erreichte Amy einen breiteren Feldweg, der sie an einigen Weiden vorbeiführte. Sie kannte auch diesen Weg gut. Er führte zum Robbenstrand. Danach ohne viele Windungen an Innes' und Jacks Hof vorbei und direkt nach Balnodren. Ihre Schritte verlangsamten sich. Sie wollte noch nicht zurück.

An der ersten Weide angekommen, kletterte sie auf den hölzernen Zaun. Sie passte aus alter Gewohnheit auf, nicht den Elektrozaun zu berühren, setzte sich auf die oberste Planke und ließ die Beine baumeln. Zunächst dachte sie, die Weide würde gerade gar nicht benutzt. Kein Tier war weit und breit zu sehen. Die Stille, die sie umgab, beruhigte sie. Ein paar Minuten später sah sie in der Ferne zwei Schafe auf dem Hügel grasen. Als sie die Augen zusammenkniff, konnte sie weitere erkennen. Sie schnalzte mit der Zunge und rief die Tiere, doch die machten keine Anstalten, sich ihr zu nähern. Gedankenverloren griff Amy in eine Hosentasche auf der Suche nach einem Leckerli. Sie verzog das Gesicht, seit fünf Jahren trug sie so etwas nicht mehr in der Tasche herum. In New York begegneten einem nur sehr wenige Schafe.

Der Wind frischte auf. Sie fröstelte selbst in ihrem Pullover, deshalb kletterte sie vom Gatter und setzte ihren Weg fort. Zu ihrer Verwunderung musste sie feststellen, dass sie auf jeder Wiese, an der sie vorbeikam, das gleiche Bild erwartete. Von den Tieren, die dort grasten, war in der Nähe des Pfades nichts zu sehen. Sie hatte gedacht, Luke übertreibe. Nun begann sie zu ahnen, dass er die Wahrheit sagte.

Das schlechte Gewissen, das sich bei diesem Gedanken regte, wurde noch schlimmer, als sie an den Strand gelangte. Schon vom Hügel aus fühlte sie sofort, dass er völlig verwaist war. Keine Robben, keine Vögel, nur die Wellen des Meeres peitschten einsam gegen die Steine und den Sand. Amy rieb sich unbehaglich über die Arme. Mit jedem Schritt wurde ihr kälter, doch sie wusste, dass nicht der Frühlingswind Schuld daran hatte.

Nachdenklich setzte sie ihren Weg fort. Als sie Balnodren erreichte, ließ sie das Wilkinson Manor rechts liegen und ging stattdessen hinunter in die Stadt. Es war später Samstagnachmittag. Die Straßen der Stadt hätten voller Menschen sein sollen. Gleichwohl bekam sie kaum jemanden zu Gesicht. Das machte es zwar leichter, die wenigen Reporter von Weitem zu erkennen und einen großen Bogen um sie zu machen, doch die leeren Straßen wirkten bedrückend.

Amy runzelte die Stirn. Sie sah, dass zwei Reporter ihre Zigarettenstummel achtlos auf die Straße vor Steve

McKinnons Haus warfen. Es waren nicht die ersten Überreste, die dort lagen, ein zertretener Pappbecher und einige Plastikverpackungen irgendwelcher Schokoriegel konnte sie ebenso ausmachen. Wenn sich der alte McKinnon in den letzten fünf Jahren nicht grundlegend geändert hatte – und sie bezweifelte, dass das nach siebzig Jahren festgefahrener Eigenheiten der Fall war – so wird er die Straße vor seinem Haus erst heute Mittag, pünktlich nach dem Essen, gefegt haben. Amy ballte die Hände zu Fäusten. Konnte es denn wirklich zu viel verlangt sein, dass diese Reporter darauf achteten, wo sie ihren Müll hinterließen? Sie wusste, dass es verrückt war, sich an McKinnons Stelle über den Dreck auf der Straße vor seinem Haus aufzuregen. Aber die Selbstgefälligkeit der Männer erinnerte sie wieder an Maddox' Kommentar, und den *Hinterwäldler* hatte sie ihm noch lange nicht vergessen.

Die Sonne ging bereits unter, als Amy sich am Hafen einen Steg suchte und aufs Wasser hinaussah. Das Licht der untergehenden Sonne brach sich an der Oberfläche. Das Meer funkelte wie von tausend Diamanten durchzogen. Auch ihr Verlobungsring fing die letzten Sonnenstrahlen ein und lenkte Amys Aufmerksamkeit auf sich. Sie streifte ihn vom Finger und betrachtete das Schmuckstück, als sähe sie es zum ersten Mal.

»Langsam wünschte ich, ich hätte dich nie angenommen«, erklärte sie dem Ring, während sie ihn hin und herdrehte.

»Wirf ihn ja nicht ins Wasser. Jeder wird hinterher

springen, um danach zu suchen. Die ganzen Fremden haben schon die Robben und Vögel verscheucht, sie müssen uns nicht auch noch die Fische vergraulen.«

Amy erschrak, als sie Lukes Stimme hinter sich hörte, doch sie musste über seine Worte schon lachen, bevor sie sich nach ihm umdrehte.

»Wahrscheinlich hast du Recht«, erwiderte sie und steckte den Ring, für Luke gut sichtbar, in die Tasche ihrer Jeans. Er nickte kurz, wandte sich dann wieder dem Netz zu, das er gerade flickte.

»Ich habe gar nicht gesehen, dass du da bist.«

Luke zuckte mit den Schultern, den Blick weiterhin auf seine Arbeit gerichtet.

»Schon okay, ich bin die Art von Typ, die man leicht übersehen und vergessen kann. Frage meine beste Freundin von früher.«

Amy schluckte gegen den Kloß an, der sich in ihrer Kehle bildete. Sie stand auf, ging am Rande des Stegs entlang, um sich dicht neben Luke zu setzen.

»Ich habe jedesmal darauf gewartet, dass du mir antwortest, aber von dir kam immer weniger zurück.«

»Wie gesagt, was sollte ich schon groß dazu sagen, dass du es in New York so super fandest? Dich hätten die Neuigkeiten aus Balnodren nicht interessiert.«

»Ich dachte, du wolltest auch von hier weg. Wir haben so oft darüber gesprochen …«

»Dein Ziel war es, wegzugehen, Amy, und dir ist es nie in den Sinn gekommen, dass es jemandem hier gut genug gefallen könnte, um freiwillig zu bleiben.«

»Dein Plan war es, zu studieren!«

»Das tue ich. Fernstudium. Ich studiere Tiermedizin.«

»Tiermedizin? Lohnt sich das überhaupt? Wenn du nicht von hier weg willst?«

»In Portree gibt es zwei Veterinäre, davon einer nur für Haus- und Kleintiere. Ein anderer Tierarzt ist in Sleath ansässig und hier noch Jack. Das war es, nur drei Tierärzte, die sich um mehr als Haustiere kümmern können auf ganz Skye. Selbst wenn ich in ein paar Jahren mit dem Studium fertig bin, ist noch mehr als genug für uns alle zu tun.«

»Klingt ziemlich anstrengend.«

Luke zuckte mit den Schultern.

»Es ist das, was ich machen will. Egal, wie anstrengend es ist, es ist mein Traum. Das solltest du doch verstehen können.«

Amy seufzte. »Manchmal glaube ich, ich weiß gar nicht mehr, was wirklich mein Traum ist … oder war. Ich habe das Gefühl, gar nicht richtig zu wissen, was ich gerade tue.«

»Das klingt nicht so, als ob du glücklich wärst.«

Amy dachte schweigend darüber nach. Nein, kam sie schließlich zu einem Schluss. Sie war nicht glücklich. Sie war es gewesen, doch wann sie damit aufgehört hatte, konnte sie nicht mit Sicherheit sagen.

»Am liebsten möchte ich einfach alles hinwerfen und weit wegfahren. Nach Australien.«

Luke schnaubte.

»Du bekommst schon hier im Sommer einen Sonnenbrand, der dich wie ein Hummer aussehen lässt, du würdest keinen Tag in Australien überleben.«

»Hey!«, entrüstete sich Amy. Sie boxte Luke leicht gegen die Schulter.

»Wieso sitzt du eigentlich um diese Zeit hier draußen?«, fragte sie auf das zerrissene Netz zeigend.

»Deine Fans und Fotostalker sind lediglich tagaktiv, das heißt, sobald die Sonne untergeht, hat man hier endlich wieder seine Ruhe.«

»Ich dachte nicht, dass es so schlimm werden würde«, gab Amy kleinlaut zu. »Es tut mir leid. Alles meine ich. Nicht nur dieser Trubel hier wegen der Hochzeit, auch, dass wir uns nicht mehr verstehen. Ich vermisse dich, Luke«, flüsterte sie. Amy spürte, wie sich Tränen in ihren Augen sammelten. »Am liebsten möchte ich die letzten Jahre zurückdrehen und einiges anders machen. Ich habe so viele Menschen verletzt, ohne es zu merken oder zu wollen.«

»Tja, du kannst die Zeit leider nicht zurückdrehen. Aber es ist nie zu spät, einen neuen Anfang zu wagen. Allerdings solltest du dir wirklich sicher sein, was du willst. Nicht, dass du in fünf Jahren Entscheidungen von heute bereust.«

Amy schwieg. Sie dachte über Lukes Worte nach, während er sich ebenfalls still wieder seinem Netz zuwandte. Die Stille zwischen ihnen empfand Amy angenehmer, als jedes Gespräch, das sie in den letzten Tagen geführt hatte.

Die Sonne versank fast im Meer, doch noch immer saßen sie am Strand, nur ab und an unterbrach einer die Stille. Obwohl sie nicht viel miteinander redeten, schlossen sie jetzt die Wunden, die die vergangenen Jahre in ihre Freundschaft gerissen hatte.

Einige Male dachte Amy daran, dass sie sich verabschieden und zurück ins Manor gehen sollte, doch sie konnte sich nicht aufraffen. So verstrichen die Stunden der Nacht. Als es zu dunkel war, um selbst beim Licht der Straßenlaterne weiterzuarbeiten, legte Luke das Netz zur Seite.

»Ich muss los«, sagte Luke schließlich. Der Himmel veränderte seine Farbe langsam von einem tiefen Schwarz in ein dunkles Grau. Amy erhob sich, streckte sich. Sie war überrascht, dass sie tatsächlich eine ganze Nacht lang hier am Strand gesessen hatte.

»Weißt du, es ist kein DeLorean oder eine Tardis, mein Fischerboot kann dich leider nicht in die Vergangenheit bringen, ja, es reicht nicht einmal für eine Fahrt nach Australien, aber falls du trotzdem mit willst …«

»Sehr gern«, erwiderte Amy. Schon bei dem Gedanken an eine morgendliche Ausfahrt mit Luke spürte sie mit Verwunderung ein nervöses Flattern im Magen.

Luke streckte Amy die Hand entgegen, um ihr ins Boot zu helfen. Er runzelte die Stirn, als er sie hielt.

»Du bist eiskalt«, stellte er erschrocken fest und zog sie hastig aufs Boot.

»Wieso hast du nichts gesagt?«

»Es geht schon«, wehrte Amy ab.

Luke furchte erneut die Stirn.

»Dickkopf«, schalt er sie und ging zu einer Plastikbox. Er nahm eine gefütterte Regenjacke und hielt sie Amy entgegen. Als sie den Kopf schüttelte, kam Luke mit zusammengekniffenen Augen auf sie zu. Er schlang die Jacke um Amys Schultern und zog sie unter ihrem Kinn fest. Dabei war er so dicht vor ihr, dass Amy nur ein wenig den Kopf hätte heben müssen, um ihn zu küssen. Plötzlich war ihr alles andere als kalt.

Einen Augenblick standen sie sich schweigend gegenüber. Amy hielt den Atem an. Doch im nächsten Moment blinzelte Luke und trat einen Schritt zurück.

»Zieh sie an«, sagte Luke leise aber bestimmt. Dann steuerte er das Boot aus dem Hafen.

Sie waren natürlich nicht das einzige Boot, das in der folgenden halben Stunde aus dem Hafen Balnodrens auslief. Jeden Morgen machten sich dieselben Männer in denselben Booten auf denselben Weg. Zum ersten Mal empfand Amy etwas Beruhigendes bei dem Gedanken an eine derartige Beständigkeit im Leben.

»Hast du dich schon mal gefragt, ob du dabei bist, einen riesengroßen Fehler zu begehen?«, fragte Amy. Sie fuhren an den Robbenfelsen vorbei, vor denen die Reporter am Tag zuvor ein Foto von ihr und Maddox machen wollten.

»Klar, wer nicht?«

»Und, wie hast du dich dann entschieden?«

Luke zuckte mit den Schultern. »Ich höre auf meinen Bauch. Man weiß vorher ohnehin nie, welche Entscheidung die richtige ist, aber ich möchte wenigstens eine treffen, hinter der ich voll und ganz stehen kann.«

»So wie das Fernstudium, statt in Glasgow oder Edinburgh zu studieren.«

»Ja.«

»Ich weiß nicht, ob ich Maddox wirklich heiraten will«, gab Amy schließlich zu.

»Warum tust du es dann?«

Als Amy auf Lukes Frage keine Antwort fand, schnaubte er verächtlich. Er ging an ihr vorbei, um die Netze vom Vortag einzuholen und warf ihr einen Blick über die Schulter zu.

»Weißt du, die Amy, die ich kannte, hätte einen Kerl wie Maddox nicht mal angesehen, geschweige denn, ihn geheiratet. Sie hätte ihn augenblicklich stehen lassen, ihm einen Vogel gezeigt und ihm genau gesagt, wohin er sich verziehen kann.«

»So einfach ist das nicht ...«

»Nein, wahrscheinlich nicht.«

Luke holte das Netz ein und begann, die Fische in die mit Eis gefüllten Bottiche zu legen.

»Wahrscheinlich brauchst du einen Starathleten wie den Footballspieler, um deine Träume vom Luxusleben zu realisieren.«

»Ich bin selbst auch erfolgreich, weißt du? Ich mache

mir gerade wirklich einen Namen mit meiner Mode …«
»Tja, das scheint dir ja nicht zu reichen, oder?«

Falsche Träume

Als Amy in die Pension zurückkehrte, kam ihr auf dem Hof Oscar schwanzwedelnd entgegen. Der kleine Skye Terrier versuchte erfolglos, an ihrem Bein hochzuspringen. Amy kniete sich hin und erlaubte dem Hund, auf den Schoß zu klettern.

»Na, wenigstens du magst mich noch.«

»Er ist ja auch leicht zu beeindrucken.«

Amy erhob sich mit Oscar im Arm und drehte sich zu Lucy um, die mit vor der Brust verschränkten Armen hinter ihr stand.

»Lucy, es tut mir leid, wenn ich dich verletzt habe. Glaub mir, das wollte ich nicht.«

»Genauso wenig, wie du je zurückkommen wolltest? Ist Balnodren so schlimm? Sind *wir* so schlimm?«

»Nein, natürlich nicht!«, fiel Amy Lucy ins Wort.

»Wieso bist du dann nie zurückgekommen? Wieso warst du nicht bei Mum und Dads Hochzeit hier oder bei Tess' Taufe oder bei irgendeinem meiner Geburtstage?!«

Amys Arme sanken herab, und Oscar sprang auf den Boden. »Lucy ...«, begann Amy und machte einen Schritt auf das Mädchen zu. Lucy schüttelte abwehrend den Kopf, und Amy konnte deutlich die drohenden Tränen in ihren Augen sehen. »Es tut mir leid, Lucy. Ich dachte nicht, dass ich hier jemandem fehlen würde.«

»Aber mir hast du gefehlt.«

»Du hast mir auch gefehlt. Und Fen und selbst die Pension.«

»Das sagst du jetzt, und dann heiratest du diesen Maddox und gehst wieder weg und kommst erst recht nicht wieder. Ich hab gehört, was er über Balnodren gesagt hat.«

Amy seufzte und legte Lucy eine Hand auf die Schulter. »Nur weil ich Maddox heirate, heißt das nicht, dass ich alle seine Ansichten teile. Außerdem verspreche ich dir, in Zukunft sehen wir uns mindestens einmal im Jahr. Wenn ich es nicht schaffe, nach Balnodren zu kommen, muss ich dich eben nach New York einfliegen lassen.«

Lucy wischte sich hastig über die Augen.

»Versprochen?«

»Ich schwöre es dir«, versicherte Amy.

Plötzlich wurde die Tür der Pension aufgerissen. Amys Eltern kamen heraus gerannt.

»Ach ja, alle haben dich die ganze Nacht über gesucht«, erklärte Lucy noch.

»Das sagst du mir jetzt?«

»Ich war sauer auf dich«, erwiderte Lucy schulterzuckend und trat einen Schritt zur Seite, als Silvia ihre Tochter in die Arme zog.

»Amy, wo warst du nur? Wir waren krank vor Sorge!«

Ehe Amy antworten konnte, reichte ihre Mutter sie bereits an ihren Vater weiter, der sie ebenso fest an sich drückte.

»Um Himmels Willen, Kind, du musst völlig durchgefroren sein. Komm, lass uns erst einmal reingehen, dann kannst du uns alles erzählen.«

»Da gibt es nicht viel zu erzählen, ich brauchte einfach etwas Zeit für mich. Ich wollte ein wenig nachdenken ...«

»Die ganze Nacht? Ohne jemandem Bescheid zu sagen?«, fragte ihr Vater, und die Zweifel waren seinem Tonfall deutlich anzuhören. Amy wich den Blicken ihrer Eltern aus. Sie sah Olivia und Maddox aus der Pension kommen. Am liebsten wäre sie wieder zurück zum Hafen gelaufen und hätte Luke gebeten, noch einmal mit ihr hinaus zu fahren.

»Darling, wo warst du nur?«, fragte nun auch Maddox. Olivia tippte wild auf ihrem Smartphone herum. Steile Falten zeichneten sich auf ihrer Stirn ab. Als sie die Pension betraten, stutzte Amy.

»Habt ihr mich alle gesucht?«, fragte sie und sah sich erstaunt um. Fenella und ihr Ehemann Shaw halfen Julia gerade dabei, Tassen in den Speisesaal zu bringen, auch Innes und Jack waren da.

»Dir hätte ja sonst was passiert sein können, Darling«, erklärte Maddox und legte Amy den Arm um die Schultern. Er beugte sich zu ihr hinab, um sie zu küssen, doch Amy wandte das Gesicht zur Seite, so dass Maddox statt ihrer Lippen nur ihre Wange küsste.

»Ich habe Tee aufgesetzt, der wird gleich fertig sein, und danach sollten wir uns alle noch einmal für ein paar Stunden hinlegen. Die zurückliegende Nacht war ja doch ... recht kurz«, erklärte Fenella.

»Was? Nein, auf gar keinen Fall! Die letzte Anprobe für das Hochzeitskleid steht in dreißig Minuten auf dem Plan. Die können wir auf keinen Fall verschieben.« Olivia tippte weiterhin auf ihrem Smartphone herum, ohne den Blick von ihrem Display zu heben. »Amy, ich erwarte dich in dreißig Minuten in deinem Zimmer.«

»Darf ich ... darf ich dabei sein?«, fragte Silvia zaghaft. Olivia hob kurz den Blick von ihrem Handy und rollte mit den Augen. »Meinetwegen, so lange Sie still dasitzen und die Anprobe nicht stören.«

»Oh, wenn das so ist, wollen wir auch zuschauen, nicht wahr Fen?« Innes sah Fenella erwartungsvoll an, und Amys Cousine beeilte sich, ihre Zustimmung mit einem Nicken auszudrücken.

»Unbedingt«, bestätigte Fenella.

***

»Ich ... weiß wirklich nicht, was ich dazu sagen soll.«

»Es ist ... eindeutig einzigartig.«

»Es ist auf jeden Fall ganz anders als das Kleid deiner Urgroßmutter, Liebling.«

Silvia rang sich ein bemühtes Lächeln ab. Amy bemerkte, dass sich Fenella und Innes vielsagende Blicke zuwarfen. Auch Olivia entging das nicht. Sie sah die beiden Freundinnen strafend an.

»Mir ist bewusst, dass das Wissen um Haute Couture hier sehr gering ist. Ich habe nichts anderes erwartet.

Das Wichtigste ist jedoch, dass Amy es in alle Zeitungen schafft.«

»Oh, das wird *es* sicher«, murmelte Innes, worauf Olivia die Lippen schürzte.

»Meine Liebe, ich würde mehr auf Ihre Meinung geben, wenn Sie unserem Jahrhundert und Ihrem Alter entsprechend angezogen wären.«

Olivia schnalzte mit der Zunge und scheuchte Amy ins Badezimmer. Sie sollte das Kleid wieder ausziehen. Amy bemerkte, dass Innes an sich herabsah und ihre Latzhose sowie den Rollkragenpullover betrachtete.

»Was stimmt nicht mit meinen Klamotten?«, hörte sie Innes Fenella zuraunen. Die Antwort ihrer Cousine vernahm sie jedoch nicht mehr.

Als Amy das Kleid endlich abstreifen durfte, atmete sie erleichtert auf. Die eingenähte Korsage schnürte ihr die Luft ab. Dabei ließ eine überdimensionale Schleife das Kleid gar nicht so eng wirken.

»Gut, die Anprobe hat ja wundervoll funktioniert. Ich bin froh darüber, dass du fünf Pfund abgenommen hast. Es wäre ein Albtraum gewesen, das Kleid *hier* ändern lassen zu müssen. Und denke dran, von jetzt ab darfst du Maddox nicht mehr sehen, bis ihr euch in der Kirche wieder begegnet. So, ich muss dringend noch einmal mit dem Konditor telefonieren. Oh, es gibt noch jede Menge zu tun. Bis später, Darling.«

Fenella hielt Olivia die Tür auf und schloss sie sofort hinter ihr. »Wie kann diese Frau nur so viel in so kurzer Zeit reden?«

»Übung«, erklärte Amy aus dem Badezimmer und zog sich ein T-Shirt über den Kopf.

»So, nachdem der sprechende Wirbelwind jetzt erst einmal beschäftigt ist, was machen wir mit dem angebrochenen Morgen? Das heißt, wenn nicht doch noch jemand seinen dringend benötigten Schönheitsschlaf nachholen will?«

Silvia kam Fenellas Angebot nur sehr gerne nach und verabschiedete sich von den drei jungen Frauen.

»Möchtest du dich auch eine Runde ausruhen?«, erkundigte sich Fenella bei Amy, doch diese schüttelte nur den Kopf.

»Aber können wir bitte irgendwo hingehen? Mir fällt hier die Decke auf den Kopf.«

»Vielleicht zu mir ins Wohnzimmer? Da wird dein Bräutigam auf keinen Fall auftauchen«, schlug Fenella vor. Zehn Minuten später saßen die drei im Wohnzimmer des kleinen Anbaus mit einer frischen Kanne Tee auf dem Tisch.

»Gut, dann jetzt mal ehrlich: Was ist das für ein Kleid?«

»Innes!« Fenella sah ihre Freundin entgeistert an, doch Innes winkte ab.

»Hey, Olivia kann an meinen Klamotten aussetzen, was sie will, ich habe in Gummistiefeln geheiratet! Ich darf also mit Fug und Recht etwas sagen, wenn jemand ein noch schrecklicheres Outfit vor den Altar schleppt.«

»Gummistiefel?«, fragte Amy, sie sah von Innes zu Fenella und wieder zurück. Innes nickte seufzend, während Fenella vergeblich versuchte, ein Grinsen zu unterdrücken.

»Okay, wer erzählt mir mehr davon?«

»Das darfst du erst nach deiner Hochzeit hören. Es könnte sonst traumatisch wirken.«

»Vertrau ihr, sie war dabei und hatte einen Monat vor ihrer eigenen Hochzeit Albträume«, erklärte Innes lachend. »Aber du weichst meiner Frage aus. Was soll dieses Kleid?«

Amy ließ sich seufzend in den Sessel zurücksinken. »Olivia hat es ausgesucht. Es ist von einem Designer, der alle aktuellen Shows anführt, an ihm geht gerade kein Weg vorbei.«

»Aber ... du bist selbst Designerin, wolltest du nicht lieber ein eigenes Kleid designen?«

»Das gefiel weder Olivia noch Maddox«, gab Amy zu und zupfte einige imaginäre Flusen von der Armlehne des Sessels.

»Zeigst du es uns?«, fragte Fenella leise.

»Wenn ihr es wirklich sehen möchtet ...«

»Ich hätte sonst nicht gefragt«, versicherte ihre Cousine. Amy beeilte sich, den Skizzenblock aus ihrem Zimmer zu holen, um Fenella und Innes den eigenen Entwurf eines Hochzeitskleides präsentieren zu können.

»Wow, das ist wunderschön«, schwärmte Innes. »Klassisch und elegant.«

»Es ähnelt Urgroßmutters Kleid«, stellte Fenella überrascht und traurig zugleich fest.

»Ja«, stimmte Amy zu. »Ich habe das Foto von dieser Hochzeit als Kind so oft gesehen, liebte das Kleid. Wie Innes sagt, es ist klassisch, elegant und schlicht. Einfach wunderschön. Ich dachte immer, dass es mein Hochzeitskleid sein sollte. Ich finde, bei einer Hochzeit geht es doch um das Ehepaar, um ihre Liebe füreinander. Nicht darum, mit dem Kleid eines berühmten Designers für Publicity zu sorgen.«

Fenella und Innes schwiegen einen Moment. Amy sah von ihrer Skizze hoch. »Oder nicht?«

»Natürlich!«, bestätigte Fenella mit einem Nicken. »Wie gesagt: Gummistiefel … Jack hat mich trotzdem geheiratet.«

»Hatte … eine von euch jemals Zweifel, ob ihr wirklich heiraten wollt?« Amy musste Innes und Fenella nicht ansehen, um zu wissen, dass sich die beiden Freundinnen einvernehmlich musterten.

»Hast du Zweifel?«, fragte Fenella. Sie stand auf und setzte sich auf die Armlehne von Amys Sessel.

»Ich … ich weiß einfach gerade nicht, was ich eigentlich will. Ich meine, ich habe alles, was ich wollte. Aber irgendwie … fühlt es sich nicht so gut an, wie es das tun sollte.«

Erneut herrschte für einige Momente ein betretenes Schweigen. Dann räusperte sich Innes.

»Weißt du, Träume können sich ändern. Das machen sie sogar immer wieder, und das ist vollkommen normal und auch richtig so. Die Erde dreht sich beständig weiter, auf Sommer folgt Herbst, auf Winter

Frühling. Auf jede Nacht folgt ein neuer Tag. Es gibt Dinge, die bleiben einfach für alle Zeit gleich. Andere wandeln sich jeden Moment aufs Neue und wieder andere, die erneuern sich langsamer.«

»Meine Träume haben sich nicht geändert. Ich will weiterhin als Designerin erfolgreich werden, ich will mir einen Namen machen ...«

»Aber möchtest du auch immer noch heiraten?«

»Weißt du, Innes hat Recht. Und mehr noch, manchmal sind es nicht so sehr die Träume, die sich ändern, als vielmehr einzelne Bestandteile davon. Nimm uns beide. Vor fünfzehn Jahren haben wir in einem Zimmer im Internat zusammengesessen und von Robbie Williams geschwärmt. Innes hätte ihre Hand dafür ins Feuer gelegt, nie in einer Stadt mit weniger als hunderttausend Menschen leben zu wollen, während ich die ganze Welt sehen wollte.«

»Jetzt sitzen wir hier. Ich habe eine Schaffarm, Fen ihre Pension, statt von Robbie schwärmen wir uns gegenseitig von unseren Männern vor.«

»Und werden das noch in dreißig Jahren tun.«

»Nur haben wir dann hoffentlich andere Themen, als Ronalds Ohrenschmerzen und Tess' drohendes Zahnen.«

Fenella lachte.

»Aber woher weiß ich, ob sich etwas an meinen Träumen geändert hat? Was, wenn es einfach nur meine Nerven sind?«

Was, wenn es damit zu tun hatte, dass sie in der

letzten Nacht mit Luke mehr Spaß gehabt und sich glücklicher gefühlt hatte, als in den letzten Monaten mit Maddox. Was, wenn das Flattern in ihrem Magen nicht nur Nervosität, sondern doch etwas anderes bedeutete.

»Manchmal musst du eben darauf vertrauen, dass du die richtige Entscheidung triffst.«

***

»Luke? Hey, Luke!«

Luke schüttelte den Kopf, als Shaws Stimme ihn aus seinen Gedanken riss. Shaw sah ihn stirnrunzelnd an. »Ich laufe jetzt seit gut fünf Minuten neben dir her und rede auf dich ein«, erklärte er und deutete auf Wilkinson Manor, das langsam am Horizont verschwand. Abermals schüttelte Luke den Kopf.

»Entschuldige«, bat er Shaw und fuhr sich mit einer Hand durchs Haar. »Ich stehe wohl gerade etwas neben mir. Ich bin auf dem Weg zu Jack …«

»Genau wie ich. Flucht aus dem Irrenhaus.« Shaw flüsterte die letzten Worte verschwörerisch. »Ich habe mittlerweile die Befürchtung, bevor Braut und Bräutigam sich das Jawort geben, finden wir eine Leiche. Ich bin mir nur nicht sicher, wer Opfer und wer Täter sein wird.«

»Es drehen wohl alle langsam wegen dieser dämlichen Hochzeit durch«, brummte Luke. Er schlug sich mit einer Faust in die Handfläche. »Sie nimmt immer mehr Raum in Balnodren ein.«

»Mhm«, murmelte Shaw, und Luke spürte, dass er ihn von der Seite musterte.

»Ich habe das Gefühl, dass es keineswegs nur der drohende Tod meiner Frau oder Amys Hochzeitsplanerin ist, der dich so gegen die Hochzeit aufbringt.«

Luke schnaubte, sagte jedoch nichts. Sie sahen schon die Schaffarm von Innes und Jack. Ronald, ihr anderthalbjähriger Sohn spielte vor dem Haus mit dem inzwischen sehr alten Collie Tim.

»Gehe ich Recht in der Annahme, dass du Amy nie etwas über deine Gefühle für sie gesagt hast?«, erkundigte sich Shaw, während sie den Hof betraten.

»Wozu hätte das gut sein sollen?«

»Nun, vielleicht wäre sie ja …«

»Geblieben? Niemals. Sich nicht diesen reichen Sportstar geangelt? Vergiss es!«

Innes trat aus dem Haus und hob Ronald in ihre Arme, als sie die Männer entdeckte.

»Sagt bloß, der Geruch frischgebackener Scones reicht jetzt schon bis in die Stadt?«, scherzte sie und winkte die beiden ins Haus. Tatsächlich erfüllte der Duft das ganze Haus. Sobald Ronald wieder festen Boden unter den Füßen hatte, kletterte er auf einen der Küchenstühle. Blitzschnell schnappte er eines der Gebäckstücke, um es sich am Stück in den Mund zu stopfen. Auf den vorwurfsvollen Blick, den ihm seine Eltern zuwarfen, grinste der Junge um den Scone herum, so gut er es konnte.

»Glaubst du wirklich, dass es ihr darum geht? Um seinen Ruhm und sein Geld?«, nahm Shaw das Gespräch wieder auf, während er sich setzte und selbst nach dem süßen Backwerk griff.

»Ich weiß nicht, worum es ihr geht. Ich glaube nur nicht, dass dieser Footballer der Richtige für sie ist. Aber was soll ich dagegen tun?«

»Mit ihr reden?«, schlug Shaw erneut vor.

»Wie bitte? Ich soll einfach zu ihr gehen und sagen: *Amy, ich liebe dich, nimm mich statt diesen Sportler*?«

»Klingt doch nach einem guten Start.«

Luke schüttelte den Kopf.

»Das wird nicht funktionieren. Sie empfindet nicht dasselbe für mich, wie ich für sie.«

»Bist du dir da sicher?«, fragte Innes leise, als sie eine Kanne frischen Kaffee auf den Tisch stellte. Jack zog sie auf seinen Schoß. »Amy wirkt nicht gerade glücklich, und wenn du jemanden heiratest, den du liebst, dann solltest du sehr glücklich wirken.«

»Er ist, was sie immer wollte. Er kann ihr das Leben bieten, das sie immer wollte.«

»Vielleicht will sie das ja gar nicht mehr. Aber du hast nur eine Chance, das herauszufinden. Weißt du, Träume werden nicht einfach wahr, während man auf sie wartet. Man muss schon mal ein Risiko für sie eingehen.«

Bis zum Horizont

Amy lag auf ihrem Bett, zappte durch die Programme, als sie ein leises Klopfen an ihrer Balkontür hörte. Zunächst dachte sie an einen Vogel, der versuchte, durch die Glasscheibe ins helle Zimmer zu fliegen. Sie stand auf und ging zum Balkon. Kein Vogel war zu sehen. Sie öffnete die Tür und trat hinaus.

»Amy«, rief eine Stimme vom Hof. Neugierig lehnte sie sich über die Balkonbrüstung und sah nach unten.

»Luke?«, fragte sie überrascht. »Was tust du denn hier?«

»Ich muss mit dir reden. Ich weiß, es ist der wohl schlechteste Augenblick überhaupt. Und ich weiß, dass es stilechter wäre, wenn ich eine Boombox bei mir hätte, wie in einem dieser 80er Jahre Filme. Egal, es muss auch so gehen. Du heiratest morgen, und ich hätte dir das schon vor Jahren sagen sollen. Nicht ausgerechnet jetzt, aber …« Die nächsten Worte flüsterte er nur noch, gerade laut genug, dass Amy ihn verstehen konnte. »… ich liebe dich, Amy. Seit … ich weiß nicht, keine Ahnung. Ich kann dir nicht mal sagen seit wann. Aber ich werde nicht danebenstehen und zusehen, wie du diesen Lackaffen heiratest. Also, deswegen bin ich hier. Sobald die Kirchenglocken morgen läuten, fahre ich mit dem Boot raus. Ich werde ein paar Tage draußen bleiben, bis sich die Aufregung hier wieder gelegt hat und ihr abgereist seid. Also … ich wünsche dir wirklich alles Gute, und wenn du dich für ihn entscheidest, hoffe ich, dass du glücklich wirst. Erwarte nur bitte nicht, dass ich dabei zusehe.«

»Luke ...«

»Nein, ist schon gut. Du musst jetzt nichts sagen. Es war mir bloß wichtig, dass du es weißt.«

Mit zitternden Knien kehrte Amy zurück ins Zimmer. Sie brauchte einen Moment, bis sie ihren Beinen wieder vertraute und die Treppe hinabrannte, um Luke im Hof zu treffen und mit ihm zu reden. Doch Luke war bereits weg.

Verwirrt ging sie wieder nach oben. Obwohl sie seit mehr als vierundzwanzig Stunden nicht geschlafen hatte, dauerte es noch lange, bevor sie einschlief.

***

Ein Klopfen weckte sie viel zu früh am nächsten Morgen. »Luke?«, fragte Amy verschlafen und taumelte zur Zimmertür.

»Wer ist Luke?«, fragte Olivia, die wie ein Wirbelwind ins Zimmer fegte und Amy entsetzt ansah. »Um Himmels Willen, Schätzchen, was tust du denn noch im Bett? Jetzt aber raus aus den Federn, hopp hopp!« Sie zog Amy die Bettdecke weg und wedelte aufgebracht mit den Händen.

»Na los, aufgestanden und geduscht, wir haben einen engen Zeitplan. Du lieber Gott, das wird knapp«, Olivia warf einen kurzen Blick auf das Smartphone und schloss für einen Moment die Augen. »Das wird knapp, das wird wirklich knapp.«

Amy hörte noch, dass Olivia jemanden anrief und mit ihrem gewohnten *Schätzchen* begrüßte. Sie zog die Badezimmertür hinter sich zu. Olivia nahm ihre zehn Minuten wörtlich. Amy griff gerade nach einem Handtuch, um es sich um den Körper zu schlingen, als Olivia bereits an der Tür klopfte.

»Na los, los, wir haben keine Zeit zu verlieren. Pierre ist hier und Jennie. Deine Frisur und dein Makeup müssen gemacht werden, wir haben nur noch zwei Stunden!«

Für einen Augenblick dachte Amy darüber nach, die Badezimmertür verschlossen zu halten und einfach nicht mehr herauszukommen. Was könnten sie schon ohne sie tun? Sie war schließlich die Braut. Ein erneutes, deutlich kräftigeres Klopfen Olivias zeigte Amy jedoch, dass ihre Hochzeitsplanerin nicht zulassen würde, dass sie ihren großen Tag im Bad verbrachte. Olivia war nicht allein, als Amy aus dem Bad trat. Pierre und Jennie arbeiteten voller Elan. Sie verwandelten das Bett in einen Traum für jede Zehnjährige. Die Haar- und Makeupprodukte, die sich auf den Kissen türmten, hätten jedem Kaufhaus alle Ehre gemacht.

»Die Fotografen erwarten dich um neun Uhr dreißig an der Kirche. Wir haben zehn Minuten für die Fotos eingeplant, die sie vor der Trauung von dir bekommen. Dein Kleid wird um neun Uhr vierzig bereits in aller Munde sein! Zwei ausgewählte Fernsehteams sind in der Kirche anwesend und filmen die Trauung. Das ganze Event wird natürlich live ins Internet gestreamt und … worauf wartest du denn noch, Schätzchen?«, Olivia blickte von ihrem Smartphone auf und schob Amy mit sanfter Gewalt auf den Hocker vor die Frisierkommode.

Amy sah ihrem Spiegelbild dabei zu, wie es sich von Minute zu Minute für die Hochzeit veränderte. Hatten ihre Freunde und Familie die neue Haarfarbe schon ungewohnt empfunden, sie würden sie heute wohl überhaupt nicht mehr wiedererkennen. Sie selbst erkannte sich nicht wieder. Das voluminöse Hochzeitskleid verstärkte diesen Effekt auch. Amy fühlte sich plötzlich klein und unwichtig. So ganz und gar nicht, als sei das hier der wichtigste Tag ihres Lebens und sie darin die Hauptperson. Sie fühlte sich eher wie eine der Puppen, mit denen Lucy damals gespielt hatte, als sie Balnodren vor fünf Jahren verließ.

»Wunderbar!«, entschied Olivia hingegen und klatschte begeistert in die Hände. »Ein Traum! Wirklich, ich habe mich persönlich übertroffen. Wenn das nicht …«, ihr Handy klingelte, und Olivias Lächeln fror ein, als sie auf das Display blickte. »Ja? … Nein, nein, auf gar keinen Fall! … Dann tu etwas dagegen … oh, um Himmels Willen, ich bin auf dem Weg!«, sie tippte auf dem Display herum und seufzte theatralisch. »Wenn man nicht alles selber macht … nun, ich muss schon mal in die Kirche. Es gibt da …. ein Problem mit den Blumen. Aber du bist ja fast fertig. Dein Vater wartet unten, die Limousine steht draußen bereit, in ...«, sie warf einen erneuten Blick auf ihr Handy, »... fünfzehn Minuten fahrt ihr los, dann liegen wir noch gut im Zeitplan. Bis dahin: Nicht hinsetzen, auf gar keinen Fall etwas essen oder trinken, nichts anfassen – schon gar nicht dein Gesicht ... bleib .... bleib am besten einfach hier stehen und rühre dich nicht. Küsschen.« Olivia küsste die Luft neben Amys Wangen, ehe sie das Zimmer verließ. Pierre und Jennie packten ihre unzähligen Utensilien zusammen und machten sich ebenfalls auf den Weg nach unten.

Amy genoss den Augenblick der Ruhe ganz für sich, den ihr eigenes Spiegelbild jedoch schnell verdarb. Vorsichtig ging sie die Treppen hinunter, wo ihr Vater auf sie wartete. Sie erkannte deutlich, dass er sich bemühte, bei ihrem Anblick nicht allzu entsetzt auszusehen.

»Du siehst ...«

»... schrecklich aus, ich weiß«, unterbrach Amy und versuchte zu lachen, doch das klang selbst in ihren Ohren erstickt. Ihr Vater räusperte sich und reichte ihr seinen Arm. Amy legte die Hand darauf, da griff er in seine Jackentasche.

»Das hätte ich fast vergessen! Fen hat ihn mir gegeben, Luke hat ihn heute Morgen hiergelassen. Fenella meinte, du solltest ihn vor der Hochzeit bekommen. Sie hörte sich sehr bestimmt an.«

Amy spürte, wie ihre Finger zitterten, als sie einen Brief von ihrem Vater entgegennahm. Ein schlichter weißer Umschlag, nur ihr Name stand darauf. Drei kleine Buchstaben, trotzdem erkannte sie Lukes Handschrift eindeutig.

»Na, lies ihn schon, so lange haben wir sicher noch.« Ihr Vater drückte ihre Hand und ging bereits zur Tür, um seiner Tochter etwas Privatsphäre zu gönnen. Mit zitternden Händen öffnete sie den Umschlag und zog den Brief heraus.

Amy,
mir sagte neulich jemand, dass man manche Menschen erst mit der Nasenspitze auf ihre Träume stoßen muss. Wenn das stimmt und in deinen Träumen noch Platz ist für mich und wenn da noch irgendwo meine Amy ist, dann komm zu mir zum Hafen, ehe ich abfahre.
Luke

»Innes«, flüsterte Amy, denn sie erkannte die Worte sofort wieder. Genau dieser Satz hatte sie vor fünf Jahren dazu gebracht, Balnodren zu verlassen und nach New York zu gehen.

Aber jetzt ...

»Wir müssen wirklich langsam los.« Amy schaute auf und sah, dass der Fahrer ihrer Limousine in der Tür stand und fragend von ihrem Vater zu ihr blickte. »Olivia macht mir die Hölle heiß, wenn wir zu spät kommen.«

»Noch ... noch einen Moment, bitte«, flüsterte Amy. Sie entfernte sich von der Eingangstür.

»Amy?«, rief ihr Vater ihr besorgt hinterher.

»Einen Moment, Dad.«

Amy öffnete die Tür zu Fenellas Büro. »Okay, vielleicht auch zwei«, murmelte sie, als sie den Rock ihres Brautkleides anhob.

»Amy? Was tust du denn da drinnen?«, drang die aufgebrachte Stimme ihres Vaters durch die verschlossene Bürotür. »Wenn du kalte Füße bekommen hast, sollten wir darüber reden, aber sich einzuschließen ist keine Lösung.«

»Keine Angst, Dad, ich weiß genau, was ich tue«, versicherte Amy ihrem Vater. Sie öffnete die Tür. George Wilkinson sah sie mit großen Augen an und trat ehrfurchtsvoll einen Schritt zurück. Dann lächelte er.

»Wir können los«, erklärte Amy und ergriff seinen Arm.

»Deine Mutter wird Augen machen …«

»Sie wird nicht die einzige sein«, versprach Amy und hakte sich unter.

***

Selbst nach Monaten an Maddox' Seite hatte Amy sich noch nicht an das Blitzlichtgewitter gewöhnt, das sie an der Kirche erwartete. Sie versuchte, die Fotografen ebenso zu ignorieren, wie die Rufe der Reporter, die sie wie verabredet nach dem Namen des Designers ihres Kleides fragten.

Olivia stand bereit, mit einem Lächeln auf dem Gesicht, um die Fragen der Journalisten zu beantworten. Doch ihr Lächeln gefror, als sie Amy entdeckte.

»Was ist das?«, kreischte sie entsetzt und musterte Amy von Kopf bis Fuß. Amy kostete es mehr Zeit, als sie erwartet hatte, sich aus Olivias Designerkleid zu schälen und das Hochzeitskleid ihrer Urgroßmutter anzuziehen. Die letzten Knöpfe, die den Rücken des Kleides entlang liefen, musste ihr Vater in der Limousine zuknöpfen. Doch das Kleid war nicht alles. Auch ihr Haar war nicht länger in einer komplizierten Hochsteckfrisur gefangen, sondern lag offen auf ihren Schultern. Trotzdem spürte Amy immer noch die ein oder andere Haarnadel, die irgendwo piekste. Das Makeup hatte sie hastig mit ein paar Taschentüchern aus Fenellas Büro abgewischt, so gut es in der Eile ging. Die Wimperntusche mutierte dabei zu einem eher unfreiwilligen Bestandteil eines neuen Smokey-Eye-Looks. Amy sah so aus, wie sie ausgesehen hätte, wäre sie fünf Jahre früher vor den Traualtar getreten. Das fühlte sich gut an.

»Das nennt man ein Kleid, Olivia, und wenn du mich jetzt bitte entschuldigst, ich habe es eilig.«

Die Musik ertönte. Schon betrat sie an der Seite ihres Vaters das Kirchenschiff und ließ sich von ihm zum Altar führen. Dort angekommen küsste sie seine Wange. »Danke, Dad. Pass bitte auf Mum auf. Ich glaube, sie braucht dich gleich nötiger als ich.« Sie schob ihn mit sanftem Druck weg. Wieder und wieder blitzten die Kameras.

»Honey?« Maddox sah verdutzt von Amy zu Olivia und wieder zurück.

»Gefällt es dir?«, fragte Amy und lächelte ihren Verlobten an. »Das andere Kleid war einfach nicht ich, das hier, das zeigt, wie ich wirklich bin.«

»Was immer dir besser gefällt, Honey«, erklärte Maddox und hielt ihr die Hand entgegen.

»Bereit?«

»Ja, so bereit, wie noch nie zuvor«, versicherte sie ihm und drückte seine Hand.

Pater Matthews, der schon in Amys frühester Erinnerung ein alter Mann mit einem freundlichen Lächeln gewesen war, begann den Gottesdienst. In der gleichen Form hatte er schon unzählige Hochzeitsgottesdienste in der kleinen Kirche Balnodrens abgehalten. Seine ruhige, aber starke Stimme hallte problemlos bis in die hintersten Reihen. Auch war er zu alt und in seinen Riten festgefahren, um sich von dem Medienrummel aus dem Konzept bringen zu lassen. Pater Matthews machte deutlich, was für ein Glück es in der heutigen, schnelllebigen Zeit sei, einen Menschen zu treffen, mit dem man innehalten konnte. Er mahnte dazu, die Ehe selbst in Zeiten einer Vielzahl von Scheidungen nicht auf die leichte Schulter zu nehmen. Sie als etwas zu betrachten, das es wertzuschätzen und an der es zu arbeiten gelte.

Er bat um die Ringe, und Amys Herz begann wild zu klopfen.

»Honey, du zitterst«, flüsterte Maddox, und Amy

konnte das Lächeln in seiner Stimme förmlich hören, indes blieb ihr Blick auf Pater Matthews gerichtet. Sie bemühte sich ihrerseits um ein Lächeln und wandte sich Maddox zu.

»Das ist nur die Aufregung«, erwiderte sie, während der Priester das Kissen mit den Ringen auf die aufgeschlagene Bibel in seiner Hand legte und sich räusperte.

»Amy Wilkinson, willst du den hier anwesenden Maddox Freeman vor dem Angesicht Gottes zu deinem Ehemann nehmen? Ihn lieben und ehren, in guten, wie in schlechten Tagen, in Gesundheit und Krankheit, Reichtum und Armut, bis dass der Tod euch scheidet, so antworte mit: Ja, ich will.«

Blitzlichter. Ein Schniefen.

Irgendwo putzte sich irgendwer die Nase.

»Nein!«

Amys Stimme hallte ebenso ruhig und stark durch die Kirche und von ihren Wänden wider, wie Pater Matthews' es getan hatte. Trotzdem schien er nicht sicher zu sein, ob er sie richtig verstanden hatte. Einen Augenblick lang herrschte vollkommene Stille im Raum. Selbst die Blitzlichter ließen nach. Dann erhob sich ein Gemurmel, und die Blitzlichter machten jedem Gewitter alle Ehre.

»Amy, Kind, falls das ein Scherz sein soll, ist das ein schlechter Zeitpunkt«, ermahnte Pater Matthews sie leise, während er sich über die Bibel beugte und sie eindringlich ansah.

»Honey ...?«

»Es ist kein Scherz«, versicherte Amy dem Pater.

»Honey ... was ...?«

Das Blitzlichtgewitter wurde immer greller, die Fotografen drängten nach vorne, wollten keine Sekunde verpassen. Amy wartete, bis auch die Fernsehkameras ganz nah am Geschehen waren. Dann streckte sie sich und flüsterte Maddox ins Ohr: »Da hast du deine Publicity. Ich hoffe, du wirst mit ihr glücklich.« Mit einem Kuss auf seine Wange ließ sie ihn stehen.

Amy sah in die überraschten Gesichter ihrer Eltern und bemerkte das Lächeln, das sich auf dem ihrer Mutter ausbreitete. Sie sah das Schmunzeln von Fenella und Innes, und dann sah sie nur noch Lichter. Die Fotografen erhielten gerade eine ganz neue Schlagzeile, mit der keiner gerechnet hatte. Amy bahnte sich ihren Weg durch die Reihen, und es grenzte schon fast an ein Wunder, dass sich ihr niemand ernsthaft entgegen stellte. Sie konnte nahezu ungehindert in die Limousine steigen. Der Fahrer war so verdutzt, er widersprach ihrer Anweisung, sie zum Hafen zu bringen, nicht. Die Reporter folgten ihr auf ihren Motorrädern oder in ihren Autos. Am Hafen rannte sie, das Kleid hochhaltend, über den Steg.

»Luke!«, rief sie, sobald sie aus dem Wagen gestiegen war. Sein Boot dümpelte im Hafen, auch wenn es nicht mehr am Steg vertäut lag.

Er fuhr zurück zum Steg, und unter den

aufmerksamen Augen der versammelten Menge half er Amy aufs Boot.

»Ich habe nicht mehr daran geglaubt, dass du noch kommst«, gab er zu.

»Fahr los, oder wir haben gleich viel mehr Leute an Bord«, warnte Amy. Luke drückte den Gashebel bis zum Anschlag nach vorne.

»Du hast ihn wirklich sitzen lassen?«, schrie Luke gegen den Motorlärm an, während sie aufs Meer hinausfuhren.

»Was soll ich sagen? Ich hatte da ein unschlagbares Gegenangebot. Es gibt da diesen tollen Mann, in den ich schon seit meiner Teenagerzeit verknallt bin. Aber er war mein bester Freund, und ich hatte Angst, diese Freundschaft zu zerstören, also habe ich mir immer eingeredet, wir wären eben nur das: beste Freunde.«

»Muss ja ein Riesenidiot sein, wenn er nicht gemerkt hat, dass du ihn liebst.«

Amy betrachtete Lukes Profil, während Balnodren hinter ihnen kleiner und kleiner wurde.

»Ja, vielleicht. Aber das passt schon. Ich war auch eine riesige Idiotin, die nicht bemerkte, dass er das Gleiche für mich fühlt.«

Luke drehte ihr den Kopf zu.

»Zwei riesige Idioten also. Ich weiß ja nicht, ob das eine gute Grundlage für eine Beziehung ist.«

»Ich finde, es klingt wie die perfekte Grundlage für eine Liebesgeschichte mit Happy End«, konterte Amy.

»Ach ja?«, fragte Luke und zwinkerte ihr zu.

Amy nickte. »Ja, wir können ja mal Shaw danach fragen. Er ist doch Experte für Happy Ends«, flüsterte sie und schlang die Arme um seinen Hals. Ihr Magen flatterte stärker, als sie seine Arme um ihre Taille fühlte. Sie lehnte den Kopf nach vorn, bis ihre Stirn auf die seine traf.

»Und wohin führt die beiden Idioten ihre Reise?«

»Egal, solange sie zusammen sind.«

»Also bis zum Horizont und darüber hinaus«, entschied Luke und zog Amy enger an sich.

»Gefällt mir«, flüsterte Amy, bevor ihre Lippen sich nach all den Jahren zum ersten Mal trafen.

Die auf dem Buchrücken zitierten Bücher-Blogs finden Sie hier:

http://www.fantasybooks-shadowtouch.blogspot.co.at/
http://www.herzensbuecher-eines-luftmenschen.de/
http://www.vielleserin.de/
http://binchensbuecher.blogspot.de/

Weitere Empfehlungen für Sie aus der Reihe
KopfKino in Spielfilmlänge:

TANJA BERN

Distant Shore
Die komplette Trilogie

KopfKino-Sammelband

Tanja Bern
»Distant Shore: Die komplette Trilogie«
KopfKino – Sammelband 3

Ben verliert seine Schwester Kristin an den Krebs. Vor ihrem Tod hatte sie für ihn einen Urlaub in ihrem geliebten Irland gebucht, weil sie ahnte, dass Ben dort zu sich selbst finden könne. Obwohl er keinen Bezug zu Irland hat, lässt er sich darauf ein und fährt nach Kerry. Dort begegnet er der Irin Hanna, zu der er sich sofort hingezogen fühlt. Aber sie verbirgt ein Geheimnis und hält Ben einerseits etwas auf Abstand, sucht aber andererseits auch seine Nähe. Ben verliebt sich in dieses wildromantische Land und verliert an Hanna sein Herz. Dann wird sie plötzlich vermisst, und Ben setzt alles daran sie zu finden.

ISBN: 978-3-9817967-3-5   Preis: 12,90 €

"Sehnsuchtsmomente garantiert! Ein Buch, das dich in eine andere Welt katapultiert."
Ka-Sas Buchfinder

"Spannung, große Gefühle und ein wundervoll bildhafter Schreibstil. Dieses Buch sollte man sich nicht entgehen lassen"
Manjas Buchregal

"Wunderschön romantisch und spannend. Irland zum Genießen!"
Das Lesesofa

"Die Magie der grünen Insel ist für den Leser spürbar. Diese Trilogie muss man gelesen haben."
Binchens Bücherblog

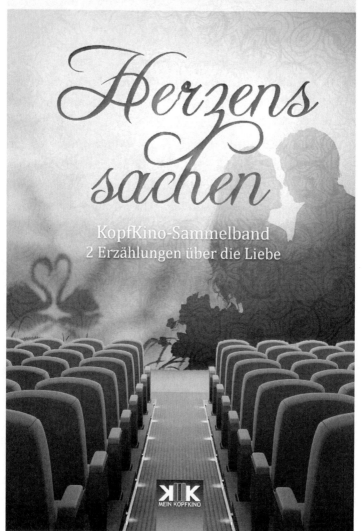

Thomas Dellenbusch
»Herzenssachen«
KopfKino - Sammelband 2

Zwei längere, sehr unterschiedliche Erzählungen über die Liebe und mehr.

Verstecktes Herz
Sommer 1963. Eine junge, allein erziehende Mutter zieht in ein kleines Dorf in Niederbayern. Es mehren sich Hinweise, dass es sich bei ihr um eine Prostituierte handelt. Sie wird ausgegrenzt mit dem Ziel, sie zu verjagen. Nur ein junger Journalist glaubt an etwas anderes. Dass sie sich versteckt. Aber vor wem oder was?

Liebe ist kein Gefühl
Nina feiert ihren 39. Geburtstag nicht. Sie hat keine Freunde mehr. Sie lässt sich durch den Tag treiben und entdeckt eine alte Zeitschrift, in der ein irischer Mathematiklehrer erklärt, was Liebe wirklich ist. Der Mann ist abgebildet, und Nina erkennt etwas in seinem Gesicht, das sie dazu bringt, ihn finden zu wollen.

ISBN: 978-3-9816987-2-5   Preis: 9,90 €

"Mein Buch des Jahres 2014"
BooksinmyWorld

UNGLAUBLICHE WELT

THOMAS DELLENBUSCH

KopfKino-Sammelband
4 Mystery-Erzählungen

Thomas Dellenbusch
»Unglaubliche Welt«
KopfKino - Sammelband 1

Vier sehr unterschiedliche Mystery-Geschichten, teils übersinnlich, teils zukünftig.

Der Weichensteller
Sebastian Gruhn versucht mit seiner übernatürlichen Gabe, das Versteck eines entführten Mädchens zu finden und gerät dabei selbst in Gefahr.

Das Testament
Martha Vadeva erfährt, dass ihr ein geheimes und sehr wertvolles Erbe zusteht. Sie muss sich einer Vergangenheit stellen, die sie überwunden glaubte.

Der Nobelpreis
Prof. Otto Bendner entdeckt bei Teilchenkollisionen in CERN Unglaubliches. Eine verrückte Zeit beginnt.

Der Matrjoschka Code
Eine Frau wacht ohne Gedächtnis in einem fremden Wald auf. In der Blockhütte eines alten Mannes entdeckt sie in ihrer Tasche ein altes Foto, das rätselhafte Erinnerungsschübe auslöst.

ISBN: 978-3-00-041930-0   Preis: 9,90 €

Pia Recht
„Der Herzschlag Connemaras: Kastanienrot"

Als Projektleiter John Palfrey aus London ins hinterste Irland geschickt wird, um einer Zuchtstation für Wildponys auf den Zahn zu fühlen, kann der karrierebewusste Schreibtischhengst seinen Widerwillen gegen Land und Leute nicht verbergen. Doch gerade die scheinbar hinterwäldlerische Langsamkeit der Einheimischen verändert seinen Blick auf sich und sein bisheriges Leben. Der Herzschlag Connemaras öffnet ihm das seine für das Land und für eine schöne Frau. Als er jedoch aus London erfährt, dass die Station geschlossen wird, droht er alles wieder zu verlieren, was er unverhofft gefunden hatte.

ISBN: 978-3-9816987-1-8   Preis: 6,95 €

"Die Geschichte schafft es, den Leser dahinschmelzen zu lassen."
Bücherblog "KathrinsBookLove"

"Diese tiefgründige Erzählung übt einen wahren Sog aus."
Bücherblog "Magische Momente"

"Herzerwärmend und mit viel Gefühl gespickt!"
Kitty's Bücherblog

"Besser kann man das Lebensgefühl der Iren nicht darstellen."
Binchens Bücherblog

Thomas Dellenbusch
»Chase: Jagd auf die stumme Dichterin«

Enrique "Rique" Allmers ist Inhaber eines Hamburger Security Unternehmens. Als ihn am Fischmarkt eine junge Frau umrennt, beschützt er sie vor ihren Verfolgern. Die beiden fliehen, aber man ist ihnen schon mit Verstärkung auf den Fersen. Rique weiß nicht, wer sie ist oder wer ihre Verfolger sind. Auch weiß er nicht, warum man hinter ihr her ist. Denn sie spricht nicht mit ihm ...

ISBN: 978-3-9816987-0-1   Preis: 6,95 €

"Noch nie hat mich eine Erzählung so sehr gefesselt."
Binchens Bücherblog

"Sehr mitreißend und bildgewaltig."
Bücherblog "Magische Momente"

"Ein absolutes Muss für Thriller-Fans!"
Kitty's Bücherblog

"Ich war begeistert. Ein absolutes Must-Read!"
Das Lesesofa

"Ein rasanter Plot mit erstaunlichen Wendungen, der an einen Actionfilm erinnert."
Leseträume

"Ich war echt baff. Chase hat mich umgehauen."
Phinchens Fantasyroom

Annika Dick wurde 1984 im Nordpfälzer Bergland geboren. Nach dem Abitur absolvierte sie eine Ausbildung zur Fremdsprachenkorrespondentin und arbeitet heute in der IP-Abteilung einer Wirtschaftskanzlei. Das Erzählen und Niederschreiben von Geschichten hat sie schon in ihrer Kindheit fasziniert und seitdem nicht losgelassen. Sie schreibt Liebesgeschichten für verschiedene Verlage.

Annika Dick im KopfKino-Verlag:
Lovely Skye - Ein Sommer in Balnodren
Lovely Skye - Ein Herbst in Balnodren
Lovely Skye - Ein Frühling in Balnodren

Sonstige Veröffentlichungen (Auszug):

Die stolze Braut des Highlanders, books2read 2015
Der Ritter und die Bastardtochter, books2read 2014
Codename Nike, Oldigor Verlag 2014
Träume der Finsternis, Carlsen Impress 2014
Distelmond, Arunya Verlag 2014
Hexengrippe (HEX HEX 2), Arunya Verlag 2014
Fauler Zauber (HEX HEX 1), Arunya Verlag 2013